KB270038

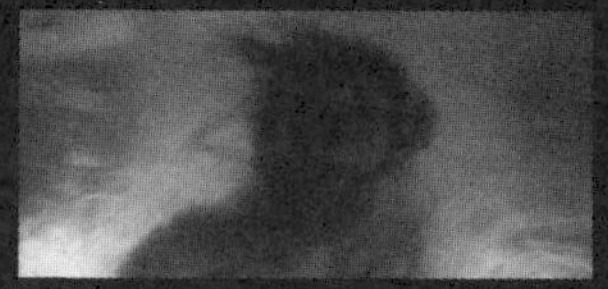

수레바퀴 아래서

세계문학전집
102

Hermann Hesse : Unterm Rad

# 수레바퀴 아래서

헤르만 헤세 소설
한미희 옮김

문학동네

# 제1장


중개업과 대리업을 하는 요제프 기벤라트 씨는 도시의 다른 사람들에 비해 뛰어나거나 특별한 점이 하나도 없었다. 그들처럼 어깨가 벌어지고 체격이 건장했으며, 장사 수완도 괜찮았고, 노골적으로 그리고 진심으로 돈을 숭배했다. 아담한 정원이 딸린 작은 집과 가족 묘지도 갖고 있었다. 종교관은 깨인 면이 없지 않으나 대체로 고루했다. 하느님과 정부에 대해서는 합당한 존경을 표했으며, 시민이 지켜야 할 관습적인 예의범절은 맹목적으로 따랐다. 술은 잘 마시는 편이었지만 정신을 잃을 만큼 취한 적은 한 번도 없었고, 간혹 떳떳지 못한 거래도 했지만 법이 허용하는 선은 절대 넘지 않았다. 가난한 사람들은 가난뱅이라고 깔보고, 부유한 사람들은 거드름을 피운다고 욕했다. 또 지역 사교모임의 일원으로 매주 금요일에는 '독수리' 술집에서 볼링을

치면서 친목을 다졌고, 빵 굽는 날과 라구 스튜나 소시지 수프를 시식하는 날에도 빠지지 않고 얼굴을 내밀었다. 평소 일할 때는 값싼 시가를 피웠지만 식사 후나 일요일에는 고급 시가를 피웠다.

속마음은 철저하게 세속적이었다. 정서적인 면은 이미 오래전에 먼지가 내려앉았고, 그나마 남은 것이 있다면 가문에 대한 단순하고 의례적인 관심, 아들에 대한 자부심, 가끔 마음이 내킬 때 가난한 사람들에게 베푸는 동정심 정도였다. 지적인 능력은 타고난 약삭빠른 잔머리와 숫자 계산을 절대 벗어나지 못했다. 읽는 것은 신문뿐이었으며, 예술 감상은 매년 시민단체가 공연하는 아마추어 연극을 보거나 간간이 서커스를 구경하는 것으로 충분하다고 생각했다.

그는 이웃의 어느 누구와 이름과 집을 바꾸더라도 별로 달라질 게 없을 만큼 평범했다. 또 영혼 저 깊숙한 곳에서부터 뛰어난 힘과 능력을 가진 인물을 끊임없이 불신했으며, 평범하지 않은 것과 보다 자유롭고 고상한 것, 정신적인 것을 시샘해서 본능적으로 싫어했다. 그 점에서도 그는 도시의 다른 가장들과 똑같았다.

그의 이야기는 이것으로 충분하다. 신랄한 풍자가만이 그의 깊이 없는 삶과 본인도 깨닫지 못하는 비극을 묘사할 수 있을 테니까 말이다. 이 남자에게는 외동아들이 있었다. 이제 그 소년 이야기를 해야 한다.

한스 기벤라트는 의심할 여지 없이 재능 있는 아이였다. 다른 아이들 사이에서 뛰어다니는 모습만 보아도 그가 얼마나 기품 있고 남다른지 알 수 있었다. 슈바르츠발트의 작은 마을이 그런 인물을 배출한 적은 아직까지 한 번도 없었다. 좁은 이 세계 너머로 눈길을 돌리고 큰 세상에서 활동한 인물이 나오지 않았던 것이다. 소년이 진지한 눈과 영리해 보이는 이마와 기품 있는 걸음걸이를 누구한테서 물려받았는지는 아무도 알지 못했다. 혹시 몇 해 전 세상을 떠난 어머니한테 물려받았을까? 그러나 동네 사람들은 그녀가 살아 있었을 때 늘 병치레를 하고 근심에 싸여 있었다는 것 말고는 별달리 눈에 띄는 점을 발견하지 못했다. 아버지한테서 물려받지 않았다는 것은 말할 나위도 없었다. 그러니까 지난 8, 9백 년 동안 유능한 시민들은 많이 배출했지만 천재나 재능 있는 인물은 한 명도 배출하지 못한 오래된 작은 마을에 정말이지 저 위에서 신비로운 불꽃 하나가 뚝 떨어진 셈이었다.

현대적인 교육을 받은 사람이라면 병약한 어머니와 적잖이 오래된 가문을 짚어보면서 지나치게 똑똑한 아들이 태어난 것을 가문의 몰락이 시작되는 불길한 징조라고 진단했을지도 모른다. 하지만 다행히 이 도시에는 그런 사람이 살지 않았고, 관리들과 교사들 가운데 젊고 약삭빠른 몇몇 사람만이 잡지 기사를 통해 '현대적인 인간'이 있다는 사실을 어렴풋이 알고 있었을 뿐이다. 이곳에서는 차라투스트라의 말을 몰라도 교양 있는 척하며 살 수 있었다. 그들의 결혼생활은 견실하고 행복할 때도 많았으며, 생활 전체가 도저히 고칠 수 없는 고루한 습관에 따라 굴러갔다. 따뜻한 밥을 먹는 부유한 시민들 중에는 지난 20년 사이 수공업자에서 공장주가 된 사람이 많았다. 그들은 관리 앞에서는 모자를 벗고 친분을 쌓으려고 애쓰다가도 자기들끼리 있을 때는 가난뱅이니 서기 나부랭이니 하면서 비아냥거렸다. 그런데도 아들들은 되도록 공부를 시켜 관리로 만드는 것이 그들의 가장 큰 소원이니 이상한 일이었다. 안타깝게도 그것은 이룰 수 없는 아름다운 꿈에 그칠 때가 많았다. 그들의 아들들은 대부분 힘에 겨워 끙끙대면서 몇 번씩 낙제를 한 다음에야 라틴어 학교를 간신히 마쳤기 때문이다.

한스 기벤라트의 재능에 대해서는 의심할 여지가 없었다. 교사들, 교장, 이웃 사람들, 목사, 학교 친구들 등 모든 사람이 그가 머리가 좋고 뭔가 특별하다는 것을 인정했다. 그것으로 그의 미래는 벌써 확실하게 정해졌다. 슈바벤 지방에서 재능 있는 소년들에게는 부모가 부유하지 않으면 단 하나의 좁은 길밖에 없었기 때문이다. 바로 주(州) 시험에 합격해서 신학교에 입학하고, 그후 튀빙겐 대학에 들어간 다음 교사나 목사가 되는 것이었다. 해마다 슈바벤 지방의 아들 40, 50명이 그 평탄하고 확실한 길을 걷는다. 입교식*을 막 통과한 공부에 지치고 비쩍 마른 소년들은 국가의 돈으로 다양한 분야의 인문학 지식을 두루 섭렵하고 8, 9년 후 사회생활을 시작하게 되는데, 대체로 학창 시절보다 긴 사회생활을 하면서 예전에 국가로부터 받았던 은혜를 갚아야 한다.

몇 주 후면 다시 '주 시험'이 치러질 예정이었다. 해마다 '국가'가 슈바벤 지방의 똑똑한 꿈나무를 뽑는 헤카톰베**가 치러지는 동안 소도시와 작은 마을 들에서는 수많은 가정이 시험이 치러지는 수도를 향해 한숨과 기도와 소원을 보낸다.

한스 기벤라트는 그 작은 도시가 치열한 경쟁이 벌어지는 시험장에 내보내기로 한 유일한 후보였다. 그 명예는 대단한 것이었다. 하지만

---

* 기독교에서 유아세례를 받은 청소년 신자가 성서문답과 신앙고백을 통해 교회의 일원이 되는 의식.
** 원래 고대 그리스에서 백 마리의 황소를 바쳤던 종교의식으로, 전쟁이나 전염병 등으로 발생한 다수의 희생자를 뜻하기도 한다. 여기서는 수많은 탈락자가 나오는 힘들고 어려운 시험을 가리킨다.

한스가 그 명예를 거저 얻은 것은 아니었다. 그는 매일 네시까지 이어지는 학교수업이 끝나면 교장에게 그리스어 보충수업을 받았고, 여섯 시에는 친절한 목사에게 라틴어와 종교 복습지도를 받았다. 또 일주일에 두 번 저녁식사 후에 수학교사한테 한 시간 동안 수업을 받았다. 그리스어 수업에서는 불규칙동사 다음에 불변화사로 표현될 수 있는 다양한 문장 연결 형식에 중점을 두었으며, 라틴어 수업에서는 명확하고 간결한 문체를 구사하고 무엇보다 수많은 섬세한 운율을 배우는 데 주력했다. 수학 수업에서는 복잡한 비례식에 중점을 두었는데, 수학교사는 비례식이 훗날의 공부와 인생에 아무 도움도 안 될 것 같지만 사실은 어떤 전공과목보다 중요하다고 자주 강조했다. 비례식은 논리적인 능력을 키워주고, 명확하고 냉철하고 효과적인 사고를 할 수 있는 토대를 만들어주기 때문이다.

다른 한편 정신적으로 지나치게 부담을 느끼고 지식을 쌓느라 정서가 메마르거나 등한시되는 일이 없도록 한스는 매일 아침 수업 시작 전 한 시간 동안 입교식 준비수업을 받아도 좋다는 허락을 받았다. 그 수업에서는 브렌츠*의 교리문답을 배우고, 질문과 해답을 암기하고 낭송하는 고무적인 활동을 통해 젊은이들의 영혼에 종교적 삶의 신선한 입김을 불어넣었다. 안타깝게도 한스는 힘을 북돋워주는 그 시간을 활용하지 않고 그 축복을 스스로 저버렸다. 교리문답서에 그리스어와 라틴어 단어들, 연습문제를 적은 쪽지를 몰래 끼워넣고 거의 한 시간 내내 세속적인 학문을 공부했기 때문이다. 하지만 속으로는 양심의 가책

---

* 요하네스 브렌츠. 독일 슈바벤 출신 종교개혁가이자 신교 신학자.

에 시달리면서 끊임없이 괴로운 불안감과 막연한 두려움을 느꼈다. 교구감독이 곁에 오거나 이름을 부르면 그는 언제나 흠칫 놀라서 움찔했고, 질문에 대답을 할 때면 이마에 진땀이 나고 가슴이 쿵쿵 뛰었다. 하지만 그의 대답은 발음까지 흠잡을 데 없이 완벽해서 교구감독을 만족시켰다.

하루종일 수업을 받고 나면 쓰기와 암기, 복습과 예습 숙제가 산더미같이 쌓였다. 한스는 밤늦게까지 아늑한 램프 불빛 아래서 숙제에 매달렸다. 담임교사는 평화롭고 조용한 집에서 공부하면 특히 집중이 잘 되고 실력이 향상된다고 조언했다. 한스는 보통 화요일과 토요일에는 열시쯤까지 숙제를 했지만 나머지 날에는 열한시나 열두시까지 했는데, 더 늦게까지 공부하는 날도 가끔 있었다. 아버지는 기름을 한없이 쓴다고 투덜대면서도 아들이 공부하는 모습을 흐뭇한 표정으로 자랑스럽게 바라보았다. 한스는 어쩌다 한가한 시간이 생기거나 한 주의 마지막 날인 일요일에는 학교에서 다루지 않는 작가의 작품을 읽고 문법을 복습하는 것이 좋다는 강력한 권고도 받았다.

"물론 지나치면 안 되지. 무리하면 안 된다고! 일주일에 한두 번은 꼭 산책을 해야 해. 효과가 대단하거든. 날씨가 좋으면 책을 들고 야외로 나가는 것도 좋아. 상쾌한 바깥공기를 마시면서 공부하면 공부가 얼마나 즐겁고 쉬운지 알게 될 거야. 아무튼 고개를 높이 들고 기운을 내렴!"

그래서 한스는 될 수 있는 한 고개를 높이 들고 다녔고, 그때부터는 산책을 하면서도 공부를 했다. 그는 잠이 모자라서 피곤한 얼굴로 눈가는 푸르스름해진 채 휘청휘청 조용히 돌아다녔다.

"기벤라트는 어떻게 될까요? 합격하겠지요?"

어느 날 담임교사가 교장에게 묻자, 교장은 들뜬 목소리로 소리쳤다.

"하지요, 하고말고요. 정말 영리한 아이입니다. 그 아이를 보세요, 정말 지성으로 충만한 것 같잖아요."

지난 한 주 동안 그는 지적으로 더욱 원숙해진 것 같았다. 귀엽고 부드러운 소년의 얼굴에는 불안해 보이는 쑥 들어간 눈이 어렴풋한 열기로 번쩍거리고, 반듯한 이마에는 지성을 드러내는 듯한 가느다란 주름들이 꿈틀댔다. 그러잖아도 가늘고 여윈 팔과 손은 보티첼리의 그림을 연상시키는 나른한 우아함을 지닌 채 축 늘어져 있었다.

드디어 때가 되었다. 다음날 아침 한스는 아버지와 같이 슈투트가르트에 가서 주 시험을 치르고, 신학교의 좁은 문을 들어갈 자격이 있는지 증명해야 했다. 그는 교장을 찾아가 작별인사를 했다.

평소 두려운 군주 같았던 교장은 헤어질 때 전에 없이 부드럽게 말했다.

"오늘 저녁엔 더 공부하면 안 된다. 약속하렴. 내일은 정말 산뜻한 기분으로 슈투트가르트에 가야 한다. 한 시간 산책을 하고 늦지 않게 잠자리에 들도록 하렴. 젊은 사람은 충분히 자야 한단다."

엄청나게 많은 충고를 들을 줄 알고 잔뜩 겁먹었던 한스는 친절한 대접에 내심 놀랐다. 그는 안도의 한숨을 내쉬며 교정을 나섰다. 커다란 키르히베르크 보리수들이 늦은 오후의 뜨거운 햇살에 축 늘어져 빛나고, 광장에는 큰 분수 두 개가 차르르 소리를 내며 반짝이고, 근처 검푸른 전나무숲은 삐쭉 고개를 내밀고 들쭉날쭉한 지붕들의 물결을 내려다보고 있었다. 소년은 그 모든 것을 정말 오랜만에 보는 것 같았다. 모든 것이 이루 말할 수 없이 아름답고 매혹적으로 보였다. 머리가 지끈지끈 아팠다. 하지만 오늘은 더 공부하지 않아도 된다.

그는 천천히 광장과 유서 깊은 시청 건물을 지나 시장 골목을 걷고 대장간을 지나 오래된 다리까지 왔다. 거기서 잠시 서성거리다가 이윽고 넓은 다리 난간에 걸터앉았다. 몇 주, 몇 달 동안 매일같이 하루 네 번씩 그곳을 지나가면서도 다리 옆에 있는 자그마한 고딕식 예배당을 쳐다본 적이 없었다. 강물과 수문과 방죽과 물레방아에도 눈길 한 번 주지 않았다. 심지어 수영장이 있는 풀밭과 버드나무가 늘어진 강기슭을 바라본 적도 없었다. 강물이 호수처럼 깊고 푸르고 잔잔하게 흐르고, 끝이 뾰족한 버드나무 가지가 물속까지 휘늘어진 강변에는 가죽을 무두질하는 피혁공장들이 나란히 늘어서 있었다.

문득 옛날 생각이 났다. 여기서 얼마나 자주 시간을 보냈던가. 수영하고 잠수하고 노를 젓고 낚시를 하다보면 하루가 후딱 지나갔었다. 오, 낚시! 하지만 지금은 낚시하는 법조차 거의 다 잊어버렸다. 작년에 시험 준비를 해야 하니 낚시는 그만두라는 말을 들었을 때 그는 쓰디쓴 눈물을 흘리며 울부짖었었다. 낚시! 그것은 긴 학창 시절의 가장 아름다운 추억이었다. 버드나무의 옅은 그늘에 서 있으면 근처 물레방아 방죽에서 찰랑거리는 물소리가 들려왔다. 깊고 고요한 물! 물 위에서 뛰노는 햇빛, 부드럽게 흔들리는 기다란 낚싯대, 고기가 미끼를 덥석 무는 순간 낚싯대를 잡아당길 때의 짜릿한 흥분, 펄떡거리는 서늘하고 통통한 고기를 손에 잡을 때 느끼는 뭐라 말할 수 없는 그 기쁨!

그는 펄펄 뛰는 기운 좋은 잉어를 많이 잡았었다. 은빛 잉어와 수염 긴 잉어, 또 맛이 좋은 황금 잉어와 색깔이 예쁜 작은 연준모치도 많이 잡았다. 그는 강물을 한참 동안 물끄러미 바라보았다. 한적한 푸른 강변을 보며 생각에 잠겼다. 왠지 슬퍼졌다. 자유롭고 멋대로 굴던 아름다운 소년 시절의 기쁨이 아득히 먼 옛일처럼 느껴졌다. 그는 무심코 빵 한 조각을 호주머니에서 꺼내, 크고 작은 덩어리로 동그랗게 뭉쳐 물속에 던졌다. 그리고 가라앉는 빵조각에 물고기들이 달려들어 덥석 집어삼키는 모습을 바라보았다. 처음에는 아주 작은 피라미와 사루기들이 와서 좀 작은 조각을 게걸스럽게 집어삼키더니 더 먹고 싶은 듯 주둥이로 큰 조각을 톡톡 건드려 이리저리 밀었다. 그다음에는 조금 큰 은빛 잉어 한 마리가 천천히 조심스럽게 다가왔다. 녀석의 시커멓고 넓은 등은 강바닥과 거의 구별이 되지 않았다. 녀석은 빵조각 주위를 조심스레 빙빙 헤엄치다가 갑자기 둥그런 주둥이를 딱 벌려 빵조각을 꿀꺽 삼켜버렸다. 느리게 흘러가는 강물에서 축축하고 따뜻한 물냄새가 피어올랐다. 하얀 구름 몇 개가 푸른 수면에 흐릿하게 비치고, 물레방아에서는 둥근 톱니바퀴가 삐걱삐걱 신음을 토하고, 두 개의 방죽에서는 물이 쏴쏴 시원한 소리를 내며 흘렀다. 소년은 며칠 전 일요일에 있었던 입교식이 생각났다. 엄숙하고 감동적인 의식이 진행되는데도 어느새 자신은 그리스어 동사를 외우고 있었다. 그밖에도 요즘은 생각이 자꾸 뒤엉켜 학교에서도 지금 하는 공부가 아니라 항상 전에 했거나 나중에 할 공부를 생각했다. 어쨌든 시험은 잘 치를 수 있겠지!

어수선한 마음으로 그는 자리에서 일어섰다. 어디로 가야 할지 갈피를 잡을 수 없었다. 그때 억센 손이 갑자기 어깨를 움켜잡는 바람에 그는 소스라치게 놀랐다. 다정한 남자 목소리가 들려왔다.

"안녕, 한스! 잠깐 같이 걸을까?"

구둣방 주인 플라이크였다. 예전에 한스는 가끔 저녁때 한 시간 정도 그 사람 집에 가서 보내곤 했다. 하지만 그러지 않은 지도 벌써 한참 되었다. 한스는 같이 걸으면서 믿음 깊은 그 경건주의자*의 말을 건성으로 흘려들었다. 플라이크는 시험 이야기를 하면서, 잘 보라며 행운을 빌고 격려해주었다. 하지만 그가 하는 말의 핵심은 그런 시험 따위는 단지 피상적이고 중요하지도 않다고 지적하는 데 있었다. 떨어져도 하나도 부끄러울 것이 없으며, 가장 똑똑한 학생도 떨어질 수 있다는 것이다. 그리고 만약 그런 일이 일어난다 해도 하느님은 모든 영혼에 대해 특별한 의도를 갖고 계시며, 각각의 영혼이 자신의 길을 걷도록 인도해주신다는 사실을 명심하라고 했다.

한스는 플라이크를 대할 때면 양심에 찔리는 것이 있었다. 플라이크와 그의 확고하고 위엄 있는 성품을 존경했지만, 동네 사람들이 플라이크와 함께 기도모임을 갖는 사람들을 두고 농담을 할 때마다 같이 따라서 웃었기 때문이다. 잘못인 줄 알면서 웃을 때도 많았다. 더욱이 한스는 언제부턴가 조마조마한 마음으로 구둣방 주인을 피해왔기 때문에 자신의 비겁함을 부끄러워하고 있었다. 플라이크의 날카로운 질문 탓이었다. 한스가 교사들의 자랑거리가 되고 스스로도 조금 콧대가 높아진 다음부터 플라이크는 그를 아주 우습다는 듯 쳐다보면서 자존심을 꺾으려고 했다. 하지만 그 일 때문에 소년의 영혼은 호의를 가지고 이끌어주려는 이 사람과 오히려 점점 멀어지고 말았다. 한창 반항

---

* 경건주의는 17~18세기에 독일의 신교 교회에서 일어난 종교 운동이다. 경건주의자들은 체험과 감성을 중요하게 생각하고 개인의 영적 생활과 이웃사랑의 실천을 강조했다.

심이 들끓는 소년기에 들어선 한스는 자의식을 건드리는 모든 것에 미모사처럼 민감했기 때문이다. 지금 한스는 플라이크의 말을 들으며 함께 걸어가면서도 그가 얼마나 걱정스럽고 자애로운 표정으로 자신을 내려다보고 있는지 몰랐다.

그들은 크로넨 거리에서 목사와 마주쳤다. 구둣방 주인은 깍듯하지만 차갑게 인사하더니 갑자기 서둘러 가버렸다. 목사가 새로운 풍조의 추종자로서 심지어 예수의 부활도 믿지 않는다는 소문이 파다했기 때문이다. 목사는 소년을 데리고 걸었다.

목사가 물었다.

"어떻게 지내니? 드디어 시험을 보니까 후련하겠구나."

"예, 그렇습니다."

"어쨌든 끝까지 최선을 다해야 한다! 우리 모두 네게 희망을 걸고 있다는 거 잘 알고 있을 거야. 나는 네가 라틴어에서 특히 좋은 성적을 내길 바란단다."

"하지만 혹시 떨어지면……"

한스는 부끄러워하며 말했다.

"떨어진다고?!"

목사는 화들짝 놀라 걸음을 우뚝 멈추고 말을 이었다.

"떨어진다는 건 있을 수 없다. 절대 있을 수 없는 일이야! 말도 안 된다!"

"저는 다만, 혹시 그렇게 되면……"

"그런 일은 있을 수 없다, 한스, 절대 있을 수 없어. 그런 걱정일랑 붙들어매렴. 그럼 아버지께 안부 전해라. 기운 내고!"

한스는 멀어지는 목사를 바라보다가 구둣방 주인이 간 쪽으로 눈을 돌렸다. 그가 무슨 말을 했더라? 마음을 똑바로 먹고 하느님을 두려워한다면 라틴어 같은 건 그다지 중요하지 않다고 했지. 말이야 쉽지. 그리고 목사가 있다! 만약 시험에 떨어지면 다시는 목사 앞에 나설 수 없을 것이다.

한스는 짓눌린 기분으로 집에 돌아와 가파르게 경사진 작은 정원에 들어섰다. 정원에는 오래전에 버려져 다 허물어진 정자가 있었다. 예전에 그는 정자에서 빼낸 널빤지로 우리를 만들어 3년 동안 토끼를 길렀었다. 하지만 지난가을 토끼를 빼앗겼다. 시험 때문이었다. 이제 그는 기분전환을 위한 취미활동을 할 시간이 없었다.

정원에 발을 들여놓은 게 얼마 만인지 몰랐다. 텅 빈 우리는 당장이라도 부서질 것 같았다. 벽 모퉁이의 석순들은 무너졌고, 나무로 만든 작은 물레방아는 수도관 옆에 뒤틀리고 부서진 채로 나뒹굴었다. 그것들을 직접 자르고 만들던 때가 떠올랐다. 그때 얼마나 즐거웠던가. 하지만 벌써 2년 전 일이었다. 아득히 먼 옛일 같았다. 작은 물레방아를 집어든 한스는 이리저리 비틀어 완전히 망가뜨린 다음 울타리 너머로 휙 던져버렸다. 이따위 쓸모없는 건 몽땅 사라져버려! 옛날에 벌써 다 끝나버린 일이니까. 문득 학교 친구 아우구스트가 생각났다. 아우구스트는 물레방아를 만들고 토끼 우리를 고칠 때 그를 도와주었다. 그들은 오후 내내 여기서 놀았다. 새총으로 돌멩이를 쏘아 날리고, 고양이를 잡으려고 쫓아다니고, 천막을 치고, 간식으로 순무를 날로 와삭와삭 씹어먹었다. 하지만 그는 목표를 향해 매진해야 했다. 아우구스트는 1년 전에 학교를 그만두고 기계공 수습생으로 들어갔다. 그후 아우구스트는 겨우 두 번 놀러왔을 뿐이다. 물론 이제 시간도 없을 것이다.

구름 그림자가 빠르게 골짜기를 지나갔다. 해는 벌써 서산에 걸려 있었다. 순간 소년은 몸을 던져 엉엉 울고 싶었다. 하지만 그러는 대신 헛간에서 손도끼를 들고 나와 야윈 팔을 마구 휘둘러 토끼 우리를 산산이 부서뜨렸다. 널조각이 사방으로 날리고 못이 끽끽 소리를 내며 구부러졌다. 지난여름부터 있었던 썩은 토끼밥이 눈에 들어왔다. 그렇게 하면 토끼와 아우구스트와 어린 시절의 온갖 놀이에 대한 애틋한 그리움을 깨끗이 없앨 수라도 있다는 듯 소년은 닥치는 대로 도끼를 휘둘렀다.

"아니, 아니, 아니, 이게 대체 무슨 일이야? 거기서 너 뭐하고 있는 거냐?"

창가에서 아버지가 소리쳤다.

"땔감이에요."

한스는 딱 그 말만 내뱉고는 손도끼를 집어던지고 마당을 지나 골목 길로 뛰쳐나갔다. 그는 강변을 따라 상류 쪽으로 올라갔다. 저멀리 양조장 근처에 뗏목 두 개가 매여 있었다. 예전에 그는 자주 뗏목을 타고 몇 시간 동안 강을 따라 내려가곤 했다. 따뜻한 여름날 오후, 뗏목 나무토막 사이로 찰싹찰싹 부딪히는 물소리를 들으며 강을 따라 떠내려가다보면 흥분되면서도 나른하게 졸음이 몰려왔다. 그는 밧줄이 느슨하게 풀려 흔들거리는 뗏목에 펄쩍 뛰어올라 버드나무 가지 더미 위에 누워 상상해보았다. 뗏목이 둥둥 떠내려간다. 빠르게 혹은 머뭇머뭇 풀밭과 밭과 마을과 서늘한 숲가를 지나고, 다리와 올려진 수문 밑을 지나간다. 나는 뗏목 위에 누워 있고, 모든 것은 옛날과 똑같다. 카프

베르크에서 토끼먹이를 마련하고, 강기슭에 있는 피혁공장 뜰에서 낚시를 하고, 두통도 걱정도 없던 옛날과 똑같다고.

그는 피곤하고 짜증스런 얼굴로 저녁을 먹으러 집으로 돌아왔다. 아버지는 시험을 보러 가는 슈투트가르트 여행을 앞두고 터무니없이 들떠서 똑같은 질문을 열두 번도 더 했다. 책은 잘 챙겼는지, 검은 양복은 준비했는지, 도중에 문법공부를 할 생각은 없는지, 기분은 좋은지…… 한스는 짧고 삐딱하게 대답하고, 저녁은 먹는 둥 마는 둥 하고 곧 저녁인사를 했다.

"잘 자라, 한스. 푹 자야 한다! 그럼 내일 아침 여섯시에 깨우마. 그런데 사전도 잊지 않았지?"

"예, 챙겼어요. 안녕히 주무세요!"

한스는 불도 켜지 않고 오랫동안 제 작은 방에 앉아 있었다. 이 방은 지금까지 시험이 준 유일한 축복이었다. 자기만의 작은 방, 여기서 그는 왕이었고 어느 누구의 방해도 받지 않았다. 여기서 그는 피로와 졸음과 두통과 싸우면서 밤늦게까지 카이사르, 크세노폰, 문법, 사전, 수학 숙제와 씨름했다. 야심으로 불타올라 오기를 부리며 끈질기게 매달렸지만 절망의 문턱까지 갈 때도 많았다. 하지만 여기서 잃어버린 소년 시절의 모든 즐거움보다 훨씬 귀중한 시간을 맛보기도 했다. 자부심과 도취감, 승리감이 넘치는 꿈같은 묘한 시간이었다. 그럴 때면 그는 학교와 시험과 모든 것을 다 뛰어넘어 더 높은 존재의 영역을 꿈꾸고 그리워했다. 자신이 볼이 통통하고 온순한 학교 친구들과는 정말 다른 더 훌륭한 인물이며, 언젠가 아득히 높은 곳에서 그들을 내려다보리라는 대담하고 행복한 예감에 사로잡히기도 했다. 지금도 그는 그 작은 방에 더 자유롭고 시원한 바람이 불기라도 하듯 숨을 깊이 들이마시며 꿈과 소망과 어렴풋한 예감에 잠겨 몇 시간이나 침대에 앉아 있었다. 밝은 색깔의 눈꺼풀이 고단한 커다란 눈을 천천히 덮었다. 눈이 다시 떠졌다가 깜빡하더니 다시 감겼다. 소년의 창백한 얼굴이 여윈 어깨 위로 떨어지고, 가느다란 팔이 지친 듯 축 늘어졌다. 그는 옷을 입은 채 잠이 들었다. 엄마처럼 부드러운 잠의 손길이 불안한 소년의 가슴속 파도를 잠재우고 반듯한 이마의 잔주름을 펴주었다.

이런 일은 처음이었다. 이른 시간인데도 교장이 몸소 기차역까지 나온 것이다. 기벤라트 씨는 검정 프록코트 차림이었는데 흥분과 기쁨과 자부심 때문에 가만히 서 있지를 못했다. 초조한 듯 교장과 한스 주위를 종종걸음으로 빙빙 돌고 역장과 모든 역무원에게 즐거운 여행과 아들의 합격을 기원하는 인사를 받았다. 또 작고 뻣뻣한 가방을 왼손에 들었다가 오른손에 들었다가 하고, 우산을 겨드랑이에 끼었다가 다시 무릎 사이에 끼었다가 하다가 몇 번이나 떨어뜨렸는데, 그때마다 가방을 내려놓고 우산을 주워들었다. 사람들이 그 모습을 보았다면 그가 슈투트가르트에 갔다가 돌아오는 게 아니라 미국에라도 간다고 생각했으리라. 아들은 아주 침착해 보였지만, 남모르는 불안이 소년의 목을 조르고 있었다.

이윽고 기차가 도착해 멈춰 서자 사람들이 올라탔다. 교장이 손을 흔들고, 아버지는 담뱃불을 붙였다. 골짜기 아래로 도시와 강물이 모습을 감추었다. 여행은 두 사람 모두에게 고역이었다.

슈투트가르트에 도착하자 아버지는 갑자기 생기가 돌면서 유쾌하고 상냥하고 사교에 능한 사람처럼 행동하기 시작했다. 소도시 출신이 주의 수도를 며칠 동안 구경하게 되자 신이 나서 생기가 돈 것이다. 하지만 한스는 점점 말수가 적어지고 불안해졌다. 도시를 보는 순간 가슴이 짓눌리는 느낌이었다. 낯선 얼굴들, 잘난 체하듯 잔뜩 치장한 높은 집들, 피곤할 만큼 기다란 길, 승합마차가 다니는 길, 거리의 소음. 한스는 겁이 났고 마음도 괴로웠다. 잠은 숙모 집에서 잤다. 집은 낯설었고, 숙모는 친절하지만 말이 너무 많았으며, 별일도 없는데 오랫동안 그냥 앉아 있어야 했고, 아버지가 한도 끝도 없이 충고를 늘어놓았기 때문에 소년은 완전히 녹초가 되었다. 그는 낯설고 버림받은 듯한 기분으로 방 안에 쪼그리고 앉아 있었다. 익숙지 않은 환경에서 숙모와 도시 사람 같은 숙모의 차림새, 커다란 무늬가 있는 양탄자, 탁상시계, 벽에 걸린 그림을 바라보고 창문으로 시끄러운 거리를 내다보고 있자니 배신당한 느낌이 들었다. 집을 떠난 지 벌써 까마득히 오래된 것 같고, 힘들게 배운 것을 그사이 몽땅 잊어버린 듯했다.

오후에 그리스어 불변화사를 다시 훑어볼 생각이었지만 숙모가 산책을 가자고 했다. 순간 푸른 풀밭과 숲의 소리가 눈에 선하게 떠올라 한스는 기쁜 마음으로 그러자고 했다. 하지만 곧 여기 대도시에서는 산책도 고향의 산책과는 종류가 다른 오락임을 알게 되었다.

아버지는 시내에 가볼 데가 있다고 해서 한스는 숙모와 단둘이 나갔다. 계단에서부터 벌써 불행이 시작되었다. 이층에서 거만해 보이는 뚱뚱한 부인을 만난 것이다. 숙모가 무릎을 살짝 구부려 절하자 부인은 곧장 청산유수로 수다를 떨기 시작했다. 그들은 무려 십오 분 넘게 그 자리에 서 있었다. 한스는 계단 옆 난간에 몸을 기대고 서 있었는데, 부인의 강아지가 다가와 킁킁 냄새를 맡고 달려들었다. 확실하진 않지만 두 사람은 한스의 이야기를 하는 것 같았다. 낯선 뚱보 부인이 몇 번이나 코안경 너머로 한스를 머리끝부터 발끝까지 훑어보았기 때문이다. 이윽고 거리에 나오자 숙모는 곧바로 가게에 들어갔다. 그동안 한스는 겁을 먹고 길에 서 있었는데, 지나가는 사람들이 밀치고 거리의 아이들이 놀려댔다. 한참 만에 숙모가 가게에서 나와 커다란 초콜릿 하나를 주었다. 그는 초콜릿을 좋아하지 않았지만 공손히 고맙다고 인사하며 받았다. 다음 모퉁이에서 그들은 승합마차를 탔다. 북적대는 마차는 끊임없이 딸랑딸랑 종을 울리면서 거리를 지나고 또 지나드디어 넓은 가로숫길과 공원에 도착했다. 그곳에서는 분수가 물을 뿜어냈고, 울타리를 두른 화단에는 꽃들이 피어 있었다. 작은 인공연못에는 금붕어들이 헤엄치고 있었다. 그들은 산책하는 사람들 무리 속에서 이리저리 왔다갔다하고, 빙빙 원을 그리고 걸으면서 수많은 사람의 얼굴, 우아한 옷과 그렇지 않은 옷, 자전거와 환자용 휠체어와 유모차들을 보았다. 또한 뒤엉킨 목소리들을 듣고, 먼지 섞인 더운 공기를 마셨다. 그러다가 마침내 다른 사람들과 나란히 벤치에 앉았다. 그동안 거의 쉬지 않고 말하던 숙모는 이제 깊이 숨을 내쉬더니, 다정하게 미소 띤 얼굴로 소년을 바라보면서 초콜릿을 먹으라고 했다. 그는 먹고 싶지 않았다.

"어머 얘, 설마 부끄러워서 그러니? 그러지 말고 어서 먹으렴, 어서 먹어!"

한스는 초콜릿을 꺼내 잠시 머뭇거리다 은박지를 뜯고는 아주 조금 떼어 먹었다. 초콜릿은 정말 좋아하지 않았지만 숙모에게 그렇다고 말할 엄두가 나지 않았다. 그가 초콜릿조각을 빨면서 억지로 삼키고 있는데 숙모가 수많은 사람들 사이에서 아는 사람을 발견하고 급히 달려갔다.

"꼼짝 말고 여기 앉아 있어. 금방 올게."

한스는 안도의 한숨을 내쉬며 그 틈을 타 초콜릿을 멀리 잔디밭에 던져버렸다. 그리고 박자를 맞추어 다리를 흔들며 지나가는 많은 사람들을 바라보았다. 불행하다는 생각이 들었다. 얼마 후 그는 불규칙동사를 외우기 시작했는데 참으로 놀랍게도 거의 아무것도 생각나지 않았다. 몽땅 까맣게 잊어버린 것이다! 내일이 주 시험인데!

숙모가 돌아왔다. 그녀는 올해 주 시험에 118명의 지원자가 응시했다는 말을 전해주었다. 그중에서 36명만 합격이었다. 소년은 완전히 기가 죽어 돌아오는 내내 한 마디도 하지 않았다. 집에 오자 머리가 지끈거려서 또 아무것도 먹으려 하지 않았다. 아버지는 풀이 죽은 한스를 보고 호되게 나무랐으며, 심지어 숙모도 그를 못마땅해했다. 밤이 되어 그는 잠이 들긴 했지만 무서운 꿈에 시달렸다. 그는 117명의 지원자와 함께 시험장에 앉아 있었다. 고향의 목사를 닮은 듯도 하고 숙모를 닮은 듯도 한 시험관이 한스 앞에 초콜릿을 산더미처럼 쌓아놓더니 먹으라고 했다. 눈물을 흘리며 초콜릿을 먹고 있는데 다른 지원자들이 하나하나 자리에서 일어나 작은 문으로 사라졌다. 모두 제 몫의 초콜릿 산을 다 먹은 것이었다. 하지만 그의 초콜릿 산은 눈앞에서 점점 높아지더니 마침내 책상과 의자 위로 넘쳐흘러 그의 숨통을 막을 지경이 되었다.

다음날 아침, 한스가 시험장에 지각하지 않고 들어가기 위해 시계에서 눈을 떼지 않고 커피를 마시는 동안 고향에서는 많은 사람들이 그를 생각하고 있었다. 우선 구둣방 주인 플라이크가 그를 생각했다. 플라이크는 아침 수프를 먹기 전에 기도했다. 그는 숙련공들과 수습생 두 명과 더불어 온 가족이 식탁에 빙 둘러앉은 자리에서 오늘은 평소의 아침기도에 다음과 같은 말을 덧붙였다.

"오, 주님, 오늘 시험을 치는 한스 기벤라트 학생을 보호하시어 축복하시고 힘을 주소서. 그리하여 장차 그가 당신의 성스러운 이름을 널리 알리는 올바르고 훌륭한 일꾼이 되게 하소서!"

목사는 한스를 위해 기도를 하지는 않았지만 아침을 먹으며 부인에게 말했다.

"지금쯤 기벤라트가 시험장에 들어가겠네. 그 아이는 뭔가 특별한 사람이 될 거요. 모두 그 아이를 눈여겨보겠지. 그럼 내가 라틴어 공부를 도와준 게 손해는 아닐 거요."

담임교사는 수업을 시작하기 전에 학생들에게 이렇게 말했다.

"자, 이제 슈투트가르트에서는 주 시험이 시작될 거다. 우리 모두 기벤라트가 시험을 잘 보길 빌자! 물론 너희 기도 따윈 필요하지 않을 테지만. 그 아이는 너희 같은 게으름뱅이는 열 명도 너끈히 이길 만큼 똑똑하니까 말이다."

학생들 역시 대부분 그곳에 없는 한스를 생각했다. 특히 그의 합격과 불합격을 두고 내기를 걸었던 많은 학생들이 그를 생각했다.

마음이 담긴 기도와 진심 어린 관심은 거리를 훌쩍 뛰어넘어 멀리까지 영향을 미치는 법이다. 그래서 한스도 고향에서 사람들이 자신을 생각하고 있음을 느낄 수 있었다. 한스는 아버지와 같이 시험장에 들어섰을 때 가슴이 두근거렸고, 조교의 지시를 따를 때는 겁을 잔뜩 먹었으며, 창백한 소년들이 꽉 들어찬 커다란 시험장을 둘러볼 때는 고문실에 들어간 범죄자가 된 기분이었다. 하지만 막상 교수가 들어와서 학생들을 조용히 시키고 라틴어 문체 연습 텍스트를 받아쓰게 했을 때는 안도의 한숨을 내쉬며 이 정도는 우스울 만큼 쉽다고 생각했다. 기분 좋게 후딱 초안을 작성하고, 신중하게 깨끗이 정서正書했다. 그는 맨 먼저 답안지를 제출한 지원자 가운데 하나였다. 숙모 집으로 돌아오는 중에 길을 잘못 들어 도시의 뜨거운 거리를 두 시간이나 헤맸지만 다시 찾은 마음의 안정이 크게 흔들리지는 않았다. 오히려 잠시나마 숙모와 아버지에게서 벗어날 수 있어서 기쁘기까지 했다. 수도의 낯설고 시끄러운 거리를 터벅터벅 걷고 있으려니 대담한 모험가라도 된 기분이 들었다. 한스는 길을 묻고 물어서 드디어 간신히 집에 도착했다. 당장 질문이 봇물처럼 쏟아졌다.

"어떻게 봤어? 어땠니? 잘 봤어?"

그는 의기양양하게 대답했다.

"쉬웠어요. 그런 건 5학년 때 벌써 해석할 수 있었을 걸요."

배가 무척 고팠던 그는 점심을 맛있게 먹었다.

오후에는 할일이 아무것도 없었다. 아버지는 그를 데리고 몇몇 친척과 친구 집을 방문했다. 그중 한 집에서 까만 옷을 입은 수줍어하는 소년을 만났다. 한스처럼 주 시험을 보기 위해 괴핑겐에서 온 소년이었다. 어른들은 소년들끼리 놀게 내버려두었다. 두 소년은 부끄러워하면서도 호기심을 느끼며 서로를 바라보았다. 한스가 물었다.

"라틴어 시험은 어땠어? 쉬웠지, 안 그래?"

"아주 쉬웠어. 하지만 바로 그게 문제야. 문제가 쉬우면 실수를 많이 하거든. 집중을 안 하니까. 함정이 숨어 있는 문제일 수도 있고."

"그렇게 생각해?"

"물론이지. 시험관 선생님들이 그렇게 멍청하지는 않다고."

한스는 조금 놀라서 생각에 잠겼다. 그러다가 머뭇머뭇 물어보았다.

"지금 문제지 갖고 있니?"

소년이 노트를 가져왔다. 둘은 함께 시험 문제를 한 자 한 자 꼼꼼히 짚어보았다. 괴핑겐에서 온 소년은 라틴어를 잘하는 것 같았다. 적어도 그는 한스가 한 번도 들어보지 못했던 문법용어를 두 번이나 사용했다.

"내일 시험은 뭘까?"

"그리스어와 작문이야."

괴핑겐에서 온 소년이 한스네 학교에서 몇 명이나 시험을 치르러 왔느냐고 물었다.

"아무도 없어. 나 혼자야."

한스가 대답했다.

"어, 우리 괴핑겐에서는 열두 명이 왔는데! 그중 세 명은 아주 똑똑한 아이들이야. 걔들이 최상위권을 차지할 거라고 모두 기대하고 있어. 작년에도 괴핑겐 출신이 수석이었거든. 그런데 만약 떨어지면 넌 김나지움*에 갈 거니?"

그런 생각은 한 번도 해본 적이 없었다.

---

* 독일의 9년제 인문계 중등교육기관.

"몰라…… 아니, 아마 안 갈 거야."

"그래? 난 이번에 떨어져도 무조건 계속 공부할 거야. 떨어지면 어머니가 울름에 보내주실 거야."

한스는 큰 충격을 받았다. 괴핑겐에서 온 아주 똑똑한 세 명을 포함한 열두 명의 지원자도 두려웠다. 자신은 명함도 못 내밀 것 같았다.

집에 돌아오자 그는 자리에 앉아 'mi'로 끝나는 동사를 다시 살펴보았다. 라틴어 시험은 하나도 불안하지 않았다. 자신 있었다. 하지만 그리스어는 달랐다. 그는 푹 빠질 만큼 그리스어를 좋아했지만 단지 읽는 것이 좋았을 뿐이다. 특히 크세노폰의 글은 정말 아름답고 감동적이며 생동감이 넘쳤다. 맑고 아름답고 힘찬 울림 하나하나에는 경쾌하고 자유로운 정신이 숨쉬고 있었고 이해하기도 쉬웠다. 하지만 문법을 공부하고 독일어를 그리스어로 번역해야 할 때면 서로 모순되는 규칙과 형식의 미로를 헤매는 기분이었고, 이 외국어에 대해 철자도 모르던 첫 수업 때와 거의 똑같은 불안과 두려움을 느꼈다.

이튿날에는 정말 그리스어와 독일어 작문 시험을 차례로 보았다. 그리스어 시험 문제는 상당히 긴데다 쉽지도 않았다. 작문 주제는 까다롭고 논점을 파악하기가 힘들었다. 열시부터 시험장 안이 푹푹 찌는 듯이 더워졌다. 좋은 펜이 없었던 한스는 답안지를 두 장이나 망치고 나서 겨우 정서를 했다. 작문할 때는 옆자리에 앉은 뻔뻔한 소년 때문에 최대의 위기를 맞았다. 소년이 질문을 쓴 종이를 내밀더니 옆구리를 쿡쿡 찌르며 답을 가르쳐달라고 했기 때문이다. 옆자리 학생과의 접촉은 엄격히 금지된 일이었다. 규칙을 위반하면 가차없이 시험장에서 쫓겨났다. 한스는 두려움에 떨면서 종이에 '귀찮게 굴지 마'라고 쓰고는 등을 돌려버렸다. 참으로 더웠다. 조금도 쉬지 않고 끈기 있게 규칙적으로 시험장을 왔다갔다하는 감독관조차 몇 번이나 손수건으로 얼굴을 닦았다. 두꺼운 입교식 양복을 입은 한스는 땀을 뻘뻘 흘렸고 머리가 지끈지끈 아팠다. 마침내 답안지를 제출하는데 정말 기분이 엉망이었다. 답안지는 틀린 것투성이고 시험도 전부 망친 것 같았다.

밥을 먹으면서 그는 한 마디도 하지 않았다. 뭘 물어도 그냥 어깨만 으쓱하며 무슨 중죄를 지은 사람 같은 표정을 지었다. 숙모는 다독거려주었지만 아버지는 화가 나 심기가 불편해졌다. 식사가 끝나자 아버지는 한스를 옆방으로 데려가서 다시 꼬치꼬치 캐물었다. 한스가 말했다.

"잘 못 봤어요."

"왜 정신을 바짝 안 차렸어? 제길, 좀더 집중했어야지!"

한스는 잠자코 있었지만 아버지가 야단치기 시작하자 얼굴이 벌게져서 쏘아붙였다.

"아버지는 그리스어를 하나도 모르잖아요!"

최악은 두시에 있을 구두시험이었다. 한스가 가장 두려워하는 시험이었다. 타는 듯한 뜨거운 거리를 걸어가며 한스는 정말 비참했다. 괴로움과 두려움과 현기증 때문에 앞을 제대로 볼 수도 없었다.

그는 커다란 녹색 테이블에 자리한 세 명의 시험관 앞에 십 분 동안 앉아서 라틴어 문장 몇 개를 번역하고 질문에 대답을 했다. 이어서 또 십 분 동안 다른 시험관 세 명 앞에 앉아서 그리스어를 번역하고 온갖 질문을 받았다. 마지막으로 한 시험관이 그리스어 동사의 불규칙 과거형을 물었지만 한스는 대답을 못 했다.

"가도 좋아요. 저기, 오른쪽 문입니다."

나가는데 문 앞에서 과거형이 생각났다. 그는 우뚝 멈춰 섰다.

시험관이 소리쳤다.

"나가요, 나가라고요! 혹시 어디 몸이 불편합니까?"

"아닙니다, 그런데 방금 과거형이 생각났습니다."

그는 방 안을 향해 큰 소리로 과거형을 말했다. 그리고 한 시험관이 껄껄 웃는 모습을 보고는 지끈거리는 머리를 감싸쥐고 밖으로 뛰쳐나왔다. 질문과 자신이 한 답변을 떠올려보려 했지만 모든 것이 머릿속에서 뒤죽박죽 엉켜버렸다. 커다란 녹색 테이블과 프록코트를 입은 나이든 근엄한 시험관 세 명, 펼쳐놓은 책과 그 위에 놓인 부들부들 떠는 자신의 손만 자꾸 눈앞에 어른거렸다. 아, 내가 도대체 뭐라고 대답한 걸까!

거리를 걷는데 여기 온 지 벌써 여러 주가 지났고 다시는 떠날 수 없을 것 같다는 생각이 들었다. 고향 집 정원, 푸른 전나무 산, 강변 낚시터. 모든 것이 아득히 멀리 있고, 까마득한 옛날에 한 번 보았을 뿐인 풍경 같았다. 아, 오늘 집에 갈 수 있다면! 여기 더 있어봤자 의미가 없었다. 어쨌든 시험을 다 망쳐버렸으니까.

그는 우유빵을 산 다음, 단지 아버지에게 변명하기 싫어서 오후 내내 거리를 헤매고 다녔다. 집에 돌아오니 모두 걱정하고 있었다. 녹초가 된 애처로운 모습을 본 아버지와 숙모는 그에게 달걀 수프를 먹이고는 바로 잠자리로 보냈다. 내일은 산수와 종교 시험이 있었다. 그 시험이 끝나면 집에 갈 수 있었다.

다음날 아침에는 모든 문제가 술술 풀렸다. 어제 주요 과목을 그렇게 망치고 오늘은 다 잘하다니, 쓰디쓴 아이러니 같았다. 하지만 상관없었다. 이제 떠나면 된다, 집으로!

"시험이 끝났어요. 우리, 이제 집에 가도 돼요."

그는 숙모 집에 도착해서 말했다. 그러나 아버지는 하루만 더 여기 있자고 했다. 칸슈타트에 놀러가 그곳에 있는 온천요양소 공원에서 커피를 마시자는 것이다. 하지만 한스가 그냥 집에 가자고 애원하자 아버지는 한스 혼자 돌아가도 좋다고 허락해주었다. 아버지와 숙모가 그를 기차역까지 데려다주면서 차표를 건넸다. 숙모가 작별키스를 하며 먹을 것을 조금 챙겨주었다. 기진맥진한 그는 멍하니 기차에 몸을 싣고 푸른 구릉지를 지나 집으로 향했다. 검푸른 전나무숲이 보이자 비로소 해방감과 기쁨이 몰려왔다. 늙은 하녀, 자신의 작은 방, 라틴어 학교 교장, 천장이 나지막한 낯익은 교실. 모든 것이 그리웠다.

다행히 기차역에는 꼬치꼬치 캐묻길 좋아하는 아는 얼굴은 하나도 보이지 않았다. 그는 누구의 눈에도 띄지 않고 작은 짐을 들고 집으로 곧장 달려갈 수 있었다.

늙은 하녀 아나가 물었다.

"슈투트가르트에서는 좋았어?"

"좋았냐고요? 아니, 시험이 뭐 좋은 거라고 생각해요? 집에 돌아와서 좋을 뿐이에요. 아버지는 내일이나 오실 거예요."

한스는 신선한 우유를 한 대접 마시고 창문 앞에 걸려 있는 수영복을 걷어와서는 곧바로 뛰어나갔다. 하지만 다른 아이들이 노는 수영장이 있는 풀밭으로는 가지 않았다.

그는 시내에서 꽤 멀리 떨어진 '바게'로 갔다. 깊은 강물이 높은 덤불 사이를 천천히 흐르는 그곳에서 그는 옷을 벗고 탐색하듯 차가운 물속에 먼저 손을 담근 다음 발을 담가보았다. 몸이 부르르 떨렸지만 재빨리 물속으로 풍덩 뛰어들었다. 느린 물살을 거슬러 천천히 헤엄치고 있으려니 지난 며칠간의 땀과 불안이 말끔히 씻겨나가는 느낌이었다. 강물이 그의 가냘픈 몸을 서늘하게 안아주는 동안 그의 영혼은 아름다운 고향을 품으며 새삼스레 기쁨을 느꼈다. 그는 더 빨리 헤엄치다가 쉬고, 다시 헤엄쳤다. 기분 좋은 차가움과 피로감이 온몸을 감쌌다. 그는 물 위에 누워 다시 강물이 흘러가는 대로 몸을 맡겼다. 원을 그리며 날아다니는 금빛 하루살이떼가 낮게 잉잉대는 소리에 가만히 귀기울이며 저녁 하늘을 바라보았다. 해가 산을 넘어가 장밋빛으로 빛나는 하늘을 날렵한 작은 제비들이 가로질러 날고 있었다. 그는 다시 옷을 주워 입고 몽상에 잠겨 천천히 집을 향해 걸었다. 골짜기에는 벌써 짙은 그늘이 드리워 있었다.

상인 자크만의 정원을 지나갔다. 아주 어렸을 때 그는 그 정원에서 다른 아이들과 함께 설익은 자두를 따 먹은 일이 있었다. 그리고 하얀 전나무 목재들이 여기저기 흩어져 있는 키르히너 목공소 옆을 지나갔다. 예전에 그는 전나무 목재 밑에서 늘 낚시에 필요한 지렁이를 잡곤 했다. 감독관 게슬러의 작은 집도 지나갔다. 2년 전 스케이트를 타며 그는 감독관의 딸 에마와 사귀고 싶어서 애를 태웠다. 그와 동갑인 에마는 마을에서 제일 예쁘고 우아한 여학생이었다. 한동안 그의 가장 간절한 소원은 에마와 한번 말을 나누어보거나 손을 잡아보는 것이었지만 결국 그러지 못했다. 한스가 너무 수줍어했기 때문이다. 그후 에마 게슬러는 기숙학교에 들어갔고, 이제는 그녀가 어떻게 생겼는지 기억도 잘 나지 않았다. 그런 어린 시절 이야기들이 마치 아득히 먼 옛날에 있었던 일처럼 문득 떠올랐다. 그 이야기들은 여태껏 겪은 그 어떤 일보다 강렬한 색채와, 묘한 예감이 가득한 향기를 지니고 있었다. 예전에 그는 저녁이면 나숄트 씨네 대문간에 앉아 리제가 감자 껍질을 벗기면서 해주는 이야기를 듣곤 했다. 일요일에는 양심의 가책을 느끼면서도 꼭두새벽부터 아래 방죽에서 바짓가랑이를 걷어올리고 가재나 피라미를 잡았다. 그러다가 나들이옷을 흠뻑 적셔서 아버지한테 흠씬 두들겨맞기도 했다! 그때는 수수께끼 같은 이상한 일들과 사람들이 많았는데, 그런 것들을 이토록 오랫동안 까맣게 잊고 있었다니! 이를테면 목이 구부정한 구두장이 슈트로마이어가 있었다. 동네 사람들은 슈트로마이어가 아내를 독살했다고 굳게 믿었었다. 모험을 좋아하는 '베크 씨'도 있었다. 사람들은 지팡이에 배낭을 메고 뷔르템베르크 구석구석을 헤매고 다니는 그를 '베크 씨'라고 불렀다. 그가 예전에 말 네 마리와 마차까지 소유했던 큰 부자였기 때문이다. 이제 한스는 그들의 이름 말고는 생각나는 것이 없었다. 평판이 좋지 않은 그 작은 골목 세계를 잃어버렸지만 대신 생동감 있고 경험할 가치가 있는 다른 일이 생긴 것도 아니라는 생각이 어렴풋이 들었다.

다음날도 학교에 갈 필요가 없었기 때문에 한스는 대낮까지 늦잠을 자고 자유를 만끽했다. 점심때는 아버지를 마중 나갔다. 아버지는 아직도 슈투트가르트에서 맛본 온갖 즐거움에 젖어 행복해하고 있었다. 아버지가 기분이 좋아서 말했다.

"합격하면 갖고 싶은 걸 말해도 좋다. 잘 생각해둬라!"

소년은 한숨을 쉬었다.

"아니요, 아니요. 틀림없이 떨어졌을 거예요."

"멍청한 녀석, 왜 그러는 거야! 아비 마음이 변하기 전에 갖고 싶은 거나 말해."

"방학하면 다시 낚시하고 싶어요. 해도 되죠?"

"좋아, 시험에 합격하면 해도 좋다."

다음날인 일요일에는 천둥번개가 치고 비가 세차게 쏟아졌다. 한스는 몇 시간 동안 제 방에 앉아 책도 읽고 생각에 잠기기도 했다. 슈투트가르트에서 본 시험을 하나하나 다시 생각해보았다. 몇 번을 생각해도 결론은 같았다. 시험을 더 잘 볼 수도 있었을 텐데 지독히도 운이 나빴다. 이제 절대 합격할 수 없으리라. 왜 멍청하게 머리가 지끈지끈 아팠던 거야! 불안감이 점점 커지면서 마음을 짓눌렀다. 결국 한스는 너무 걱정이 돼서 아버지한테 건너갈 수밖에 없었다.

"아버지!"

"왜 그러냐?"

"물어볼 게 있어서요. 그 소원 때문에요. 차라리 낚시를 안 할래요."

"그래, 대체 왜 새삼스럽게 그 이야기를 또 꺼내지?"

"왜냐하면…… 음, 물어보고 싶었어요, 제가……"

"속시원히 말해봐. 이게 무슨 어처구니없는 짓이야! 그래, 뭔데?"

"만약 시험에 떨어지면 김나지움에 가도 될까 해서요."

기벤라트 씨는 아무 말도 못 하고 있다가 그만 폭발하고 말았다.

"뭐? 김나지움? 김나지움에 간다고? 대체 어느 놈이 그런 생각을 네 머리통에 심었어?"

"그런 사람 없어요. 그냥 제가 생각한 거예요."

소년의 얼굴에는 극심한 두려움이 서려 있었지만 아버지는 아무것도 보지 못했다. 아버지는 기가 막힌 듯 웃으며 말했다.

"가, 저리 가. 터무니없는 소리 좀 그만해라. 김나지움이라고! 내가 무슨 상업고문관이라도 되는 줄 알아."

아버지가 그만 가라고 어찌나 세차게 손짓을 하는지 한스는 포기하고 절망해서 방을 나왔다. 화가 난 아버지가 등 뒤에서 소리쳤다.

"뭐 저런 녀석이 다 있어! 세상에, 어떻게 저런 말을 할 수가 있지! 김나지움에 가시겠다고! 흥, 아주 간덩이가 부었구나."

반시간 동안 한스는 창턱에 앉아 깨끗이 닦은 마룻바닥을 뚫어져라 바라보면서 진짜 신학교에도 김나지움에도 대학에도 갈 수 없으면 앞으로 어떻게 해야 할지 생각해보았다. 아마 치즈가게나 사무소에 수습생으로 들어갈 테지. 평생 평범하고 시시한 사람으로 살겠지. 그런 사람들을 경멸했고, 어떻게든 그들보다 나은 인물이 되려고 했는데. 귀엽고 영리해 보이는 앳된 그의 얼굴이 분노와 슬픔으로 무섭게 일그러졌다. 그는 화가 치밀어 벌떡 일어나서 침을 뱉고는 마침 거기 있던 라틴어 명시 선집을 들어 힘껏 벽에 던졌다. 그러고는 빗속으로 뛰쳐나갔다.

월요일 아침, 그는 다시 학교에 나갔다.

"어떻게 지내니? 어제 찾아올 줄 알았는데. 시험은 어땠니?"

교장이 묻고는 악수를 청했다. 한스는 고개를 숙였다.

"아니, 왜 그래? 잘 못 봤니?"

"그런 것 같아요."

"흠, 기다려보자! 아마 오늘 오전에 슈투트가르트에서 소식이 올 게

다.”

나이든 교장은 그를 위로해주었다. 오전은 끔찍하게 길었다. 아무 소식도 없었다. 점심시간에 한스는 속으로 흐느껴 우느라 음식을 제대로 삼킬 수가 없었다.

오후 두시에 교실에 들어갔더니 담임교사가 벌써 와 있었다.

“한스 기벤라트.”

담임교사가 크게 소리쳤다. 한스는 앞으로 나갔다. 교사가 손을 내밀며 말했다.

“축하한다, 기벤라트. 주 시험에 2등으로 합격했다.”

교실에 엄숙한 침묵이 흘렀다. 교실 문이 벌컥 열리고 교장이 들어왔다.

“축하한다. 자, 뭐라고 말 좀 해야지?”

소년은 너무 놀라고 기뻐서 꼼짝할 수도 없었다.

“자, 아무 말도 안 할 거야?”

그의 입에서 불쑥 말이 튀어나왔다.

“그럴 줄 알았다면 1등도 할 수 있었을 거예요.”

교장이 말했다.

“그럼 집에 가서 아버지께 말씀드려라. 이제 넌 학교에 나오지 않아도 좋다. 어차피 일주일만 있으면 방학이니까.”

소년은 거리로 뛰어나왔다. 머리가 어질어질했다. 보리수들이 서 있고, 광장이 햇빛 속에 누워 있었다. 모든 것이 언제나와 같았지만 더 아름답고 더 의미 있고 더 즐겁게 보였다. 합격했다! 그것도 2등으로! 처음에 느꼈던 폭풍 같은 기쁨의 물결이 물러가자 뜨거운 감사의 감정이 온 마음을 채웠다. 이제는 길에서 목사를 피할 필요가 없다. 이제 계속 공부할 수 있다! 치즈가게나 사무소에 들어가게 될까봐 겁낼 필요도 없다!

이제 낚시도 다시 할 수 있었다. 집에 왔더니 마침 아버지가 현관 앞에 서 있었다.

"무슨 일이냐?"

아버지가 가볍게 물었다.

"별것 아니에요. 이제 학교에 안 나와도 된대요."

"뭐라고? 도대체 왜?"

"이제 전 신학교 학생이니까요."

"세상에, 이런, 네가 합격했다고?"

한스는 고개를 끄덕였다.

"성적은 좋대?"

"2등으로 붙었어요."

그것은 아버지도 기대하지 않은 일이었다. 아버지는 할말을 잊은 채 연신 아들의 어깨만 두드렸다. 껄껄 웃다가 고개를 저었다. 그러고는 무슨 말을 하려고 입을 벌렸지만 아무 말도 못 하고 다시 고개만 저었다.

"오, 세상에 이런 일이!"

이윽고 아버지가 소리쳤다. 그리고 다시 한번 소리쳤다.

"오, 세상에 이런 일이!"

한스는 쏜살같이 집 안으로 뛰어들어가 계단을 성큼성큼 올라가서는 이층 다락방에 들어갔다. 빈 다락방의 벽장문을 벌컥 열고 안을 뒤

져 갖가지 상자며 실타래며 코르크 따위를 꺼냈다. 그의 낚시도구였
다. 이제 무엇보다 좋은 낚싯대를 만들어야 했다. 그는 아버지에게 달
려내려갔다.

"아버지, 주머니칼 좀 빌려주세요!"

"뭐하려고?"

"나뭇가지를 잘라야 해요. 낚시하려고요."

아버지는 주머니에 손을 넣었다. 그리고 환한 얼굴로 호기롭게 말
했다.

"자, 받아. 2마르크다. 네 칼을 사도 좋다. 하지만 한프리트네 가지
말고 칼 만드는 도공刀工한테 가서 사야 한다!"

한스는 쏜살같이 달려갔다. 도공은 시험에 대해 묻고는 기쁜 소식을
듣자 특별히 좋은 칼을 내주었다. 강 하류 쪽 브뤼엘 다리 밑에 아름답
고 낭창낭창한 오리나무와 개암나무 관목들이 자라고 있었다. 한스는
한참 고른 끝에 탄력이 좋은 완벽한 가지를 잘라 서둘러 집으로 돌아
왔다.

그는 얼굴을 발갛게 물들이고 눈을 반짝이며 신이 나서 낚시도구를
장만하기 시작했다. 낚시하는 것만큼이나 그가 좋아하는 일이었다. 오
후부터 저녁때까지 그는 내내 그 일에 매달렸다. 흰 실과 갈색 실과 초
록색 실을 각각 따로 분류하고 꼼꼼하게 살펴 끊어진 곳을 잇고 엉킨
매듭과 헝클어진 실을 풀었다. 모양과 크기가 저마다 다른 코르크와
깃털 낚시찌를 하나하나 시험해보고 새로 깎기도 했다. 낚싯줄에 매달
아 줄을 무겁게 하기 위해 무게가 각각 다른 작은 납덩이를 망치로 두
들겨 동그랗게 만들고, 칼로 금을 새겼다. 다음은 낚싯바늘 차례였다.

낚싯바늘은 보관해둔 것이 몇 개 있었다. 그는 낚싯바늘을 네 겹으로
꼰 검은 재봉실과 바이올린 줄과 비비 꼰 말총에 각각 단단히 묶었다.
저녁 무렵 드디어 일이 끝났다. 이제 한스는 7주나 되는 긴 방학을 지
루하지 않게 보낼 수 있을 거라 확신했다. 낚싯대만 있으면 그는 하루
종일 혼자 강가에서 지낼 수 있었기 때문이다.

제2장

여름방학은 모름지기 이래야 한다! 산 위에는 용담꽃처럼 짙푸른 하늘이 걸렸고, 몇 주 동안 눈부시도록 맑고 더운 날이 계속되었다. 어쩌다 세찬 비바람이 잠깐 몰아쳤을 뿐이다. 수많은 사암 바위와 전나무 그늘과 좁은 골짜기를 지나온 강물은 따뜻하게 데워져서 저녁 늦게까지도 헤엄을 칠 수 있었다. 작은 도시 주위에는 베어 말린 건초 냄새가 감돌았고, 기다란 띠 모양의 밀밭은 황금색으로 물들어 있었다. 시냇가에는 어른 키만큼 높이 자란 독미나리 따위의 풀이 무성했다. 그 풀의 우산처럼 생긴 하얀 꽃은 언제나 아주 작은 딱정벌레들로 뒤덮여 있는데, 속이 빈 줄기를 자르면 훌륭한 피리를 만들 수 있었다. 숲 가장자리로는 보드라운 털이 나 있고 노란 꽃이 피는 위엄 있는 버배스컴이 길게 줄지어 있었다. 호리호리하고 억센 줄기 끝에서 한들대는 부처꽃과 바늘꽃은 산비탈을 온통 붉은 자줏빛으로 물들였다. 숲의 안쪽 전나무 밑에는 키가 크고 꼿꼿한 빨간 디기탈리스가 근엄하고 예쁘고 이국적인 모습으로 서 있었다. 보드라운 은빛 솜털이 난 뿌리 쪽 잎은 넓적하고 줄기는 튼튼하고, 잔 모양의 아름다운 빨간색 꽃들이 줄지어 매달려 있었다. 그 옆에는 반짝이는 빨간 광대버섯과 통통하고 넓적한 돌버섯, 괴상하게 생긴 선모, 가지가 많은 붉은 싸리버섯 같은 갖가지 버섯과 이상하게 색깔이 없고 지나치게 통통한 수정란풀이 자라고 있었다. 숲과 풀밭 사이 히스가 무성한 비탈에는 억센 금작화가 불타듯 샛노랗게 피어 있고, 그 옆에는 연보랏빛이 섞인 붉은 에리카가 기다란 띠 모양으로 피어 있었다. 그 옆으로는 풀밭이었다. 대부분 벌써 두번째 풀베기를 앞둔 풀밭에는 다양한 색깔의 황새냉이와 동자꽃, 샐비어와 체꽃이 무성하게 자라고 있었다. 활엽수림에서는 되새가 잠시도 쉬지 않고 노래했고, 전나무숲에서는 적갈색 다람쥐가 높은 나뭇가지 사이를 뛰어다녔다. 비탈과 담장과 물이 말라버린 도랑에서는 반짝이는 초록색 도마뱀들이 따뜻한 햇볕 아래 기분좋게 숨쉬고 있었다. 지칠 줄 모르는 높은 매미 울음소리가 풀밭 너머 저멀리까지 귀가 따갑게 울려퍼졌다.

도시는 이때쯤 되면 시골 분위기가 물씬 풍겼다. 거리와 공기중에는 건초를 실은 마차, 건초 냄새, 큰 낫을 망치로 쳐서 날을 세우는 소리가 가득했다. 공장 두 개만 없었다면 정말 시골에 온 기분이 들었으리라.

방학 첫날, 한스는 늙은 아나가 일어나기도 전에 새벽부터 조바심을 내며 주방에 나가 커피를 기다렸다. 그는 불 피우는 것을 도와주고 빵

집에서 빵을 가져온 다음, 신선한 우유를 넣어 차가워진 커피를 얼른 마신 후 호주머니에 빵을 쑤셔넣고 밖으로 후닥닥 뛰어나갔다. 한스는 위쪽 철둑에서 걸음을 멈추고 바지 주머니에서 둥근 양철통을 꺼내 부지런히 메뚜기를 잡기 시작했다. 기차가 지나갔다. 철길의 경사가 급했기 때문에 기차는 속도를 내지 않고 천천히 달렸다. 모든 창문을 활짝 열어젖힌 기차에는 승객이 별로 없었다. 기차는 연기와 증기로 만든 길고 하얀 깃발을 펄럭이며 유유히 달렸다. 그는 그 하얀 연기가 소용돌이치다가 곧 햇살이 가득한 이른아침의 맑은 하늘로 사라지는 것을 물끄러미 바라보았다. 이 모든 것을 얼마나 오랫동안 보지 못했던가! 잃어버린 아름다운 시간을 두 배로 만회하고, 거리낄 것도 걱정도 없던 어린 소년으로 다시 돌아가고 싶은 듯 그는 숨을 크게 들이마셨다.

메뚜기가 든 깡통과 새 낚싯대를 들고 다리를 건넜다. 뒤쪽 정원을 지나 수심이 가장 깊은 '가울스굼펜'으로 걸어가는데 은밀한 기쁨과 사냥꾼의 즐거움으로 가슴이 쿵쿵 뛰었다. 그곳에는 버드나무에 기대어 그 어떤 곳보다 편안히 아무 방해도 받지 않고 낚시할 수 있는 장소가 있었다. 그는 낚싯줄을 풀어 작은 납덩어리를 달고 낚싯바늘에 통통한 메뚜기를 무자비하게 끼운 다음, 낚싯줄을 저멀리 강 한가운데로 던졌다. 오래전부터 잘 아는 놀이가 시작되었다. 조그만 사루기들이 까맣게 몰려와 낚싯바늘에서 미끼를 떼어 먹으려고 했다. 곧 미끼가 깔끔히 사라졌다. 다시 메뚜기를 한 마리, 다시 한 마리를 낚싯바늘에 끼우고, 네번째 다섯번째 메뚜기를 차례로 끼웠다. 그는 점점 더 조심스럽게 미끼를 바늘에 끼운 다음, 결국에는 납덩어리를 하나 더 달아 낚싯줄을 좀더 무겁게 했다. 드디어 제법 큰 물고기가 미끼를 건드리기 시작했다. 물고기가 미끼를 살짝 잡아당겼다가 놓고, 다시 조심조심 건드렸다. 그러다가 드디어 미끼를 덥석 물었다. 솜씨 좋은 낚시꾼은 낚싯줄과 낚싯대를 통해 손가락으로 전해지는 미미한 움직임도 전부 느끼는 법이다! 한스는 일부러 줄을 한 번 홱 당긴 다음 조심조심 잡아당기기 시작했다. 고기가 물려 있었다. 모습을 드러낸 물고기를 본 한스는 황어라는 것을 알았다. 담황색으로 빛나는 넓적한 몸통, 뾰족한 머리, 특히 배지느러미에 있는 아름다운 선홍색 띠를 보면 바로 알 수 있었다. 무게는 얼마나 될까? 하지만 무게를 가늠하기도 전에 물고기는 필사적으로 몸을 뒤틀고 수면 위에서 버둥대더니 도망쳐버리고 말았다. 그는 물고기가 물속에서 서너 번 몸을 뒤틀더니 은빛 섬광처럼 깊은 강물 속으로 사라지는 것을 바라보았다. 고기가 낚싯바늘을 제대로 물지 않은 것이다.

이제 낚시꾼의 마음속에 사냥에 대한 흥분과 뜨거운 집중력이 눈을 떴다. 그의 눈은 가느다란 갈색 낚싯줄이 수면에 닿은 지점을 날카롭게 응시했다. 뺨은 발갛게 달아올랐으며, 몸놀림은 간결하고 빠르고 확실했다. 두번째 황어가 미끼를 물고 모습을 드러냈다. 그다음엔 아쉽게도 작은 잉어를 한 마리, 하지만 그다음에 모샘치를 연달아 세 마리나 잡았다. 아버지가 좋아하는 물고기였기 때문에 특히 기뻤다. 모샘치는 작은 비늘로 덮인 통통한 몸에 두툼한 머리에는 익살맞은 하얀 수염이 나 있고, 눈은 작고 몸 뒤쪽이 날렵한 고기다. 색깔은 초록색과 갈색의 중간쯤 되는데, 땅 위에 올라오면 강철 같은 푸른 색깔로 변했다.

그사이 해가 높이 떴다. 위쪽 방죽에서 물거품이 눈처럼 하얗게 빛나고, 강물 위로는 따뜻한 공기가 어른거렸다. 위를 올려다보았더니 무크베르크산 위에 손바닥만한 눈부신 조각구름 몇 점이 둥실 떠 있었다. 날이 아주 더워졌다. 파란 하늘 중간쯤에 하얀 조각구름 몇 점이 조용히 떠 있었다. 맑은 한여름날의 무더위를 이보다 잘 표현해주는 것도 없다. 햇빛을 담뿍 머금어서 오래 쳐다볼 수도 없는 그런 조각구름이 없으면 얼마만큼 더운지 알 수도 없으리라. 파란 하늘이나 반짝이는 거울 같은 수면이 아니라, 거품처럼 하얗고 동그란 한낮의 구름을 보고서야 불현듯 이글거리는 태양을 깨닫고, 그늘을 찾아 땀에 젖은 이마를 손으로 닦는 것이다.

한스는 점점 낚싯바늘에 집중을 하지 않게 되었다. 조금 피곤했다. 어차피 정오 무렵에는 고기가 거의 잡히지 않는다. 가장 나이 먹고 큰 은빛 잉어도 이때쯤이면 햇볕을 쪼이려고 수면 위로 올라온다. 시커멓게 큰 떼를 지은 물고기들은 수면 가까이에서 꿈꾸듯 헤엄치며 강을 거슬러올라가다가 이따금 별 이유도 없이 갑자기 놀라 펄떡 뛰어오르곤 하는데, 이 시간에는 낚싯바늘을 물지 않는다.

한스는 버드나무 가지 너머 물속에 낚싯줄을 드리워놓고 땅바닥에 앉아 푸른 강물을 바라보았다. 고기들이 천천히 위로 올라왔다. 시커먼 등이 차례차례 수면에 모습을 드러내고 따뜻함에 끌려 마법에 걸린 듯 떼를 지어 천천히 조용히 헤엄쳐갔다. 따뜻한 물이 좋겠지! 한스는 장화를 벗고 발을 물속에 담갔다. 수면 쪽 물은 아주 미지근했다. 그는 잡은 물고기들을 바라보았다. 고기들은 커다란 물뿌리개 안에서 헤엄치며 가끔 살짝 퍼덕거릴 뿐이었다. 얼마나 아름다운 고기들인가! 물고기들이 움직일 때마다 비늘과 지느러미에서 하얀색, 갈색, 초록색,

은색, 탁한 금색, 하늘색과 또다른 형형색색의 색깔들이 반짝였다.

주위는 아주 조용했다. 다리 위를 지나는 마차 소리도 거의 들리지 않았다. 덜컥대는 물레방아 소리도 여기서는 어렴풋이 들릴 뿐이었다. 다만 위쪽 하얀 방죽에서 부드러운 물소리가 자장가처럼 조용하고 서늘하게 끊임없이 쏴쏴 들려오고, 철썩철썩 뗏목 말뚝에 부딪혀 소용돌이치는 나지막한 물소리가 들릴 뿐이었다.

그리스어와 라틴어, 문법과 문체론, 산수와 암기, 불안하고 쫓기듯 지냈던 기나긴 1년, 고문과도 같았던 혼란이 모두 나른하게 졸린 따뜻한 시간 속에 조용히 가라앉았다. 한스는 머리가 조금 아팠지만 평소처럼 그리 심하게 아프지는 않았다. 게다가 지금 그는 예전처럼 다시 물가에 앉아 있을 수 있었다. 한스는 방죽에 부딪혀 부서지는 물거품을 보다가 눈을 깜빡이며 다시 낚싯줄을 보았다. 옆에 놓은 물뿌리개 안에서는 잡은 물고기들이 헤엄치고 있었다. 정말 멋졌다. 주 시험에 합격했고, 그것도 2등으로 합격했다는 사실이 문득문득 생각날 때마다 그는 물속에서 맨발로 철벅거리다가 바지 주머니에 두 손을 넣고 휘파람을 불었다. 사실 그는 휘파람을 제대로 불지 못했다. 그것은 그의 오랜 고민이었으며, 학교 친구들한테 놀림도 많이 받았다. 그는 이 사이로 소리를 약간 낼 수 있을 뿐이었다. 하지만 집에 있을 때는 그걸로도 충분했다. 게다가 지금은 듣는 사람이 아무도 없었다. 다른 아이들은 지금 교실에 앉아 지리를 공부하고 있지만 자기만 수업을 받지 않고 자유를 즐기고 있는 것이다. 그는 그들을 앞질렀고, 그들은 지금 자신보다 아래에 있다. 그는 그들에게 괴롭힘을 많이 당했다. 아우구스트하고만 친하게 지낸데다 그들의 싸움과 놀이에 별로 재미를 느끼지 못했기 때문이다. 그 멍청한 녀석들, 고집쟁이들은 멀어지는 그를 멍하니 바라볼 수밖에 없다. 그들을 얼마나 경멸했는지 그는 입을 비쭉이느라 잠깐 휘파람을 멈추었다. 낚싯줄을 감아올리고는 깔깔 웃을 수밖에 없었다. 낚싯바늘에 끼운 미끼가 흔적도 없이 사라져버린 것이다. 그는 깡통에 남아 있는 메뚜기들을 놓아주었다. 메뚜기들은 마비된 듯 비틀비틀 짧은 풀 속으로 기어들었다. 근처에 있는 피혁공장은 벌써 점심시간이었다. 밥 먹으러 갈 시간이었다.

점심을 먹으며 몇 마디밖에 나누지 않았다. 아버지가 물었다.

"좀 잡았니?"

"다섯 마리 잡았어요."

"아, 그래? 그런데 다 큰 고기는 잡지 않도록 조심해라! 안 그러면 나중에 어린 물고기 씨가 마를 테니까."

대화는 그 이상 이어지지 않았다. 몹시 더웠다. 한스는 밥을 먹고 바로 수영하러 갈 수 없는 게 정말 속상했다. 대체 왜 못 하게 할까? 몸에 해롭기 때문이라고 한다! 뭐가 해롭다는 건지. 사실 한스가 더 잘 알고 있었다. 금지령을 어기고 그는 수영하러 간 적이 많았다. 하지만 이제 그런 짓은 안 할 것이다. 그런 철없는 짓을 하기엔 너무 나이를 먹었다. 세상에, 시험 볼 때는 시험관들이 그에게 존댓말을 하지 않았던가!

정원 가문비나무 밑에 한 시간 정도 누워 있는 것도 결코 나쁘지 않았다. 그늘이 많아서 책을 읽을 수 있고 물끄러미 나비를 바라볼 수도 있었다. 그는 거기서 두시까지 누워 있다가 하마터면 깜빡 잠이 들 뻔했다. 이제 수영장에 가자! 수영장이 있는 풀밭에는 어린 소년 몇 명이 있을 뿐이었다. 좀 큰 아이들은 모두 학교에 있었다. 한스는 정말 고소했다. 그는 아주 천천히 옷을 벗고 물에 들어갔다. 그리고 따뜻함과 서늘함을 번갈아 즐겼다. 조금 헤엄을 치다가 잠수를 하고 철벅철벅 물장구를 치기도 하고, 물가에 배를 깔고 엎드려 물기가 곧바로 마르는 피부에 내리쬐는 따가운 햇볕을 즐기기도 했다. 어린 소년들이 존경스럽다는 듯이 그의 주위로 살금살금 모여들었다. 그렇다, 그는 유명인사가 되어 있었다. 실제로 그의 모습은 다른 아이들과 전혀 딴판이었다. 햇볕에 탄 가느다란 목 위에 예쁜 머리가 자유로우면서도 우아하게 놓여 있고, 얼굴은 이지적이었으며 눈에서는 정신적인 우월함이 엿보였다. 삐쩍 마른 몸에 팔다리는 가늘고 연약했다. 가슴과 등은 갈빗대를 셀 수 있을 정도였고, 장딴지에는 살이 거의 없었다.

오후 내내 그는 햇볕과 물 사이를 왔다갔다했다. 네시가 지나자 반 아이들 대부분이 왁자지껄 떠들면서 뛰어왔다.

"야, 기벤라트! 좋아 보이는데."

한스는 기분 좋게 기지개를 켜면서 말했다.

"그래, 나쁘진 않지."

"신학교는 언제 가니?"

"9월에나 가. 지금은 방학이야."

그는 부러움을 한몸에 받았다. 뒤쪽에서 놀려대는 소리가 들리고 누가 이런 노래를 불렀지만 그는 상처받지 않았다.


나도 슐체 리자베트처럼

되고 싶구나!

그녀는 대낮에도 침대에 누워 있는데

나는 그럴 수 없네.


한스는 그저 웃어넘겼다. 그사이 소년들은 옷을 벗었다. 한 아이가 곧바로 물속에 뛰어들었고, 다른 아이들은 우선 조심스럽게 몸을 식혔다. 수영하기 전 잔디밭에 잠시 드러눕는 아이들도 많았다. 잠수를 잘하는 아이는 찬사를 받았다. 누군가에게 떠밀려 물에 빠져 사람 살리라고 고래고래 소리지르는 겁쟁이도 있었다. 아이들은 서로 쫓고 달리고 헤엄쳤다. 물 밖에서 일광욕하는 아이에게 물을 뿌리기도 했다. 첨벙대는 물소리와 고함소리가 요란했다. 강변은 온통 물에 젖어 반짝이는 몸들로 밝게 빛났다.

한 시간 후에 한스는 그곳을 떠났다. 고기가 다시 입질을 하는 따뜻한 저녁시간이 되었기 때문이다. 저녁을 먹기 전까지 다리 위에서 낚시를 했지만 거의 못 잡은 것이나 마찬가지였다. 고기들은 탐욕스럽게 낚싯바늘에 달려들었지만 미끼만 먹고 도망칠 뿐 걸리지는 않았다. 낚싯바늘에 끼운 버찌가 너무 크거나 무른 것이 분명했다. 그는 나중에 다시 한번 해봐야겠다고 마음먹었다.

저녁을 먹으며 그는 많은 지인들이 축하하러 왔었다는 이야기를 들었다. 오늘 날짜의 주간신문도 보았다. 신문의 '우리 시市 소식' 난에는 다음과 같은 짤막한 기사가 실려 있었다.

"이번에 우리 시는 초급 신학교의 입학시험에 한스 기벤라트 단 한 명을 보냈다. 그리고 방금 그가 2등으로 합격했다는 기쁜 소식을 들었다."

한스는 신문을 접어 호주머니에 넣었다. 아무 말도 하지 않았지만 자부심과 환희로 가슴이 터질 것 같았다. 그러고 나서 그는 다시 낚시를 하러 나갔다. 이번에는 미끼로 치즈를 몇 조각 가져갔다. 치즈는 물고기들이 좋아하는 미끼였다. 어스름한 저녁에도 물고기들은 치즈가 잘 보이는 모양이었다.

낚싯대를 두고 아주 간단한 낚시도구만 들고 갔다. 낚싯대도 찌도 없이 낚싯줄만 손에 드는 것은 그가 제일 좋아하는 낚시 방식이었다. 낚싯줄과 낚싯바늘로만 낚시가 이루어지는 것이다. 힘은 조금 더 들었지만 훨씬 재미있었다. 흔들리는 미끼의 아주 미세한 움직임도 통제할 수 있어서 고기가 미끼를 조금만 건드리거나 물어도 바로 느낄 수 있었다. 흔들리는 낚싯줄을 통해 마치 눈앞에서 보듯 고기를 관찰할 수 있었다. 물론 이런 낚시를 하려면 손놀림이 빨라야 하고, 탐정처럼 정신을 바짝 차리고 동정을 살펴야 한다.

골이 깊고 구불구불한 좁은 골짜기에는 어스름이 일찍 내렸다. 다리 밑으로 시커먼 강물이 조용히 흘렀다. 아래쪽 물레방앗간에는 벌써 등불이 켜졌다. 떠들고 노래하는 소리가 다리와 골목 너머로 들려왔다. 공기는 조금 후덥지근했고, 강에서는 시커먼 물고기가 펄떡펄떡 공중으로 뛰어올랐다. 이런 밤이면 고기들이 이상하게 흥분해서 지그재그로 휙휙 쏜살같이 헤엄치고 공중으로 펄떡펄떡 뛰어오르는가 하면 낚싯줄에 몸을 부딪치고 다짜고짜 미끼에 달려들었다. 드디어 마지막 치즈 조각까지 다 썼다. 한스는 자그마한 잉어를 네 마리나 잡았다. 이 물고기들은 내일 목사에게 가져갈 작정이었다.

따뜻한 바람이 골짜기 아래로 불었다. 어둠이 짙게 깔렸지만 하늘은 아직 훤했다. 어둠이 내린 소도시 위로 교회 탑과 성의 지붕만 밝은 하늘에 시커멓고 날카롭게 삐죽 솟아 있었다. 먼 곳에는 비가 오는 모양인지 이따금 멀리서 우르릉거리는 천둥소리가 약하게 들렸다.

한스는 열시에 침대에 누웠다. 정말 오래간만에 머리와 팔다리가 기분 좋게 피곤하고 나른했다. 이제 아름답고 자유로운 여름날들이 그를 위로하고 유혹하며 한참 이어지리라. 빈둥대고 수영하고 낚시하고 꿈을 꾸는 날들 말이다. 다만 1등을 못한 게 분할 뿐이었다.


아침 일찍 한스는 전날 잡은 고기를 전하기 위해 목사관 현관에 서 있었다. 이윽고 목사가 서재에서 나왔다.

"오, 한스 기벤라트! 잘 잤니! 축하한다. 진심으로 축하해. 그런데 뭘 갖고 온 거냐?"

"고기 몇 마리예요. 어제 제가 잡은 거예요."

"그래, 어디 좀 보자! 고맙다. 자, 들어오너라."

한스는 익숙한 서재로 들어갔다. 목사의 서재처럼 보이는 곳은 아니었다. 분재 냄새도 담배 냄새도 나지 않았다. 많은 장서는 거의 대부분 깨끗이 칠하고 금박을 입힌 새 책들이었다. 여느 목사들의 서재에서 흔히 볼 수 있는 퇴색하고 뒤틀리고 벌레 먹고 군데군데 얼룩이 있는 그런 책들이 아니었다. 좀더 자세히 살펴보면 잘 정리된 책들의 제목에서, 존경스럽지만 고리타분하고 스러져가는 세대의 인물들과는 다른 새로운 정신을 발견할 수 있었다. 목사들이 자랑스럽게 소장했던 벵겔, 외팅거, 슈타인호퍼*의 저서 같은 호화로운 장정의 책들과

---

* 벵겔, 외팅거, 슈타인호퍼는 모두 독일의 신학자, 경건주의자.

뫼리케*가 「탑 위의 풍향계」에서 아름답게 노래한 찬송가 작가들의 책은 그곳에 없었다. 혹은 수많은 현대적인 책들에 파묻혀 보이지 않았다. 잡지꽂이들, 서서 일할 때 쓰는 경사진 높은 책상, 종이가 어지럽게 흩어져 있는 커다란 책상, 모두 학구적이고 엄숙한 분위기를 자아냈다. 한스는 목사가 여기서 정말 일을 많이 한다는 인상을 받았다. 실제로 목사는 많은 일을 했다. 물론 설교와 교리문답과 성서 공부보다는 연구와 학술잡지에 실을 논문과 자신의 저서를 쓰기 위한 준비작업을 많이 했다. 몽상적인 신비주의와 암시로만 가득한 깊은 명상은 이곳에서 쫓겨났다. 과학의 깊은 심연을 훌쩍 넘어 목마른 민중의 영혼에 사랑과 따뜻한 동정심으로 다가가려는 소박한 마음의 신학도 쫓겨났다. 대신 이곳에서는 열심히 성서 비판을 하고, '역사적인 그리스도'를 찾았다.

신학 역시 다른 것들과 마찬가지다. 예술이라고 할 수 있는 신학이 있고, 학문이라고 할 수 있는 신학 혹은 적어도 학문이 되려고 애쓰는 신학이 있다. 예나 지금이나 학자들이 새 술부대에 신경을 쓰느라 오래된 포도주를 버리고 만다면, 예술가들은 종종 외적인 잘못을 태평스레 고집하지만 많은 이에게 위로와 기쁨을 준다. 그것은 단순하게 비교할 수 없는 비평과 창작, 학문과 예술의 오랜 싸움이다. 이 싸움에서 전자는 항상 옳지만 어떤 이에게 도움을 주지는 못한다. 반면 후자는 언제나 영원에 대한 예감과 믿음과 사랑과 위로와 아름다움의 씨앗을 뿌리고, 계속 좋은 밭을 발견한다. 왜냐하면 삶은 죽음보다 강하고, 믿

---



* 에두아르트 뫼리케. 독일의 시인, 목사.

음은 의심보다 강하기 때문이다.

한스는 처음으로 경사진 높은 책상과 창문 사이에 놓인 작은 가죽 소파에 앉았다. 목사는 아주 친절했다. 마치 한스가 동료라도 되는 듯 신학교에 대해서 그리고 그곳에서 어떻게 생활하고 공부하는지 이야기해주었다. 마지막에 목사가 말했다.

"네가 그곳에서 새로 배우게 될 가장 중요한 과목은 신약성서로 공부하는 그리스어 입문일 거야. 그걸 배우면 아마 새로운 세계가 열리는 기분일걸. 공부할 게 많지만 기쁨도 클 거야. 처음엔 그 언어 때문에 무척 애를 먹을 테지. 아테네에서 쓰던 그리스어가 아니라 새로운 정신에 의해 창조된 새로운 어법이거든."

한스는 정신을 바짝 차리고 들었다. 진정한 학문에 가까이 다가가는 것 같아서 자랑스러웠다. 목사가 말을 이었다.

"학교에서 이 새로운 세계를 처음 접하게 되면, 당연히 그 묘미를 많이 놓칠 거야. 또 신학교에서는 우선 히브리어에 시간과 힘을 쏟아야 해. 네가 좋다면 이번 방학에 같이 조금 시작할 수도 있다. 그럼 신학교에서 다른 과목에 시간과 힘을 쏟을 수 있을 테니 좋을 거야. 누가복음을 몇 장 같이 읽을 수도 있지. 그럼 언어는 놀이하듯 덤으로 배우게 될 거야. 사전은 내가 빌려줄 수 있다. 매일 한 시간이나 두 시간 정도 매달려보는 거야. 물론 그 이상은 안 된다. 너는 지금 무엇보다 충분히 쉬어야 하니까. 쉴 자격도 있고. 물론 이건 제안일 뿐이다. 모처럼 얻은 휴가일 텐데 망치고 싶은 마음은 없거든."

당연히 한스는 그러겠다고 했다. 누가복음 공부는 환하고 푸른 자유의 하늘에 나타난 옅은 구름 같았지만 안 하겠다고 하기가 쑥스러웠다. 또 방학 동안 새로운 언어를 틈틈이 배우는 일은 힘든 공부라기보다 틀림없이 더 큰 즐거움일 것 같았다. 그러지 않아도 신학교에서 배울 새로운 과목, 특히 히브리어에 대해 약간 두려워하던 참이었다.

목사와 헤어질 때 그는 기분이 나쁘지 않았다. 낙엽송 길을 지나 숲으로 올라갔다. 아까 살짝 느꼈던 불쾌감은 벌써 씻은 듯 사라졌다. 생각하면 생각할수록 괜찮은 제안 같았다. 신학교에서도 동급생들을 앞지르려면 더 야심차게 열심히 공부해야 한다는 걸 잘 알고 있었기 때문이다. 그는 반드시 동급생들을 앞지르고 싶었다. 하지만 대체 왜 그래야 할까? 그 이유는 한스 자신도 알지 못했다. 3년 전부터 그는 사람들의 시선을 한몸에 받아왔다. 교사들, 목사, 아버지, 특히 교장이 그를 격려하고 닦달하고 잠시도 가만두지 않았다. 학년에서 학년으로 올라갈 때마다 그는 오랫동안 반박할 수 없는 1등이었다. 그는 점점 1등이라는 데 스스로 자부심을 느끼고 누가 자신과 감히 겨루는 것을 못 참았다. 게다가 이제는 시험에 대한 어리석은 두려움도 사라졌다.

물론 방학은 세상에서 가장 좋은 것이었다. 산책하는 사람이 아무도 없는 아침 숲은 얼마나 아름다웠던가! 기둥처럼 열을 지어 죽 늘어선 가문비나무들이 한없이 넓은 숲의 홀을 푸른빛이 도는 초록색의 둥근 지붕으로 덮고 있었다. 큰 나무 밑에 자라는 관목은 별로 없고 여기저기 블루베리 덤불만 있을 뿐이었다. 대신 모피처럼 부드러운 이끼 담요가 몇 시간이나 걸어도 끝이 나지 않을 만큼 넓게 펼쳐져 있었고, 그 위를 키 작은 월귤나무와 에리카 꽃이 차지하고 있었다. 이슬은 벌써 말라 있었다. 아침 숲 특유의 후덥지근한 기운이 꼿꼿한 나무들 사이에 감돌았다. 햇볕의 따뜻한 온기, 증발한 이슬, 이끼 냄새와 송진과 전나무 잎과 버섯 냄새가 뒤섞인 그 기운이 몽롱하게 모든 감각을 마비시키듯 휘감았다. 한스는 이끼 위에 드러누워 무성한 블루베리 덤불의 거무스레한 열매를 맛있게 따 먹었다. 여기저기서 딱따구리가 나무를 쪼는 소리와 시샘 많은 뻐꾸기 울음소리가 들렸다. 거무스레한 전나무 우듬지 사이로 구름 한 점 없는 쪽빛 하늘이 빠끔 들여다보는 가운데 쭉쭉 뻗은 수천 그루의 나무들이 장엄한 갈색 병풍처럼 저멀리까지 빽빽하게 서 있었다. 노란 햇빛이 반짝이며 이끼 위로 따뜻한 얼룩을 여기저기 던졌다.

처음에 한스는 뤼첼러 호프나 크로쿠스비제까지 먼 거리를 산책할 생각이었다. 하지만 지금 그는 이끼 위에 누워 블루베리를 먹으면서 멍하니 하늘을 쳐다보고 있었다. 이렇게 피곤하다니 스스로도 이상했다. 예전에는 서너 시간 걷는 건 아무 일도 아니었다. 그는 피곤했지만 벌떡 일어나 오래 걸어보려 했다. 수백 걸음을 걸었다. 하지만 어느새 다시 이끼 위에 벌러덩 드러누워 쉬고 있었다. 어떻게 그렇게 되었는지 알 수가 없었다. 그는 누운 채 눈을 깜빡이며 나무 둥치와 우듬지와 푸른 땅바닥을 바라보았다. 공기 때문에 이렇게 피곤한 걸까!

정오 무렵 집에 돌아왔는데 머리가 다시 지끈지끈 아팠다. 눈도 따끔따끔했다. 숲속 오솔길의 햇빛이 눈이 부시도록 따가웠기 때문이다. 언짢은 기분으로 오후 반나절을 아무것도 하지 않고 집에 앉아 있었다. 수영을 하자 그제야 기운이 났다. 이제 목사를 만나러 갈 시간이었다.

목사관으로 가는데 작업장 창가에 앉아 있던 구둣방 주인 플라이크가 한스를 보고 안으로 들어오라고 했다. 플라이크는 등받이가 없는 다리 세 개짜리 의자에 앉아 있었다.

"얘야, 어디 가니? 요즘 얼굴을 통 볼 수 없구나."

"지금 목사님 댁에 가야 해요."

"또? 시험은 이미 끝났잖아."

"예. 지금은 다른 일 때문에 가는 거예요. 신약성서를 배우러요. 신약성서는 그리스어로 쓰여 있지만 제가 배운 그리스어하고는 전혀 다른 그리스어로 쓰여 있어요. 이제 그걸 배워야 해요."

구둣방 주인은 모자를 목 뒤로 젖히고 사색가 같은 넓은 이마에 깊은 주름을 지었다. 그는 한숨을 크게 쉬고는 나지막하게 말했다.

"한스, 할 말이 있다. 여태까지 시험 때문에 입을 다물고 있었지만 이제 주의를 줘야겠구나. 목사님이 믿음이 없는 사람이라는 걸 너도 알아야 하기 때문이다. 목사님은 성서가 틀렸고 거짓말이라고 하면서 널 속일 거야. 목사님하고 신약성서를 읽으면 너도 모르는 사이에 믿음을 잃어버릴 거야."

"하지만 플라이크 아저씨, 그냥 그리스어를 배우는 것뿐이에요. 신학교에 가면 어차피 배워야 한다고요."

"네가 그렇게 말할 줄 알았다. 하지만 믿음 깊고 양심적인 선생님들한테 성서를 배우는 것과 하느님을 믿지 않는 선생님한테 배우는 건 완전히 다르단다."

"그렇겠죠. 하지만 목사님이 정말 하느님을 안 믿는지는 모르잖아요."

"믿지 않는단다, 한스. 유감스럽지만 모든 사람들이 다 알고 있어."

"하지만 어떡해요? 간다고 벌써 약속을 했단 말이에요."

"그렇다면 가야지, 당연히 약속은 지켜야 한다. 하지만 만일 목사님이 성서는 인간이 만든 것이라는 둥 거짓말이라는 둥 성령의 입김으로 쓰인 것이 아니라는 둥 그런 말을 한다면 내게 오너라. 우리 같이 그 이야기를 해보자. 그러겠니?"

"예, 플라이크 아저씨. 하지만 분명 괜찮을 거예요."

"곧 알게 될 거야. 내 말을 명심해라!"

목사가 집에 없어서 한스는 서재에서 기다려야 했다. 금박을 입힌 책 제목을 자세히 보고 있는데 문득 구둣방 주인의 말이 떠올랐다. 그는 생각에 잠겼다. 그도 목사와 신식 교육을 받은 성직자 전체를 두고 그런 말을 하는 걸 꽤 여러 번 들었다. 하지만 지금 처음으로 자신이 그 일에 휘말린 것이다. 긴장이 되고, 호기심도 났다. 구둣방 주인이 생각하는 것처럼 그렇게 중요하고 끔찍한 일 같지는 않았다. 오히려 오래된 큰 비밀을 파헤칠 수 있을 것 같은 기분이 들었다. 저학년 때는 어디에나 계시는 하느님과 영혼이 머무는 곳, 악마와 지옥의 존재 같은 의문들 때문에 가끔 한참 공상에 빠지기도 했다. 하지만 열심히 공부한 가혹한 지난 몇 년 동안 그런 의문은 모두 잠들어버렸다. 그가 학교에서 배운 기독교 신앙은 구둣방 주인과 이야기할 때만 이따금 다시 살아나 개인적인 의미를 얻었다. 구둣방 주인과 목사를 비교하고 한스는 빙긋 웃을 수밖에 없었다. 혹독하고 힘든 세월을 살며 구둣방 주인이 갖게 된 확고한 신앙을 이해할 수 없었던 것이다. 플라이크는 똑똑한 사람이었지만 단순하고 편협했으며, 독실한 경건주의 신앙 때문에 많은 사람에게 놀림을 받았다. 그는 기도모임에서 형제들을 심판하는 엄격한 재판관이자 권위 있는 성서 해석자로 활동했고, 주변 마을들을 돌아다니며 기도시간을 갖기도 했다. 하지만 하찮은 수공업자일 뿐이었고, 다른 사람들처럼 시야가 좁았다. 그에 반해 목사는 말솜씨가 뛰어났으며 노련했고, 설교자일 뿐 아니라 부지런하고 엄격한 학자였다. 한스는 두려운 마음으로 책장을 쳐다보았다.

얼마 후 목사가 돌아왔다. 목사는 프록코트를 벗고 집에서 입는 가벼운 검은 윗옷으로 갈아입더니 그리스어로 쓰인 누가복음을 한스 손에 쥐여주며 읽어보라고 했다. 라틴어 시간과는 완전히 딴판이었다. 두 사람은 겨우 몇 문장을 읽고 단어 하나하나를 괴로울 정도로 꼼꼼하게 번역했다. 그러고 나서 목사는 대수롭지 않아 보이는 문장을 용례로 들어 달변으로 설득력 있게 그 언어의 독특한 정신을 펼쳐 보이고, 누가복음이 쓰이게 된 내력과 시대적 배경을 설명했다. 단 한 시간만에 한스는 배우고 읽는 일이 무엇인지 완전히 다시 생각하게 되었다. 한 단락과 한 마디 속에 어떤 수수께끼와 사명이 숨어 있고, 저 옛날부터 수많은 학자와 명상가와 연구자들이 그 문제와 어떻게 씨름해왔는지 어렴풋이 짐작할 수 있었다. 공부하면서 그는 자신도 진리를 추구하는 그런 무리에 들어간 느낌이 들었다.

한스는 사전과 문법책을 빌려 집에서 저녁 내내 공부했다. 참된 연구의 길을 걸으려면 얼마나 많은 배움과 지식의 산을 넘어야 하는지 느꼈다. 그는 어떤 어려움도 헤쳐나갈 것이며 지나가는 길에는 아무것도 남겨두지 않으리라 다짐했다. 그사이 구둣방 주인은 까맣게 잊어버렸다.

며칠 동안 새로운 학문이 그를 완전히 사로잡았다. 그는 매일 저녁마다 목사를 찾아갔다. 진정한 학식은 하루하루 더 아름답고 어려워졌지만 추구할 가치가 있는 듯 보였다. 이른 아침에는 낚시하러, 오후에는 수영하러 갔다. 그외에는 별로 집밖으로 나가지 않았다. 시험에 대한 불안과 승리감 때문에 수면 아래로 가라앉아 있던 야심이 다시 고개를 들어 쉴 수가 없었다. 또한 지난 몇 달 동안 자주 느꼈던 독특한 감정이 머릿속에서 다시 꿈틀대기 시작했다. 맥박이 빨라지고 이상하게 기운이 펄펄 나서 승리를 향해 그를 급하게 몰아댔다. 그것은 고통이 아니라 맹렬하게 앞으로 나가려는 욕망이었다. 물론 그후에는 어김없이 머리가 아팠다. 하지만 그런 미열이 날 때는 책을 읽고 공부하는 진도가 폭풍처럼 쑥쑥 나갔다. 그럴 때는 평소 십오 분이 걸렸던 크세노폰의 가장 어려운 문장도 놀이하듯 척척 읽을 수 있었다. 그는 사전을 거의 찾지 않고 예리해진 이해력으로 어려운 페이지를 줄줄 읽으며 기뻐했다. 그렇게 공부에 대한 열정과 인식에 대한 뜨거운 욕구가 의기양양한 자부심과 합쳐졌다. 그는 이미 오래전에 학교와 교사들, 배움의 과정을 떠나보내고 지식과 능력의 저 높은 정상을 향해 자신만의 길을 걷고 있는 듯한 기분이었다.

지금 다시 그런 기분에 빠져 그는 잠이 들었다. 그는 묘하게 또렷한 꿈 때문에 자주 잠을 깼다. 밤중에 가벼운 두통 때문에 잠이 깨서 다시 잠들 수 없을 때는 어서 앞으로 나아가고 싶어서 조바심이 났다. 그리고 자신이 동급생들보다 얼마나 앞서 있는지, 교사들과 교장이 일종의 존경심을 느끼며, 아니 심지어 경탄하면서 그를 쳐다보던 것을 생각하고 우월감을 느꼈다.

교장은 한스에게 일깨운 아름다운 야심을 바른길로 인도하고, 그 야심이 자라는 걸 보면서 내심 기뻐했다. 교사를 향해 마음이 차갑고 완고하고 좀스럽게 작은 일까지 꼼꼼하게 챙기는 영혼 없는 사람이라고 말하지 말라! 오, 그렇지 않다. 아무리 자극을 줘도 오랫동안 깨어나지 않던 한 아이의 재주가 피어나고, 한 소년이 목검과 새총과 활과 그밖의 유치한 놀이를 버리고 앞으로 나가려 애쓰기 시작하고, 진지한 공부를 통해 제멋대로 굴던 볼이 통통한 아이가 섬세하고 진지하며 거의 금욕적인 소년으로 변모되고, 그의 얼굴이 더 어른스럽고 지성적으로 변해 눈매가 더 깊어지고 목표의식이 더 뚜렷해지며 손이 더 하얗고 차분해지는 것을 보면 교사의 영혼은 기쁨과 자부심으로 활짝 웃는다. 교사의 의무와 국가가 교사에게 맡긴 직무는 소년들의 거친 힘과 자연의 욕망을 제어해 뿌리부터 송두리째 뽑아버리고, 그 대신 국가가 인정하는 차분하고 절도 있는 이상을 심어주는 것이다. 학교의 그러한 노력이 없었더라면, 지금 행복한 시민과 성실한 관리가 된 얼마나 많은 사람들이 걷잡을 수 없는 격렬한 개혁가, 쓸데없는 공상이나 하는 몽상가가 되었겠는가! 소년의 내면에는 거칠고 무질서하고 세련되지 못한 어떤 것이 있다. 교사는 우선 그것을 깨뜨리고, 위험한 불꽃은 끄고 밟아버려야 한다. 자연이 창조한 그대로의 인간은 예측할 수 없고 속을 들여다볼 수 없으며 위험한 존재이다. 그는 미지의 산에서 흘러내려오는 강이며, 길도 질서도 없는 울창한 원시림이다. 나무를 솎아서 베고 정리해 원시림을 강제로 억제해야 하듯이 학교도 자연 그대로의 인간을 깨뜨리고 정복하고 강제로 억제해야 한다. 학교의 사명은 정부가 인가한 원칙에 따라 자연 그대로의 인간을 사회의 유용한 일원으로 만들고, 병영의 세심한 훈련을 통해 마무리되고 완성되는 특성을 일깨우는 것이다.

어린 기벤라트는 얼마나 훌륭하게 성장했는가! 실속 없이 거리를 쏘다니고 장난을 치는 일 따위는 스스로 그만두고, 수업시간에 바보같이 크게 웃는 일도 벌써 오래전에 그만두었다. 정원을 가꾸고, 토끼를 기르고, 시간만 많이 빼앗는 재미없는 낚시도 어느새 멀리하고 있었다.

어느 날 저녁, 교장이 몸소 기벤라트의 집을 찾아왔다. 그는 우쭐해하는 한스의 아버지에게 공손하게 인사한 뒤 한스의 방에 들어갔다. 소년이 누가복음을 공부하는 걸 보고 교장은 아주 다정하게 인사를 건넸다.

"기특하구나, 기벤라트! 벌써 열심히 공부하는구나. 그런데 왜 통 얼굴을 보여주지 않니? 매일 기다렸는데."

한스는 변명을 했다.

"가려고 했습니다. 하지만 좋은 물고기 한 마리쯤은 가져다드리고 싶었어요."

"물고기라고? 무슨 고기 말이니?"

"그러니까 잉어나 뭐 그런 거요."

"아, 그래. 낚시를 다시 하니?"

"예, 조금요. 아버지가 해도 좋다고 하셨거든요."

"흠, 그렇구나. 재미있니?"

"예, 그런대로요."

"좋아, 아주 좋아. 네가 힘들게 얻은 방학이니까. 그런데 혹시 틈틈이 공부하고 싶은 마음은 없니?"

"아니요, 있습니다, 교장선생님. 당연히 있습니다."

"네가 하고 싶지 않다면 절대 강요하고 싶은 생각은 없다."

"정말 하고 싶습니다."

교장은 몇 번 심호흡을 하더니 성긴 수염을 쓰다듬으면서 의자에 앉왔다. 그리고 이렇게 말했다.

"얘, 한스! 그러니까 이런 거야. 나는 오래전부터, 시험을 아주 잘 보고 난 다음 갑자기 뒤로 처지는 학생들을 많이 봤단다. 신학교에 가면 새로운 과목을 많이 배워야 해. 그래서 방학중에 미리 선행학습을 하는 아이들도 몇 명은 항상 있지. 시험성적이 좀 좋지 않았던 아이들이 그럴 때가 많아. 그런 아이들은 방학 동안 월계관 위에서 편하게 쉬었던 아이들을 누르고 갑자기 높이 올라간단다."

그는 다시 한숨을 쉬었다.

"여기 학교에서 넌 항상 쉽게 1등을 할 수 있었지. 하지만 신학교에는 재능이 많거나 아주 열심히 공부하는 아이들뿐일 거야. 그런 아이들을 앞지르기는 쉽지 않단다. 무슨 말인지 알겠니?"

"아, 예."

"그래서 제안을 하나 하려고 한단다. 이번 방학중에 미리 공부를 좀 해두는 게 어떨까? 물론 적당히 해야지! 너는 충분히 쉴 권리와 의무가 있으니까. 내 생각엔 하루에 한 시간이나 두 시간 정도가 적당할 것 같구나. 그렇게 하지 않으면 궤도를 벗어나기 쉽단다. 제자리를 다시 찾으려면 몇 주일 고생해야 하지. 네 생각은 어떠니?"

"저는 벌써 준비가 되어 있습니다, 교장선생님. 선생님께서 도와주신다면……"

"좋아. 신학교에 가면 아마 히브리어 다음으로 호메로스를 통해 새로운 세계를 알게 될 거다. 지금 기초를 탄탄하게 다져놓으면 호메로스를 두 배로 재미있게 이해하면서 읽을 수 있을 거야. 호메로스의 언어는 고대 이오니아 방언인데, 호메로스식 운율과 더불어 아주 독특하단다. 고유한 데가 있다는 말이지. 그 문학을 제대로 음미하려면 열심히, 철저하게 공부해야 한단다."

당연히 한스는 이 새로운 세계에 들어갈 마음이 있었다. 그는 최선을 다하겠다고 약속했다.

하지만 그다음이 문제였다. 교장은 헛기침을 하더니 다정하게 말을 이었다.

"솔직히 난 수학도 몇 시간 하는 게 좋을 것 같구나. 물론 넌 산수를 못하지는 않지. 하지만 아무튼 여태까지 수학은 네가 잘하는 과목은 아니었잖니. 신학교에 가면 대수와 기하를 배워야 할 거야. 그러니까 몇 장을 미리 공부하는 게 좋을 거다."

"알겠습니다, 교장선생님."

"우리 집에 오는 건 언제라도 대환영이다. 잘 알고 있겠지. 네가 유능한 사람이 되는 걸 보는 건 내 당연한 의무이기도 해. 물론 즐거운 의무지. 수학은 아버지한테 부탁해서 수학선생님한테 개인교습을 받도록 하렴. 아마 일주일에 서너 시간이면 충분할걸."

"알겠습니다, 교장선생님."


공부는 다시 활짝 꽃을 피웠다. 한스는 어쩌다 한 시간쯤 낚시나 산책을 할 때면 양심의 가책을 느꼈다. 헌신적인 수학교사는 언제나 한스가 수영을 하던 시간에 공부를 하자고 했다.

대수는 아무리 열심히 해도 별로 재미가 없었다. 뜨거운 오후 수영장이 있는 풀밭에 가는 대신 수학교사의 후끈한 방 안에서 모기가 윙윙대는 가운데 먼지 많은 탁한 공기를 마시며 피곤한 머리와 메마른 목소리로 a + b, a − b를 중얼거리는 건 역시 괴로운 일이었다. 더욱이 공기중에 그를 마비시키고 짓누르는 것이 떠다니고 있다가 날씨가 나쁜 날에는 암담한 절망으로 변하기도 했다. 수학은 묘한 과목이었다. 그렇다고 그에게 수학이 영원히 문이 닫혀 있는, 도저히 이해할 수 없는 과목은 아니었다. 가끔 훌륭하고 멋진 해답을 찾아내 기쁨을 맛보기도 했다. 그는 수학에는 변칙과 속임수가 없고 주제를 벗어나거나 그럴듯한 옆길을 헤맬 가능성이 없다는 점이 마음에 들었다. 같은 이유로 그는 라틴어를 좋아했다. 라틴어는 분명하고 확실하며 의혹의 여지가 거의 없기 때문이다. 하지만 계산은 모든 결과가 딱딱 다 들어맞더라도 별 의미가 없는 듯했다. 그에게 수학 공부와 수업은 평탄한 국도를 걷는 것과 같았다. 항상 앞으로 나아가면서 어제까지도 이해하지 못했던 것을 날마다 새로 이해하긴 하지만, 탁 트인 넓은 전망을 볼 수 있는 산을 갑자기 만나는 일은 없었다.

교장과 같이 하는 공부는 이보다 조금 더 활기가 있었다. 교장은 젊음의 활력이 넘치는 호메로스의 언어에서 감동을 찾아냈다. 물론 목사는 신약성서의 변질된 그리스어에서 훨씬 더 화려하고 마음을 사로잡는 감동을 찾아냈다. 하지만 역시 호메로스였다. 초반의 어려움을 넘어서자마자 예기치 않았던 놀라움과 즐거움이 불쑥 나타나 거부할 수 없는 매력으로 앞으로 더 나아가라고 유혹했다. 한스는 초조감과 긴장감에 전율하면서 신비롭고 아름다운 운율로 이루어진 난해한 시 앞에 앉아, 조용하고 맑은 정원의 열쇠를 찾으려고 허둥지둥 사전을 들춰볼 때가 많았다.

다시 숙제가 많아지면서, 해야 할 과제와 씨름하느라 밤늦게까지 책상 앞에 앉아 있는 일도 많아졌다. 아버지 기벤라트는 열심히 공부하는 아들을 자랑스럽게 바라보았다. 그의 우둔한 머릿속에는 편협한 사고방식을 가진 수많은 사람들이 간절히 바라는 이상이 어렴풋이 자라고 있었다. 그의 가문의 줄기에서 나온 가지 하나가 그를 넘어서서, 그가 막연한 존경심을 느끼며 우러러보았던 저 높은 곳까지 자라는 것을 보고 싶은 이상 말이다.

방학이 끝나는 마지막 주가 되자 교장과 목사는 갑자기 눈에 띄게 온화해져 친절하게 마음을 써주었다. 그들은 산책하라고 소년을 내보내고, 수업을 중단하고, 기운을 차려 활기차게 새로운 여정을 시작하는 것이 얼마나 중요한지 강조했다.

한스는 몇 번 더 낚시하러 갔다. 하지만 머리가 너무 아팠고, 별로 집중을 하지 않은 채 우두커니 푸른 초가을 하늘이 비친 강가에 앉아 있었다. 도대체 왜 그토록 여름방학을 기다렸었는지 스스로도 의아했다. 지금은 오히려 여름방학이 끝나고 전혀 다른 생활과 배움이 시작될 신학교에 가는 것이 기뻤다. 중요하게 생각하지 않아서인지 고기도 거의 잡지 못했다. 그 일로 아버지한테 놀림을 한 번 받자 그는 아예 낚시를 그만두었다. 그는 낚싯줄을 다시 다락방 상자 속에 넣어버렸다.

며칠 있으면 방학이 끝난다. 그제야 문득 몇 주 동안 구둣방 주인 플라이크를 찾아가지 않았다는 생각이 났다. 한스는 내키지 않았지만 의무감으로 플라이크를 만나러 갔다. 저녁이었는데 플라이크는 양 무릎에 어린애를 한 명씩 안고 거실 창가에 앉아 있었다. 창문이 열려 있는데도 온 집 안에 가죽 냄새와 구두약 냄새가 가득했다. 한스는 쑥스러운 얼굴로 구둣방 주인의 딱딱하고 넓적한 오른손을 잡았다. 구둣방 주인이 물었다.

"그래, 어떻게 지내니? 목사님한테는 열심히 배웠니?"

"예, 매일 가서 많이 배웠어요."

"뭘 배웠는데?"

"주로 그리스어를 배웠지만 그것 말고도 여러 가지를 배웠어요."

"그래서 우리 집에는 오고 싶지 않았구나?"

"오고 싶었어요, 플라이크 아저씨! 하지만 시간이 없었어요. 목사님한테 매일 한 시간, 교장선생님한테는 매일 두 시간, 그리고 수학선생님한테 일주일에 네 번이나 가야 했거든요."

"지금 방학인데? 말도 안 돼!"

"저는 잘 모르겠어요. 선생님들이 그렇게 하래요. 또 저는 공부가 힘들지 않으니까요."

"그렇겠지."

플라이크는 이렇게 말하고 한스의 팔을 잡더니 말을 이었다.

"공부도 좋지만 대체 팔이 이게 뭐니? 얼굴도 바짝 여위고. 아직도 머리가 아프니?"

"가끔요."

"말도 안 된다, 한스. 이건 죄악이야. 네 나이 때는 바깥공기를 많이 마시고 많이 움직이고 제대로 쉬어야 해. 대체 방학은 뭐 때문에 있는 거냐? 방 안에 틀어박혀 공부만 하라고 있는 게 아니라고. 너는 정말 뼈와 가죽뿐이로구나!"

한스는 깔깔 웃었다.

"물론 넌 꾹 참고 씩씩하게 잘할 거다. 하지만 지나친 건 지나친 거야. 그런데 목사님하고 공부하는 건 어땠니? 무슨 말을 하시든?"

"말씀은 많이 하셨지만 나쁜 말씀은 하나도 안 하셨어요. 목사님은 아는 게 정말 많으세요."

"성서를 두고 무례한 말은 안 하시든?"

"아니요, 한 번도 안 하셨어요."

"그래, 다행이구나. 분명히 말하지만, 영혼이 상하는 것보다는 차라리 몸이 열 번 죽는 게 낫단다! 너는 목사가 되고 싶어하지. 그건 귀하고 어려운 일이란다. 네 나이의 웬만한 젊은이들은 할 수 없는 일이지. 하지만 너는 그 일에 맞는 사람일 거야. 언젠가 넌 영혼을 돕고 가르치는 사람이 되겠지. 나는 진심으로 그렇게 되길 바라고 그래서 늘 기도한단다."

플라이크는 자리에서 일어나 소년의 어깨에 두 손을 힘주어 얹었다.

"잘 가라, 한스. 늘 바른길을 가렴! 주여, 한스를 축복하시고 보호해 주소서, 아멘."

엄숙한 말투와 기도, 그리고 사투리가 아닌 표준말에 소년은 괴로웠고, 가슴이 조여오는 듯했다. 목사는 헤어질 때 그러지 않았다.

떠날 준비를 하고 작별인사를 하러 다니느라 분주한 며칠이 후딱 지나갔다. 이불이며 옷가지며 속옷이며 책을 넣은 상자는 미리 우편으로 부치고 여행가방을 싼 다음 어느 서늘한 아침, 아버지와 아들은 마울브론을 향해 떠났다. 고향을 떠나고 아버지 집을 나와 낯선 학교에 들어가는 것이다. 한스는 기분이 묘하면서도 우울했다.

# 제3장


    슈바벤 지방의 북서쪽, 숲이 우거진 언덕들과 작고 조용한 호수들 사이에 시토 교단의 마울브론 수도원이 있다. 낡았지만 아름다운 건물들은 넓고 견고하고 잘 보존되어 있어서 누구나 한번쯤 살아보고 싶은 마음이 들 것 같았다. 안과 밖이 다 화려한데다 수백 년에 걸쳐 아름답고 푸른 주변 자연과 고결하고 친밀한 조화를 이뤄왔기 때문이다. 수도원을 찾은 사람은 높은 담장에 난 그림처럼 아름다운 문을 지나 조용하고 넓은 뜰에 들어서게 된다. 그곳에는 물을 뿜어내는 분수와 커다란 고목들이 있으며, 양쪽으로 오래되고 견고한 석조 건물들이 늘어서 있다. 뒤쪽으로 후기 로마네스크 양식의 현관이 있는 교회 본당의 전면이 보이는데, '낙원'이라고 불리는 현관은 비할 데 없이 우아하고 황홀한 아름다움을 보여준다. 교회의 커다란 지붕에는 어떻게 종이 달려 있는지 의아할 만큼 바늘처럼 뾰족하고 익살맞은 작은 탑이 솟아 있다. 옛 모습 그대로인 회랑은 그 자체로 아름다운 건물로, 분수가 있는 멋진 예배당을 보석처럼 품고 있다. 힘찬 기품이 엿보이는 십자형의 둥근 지붕을 이고 있는 성직자 식당, 그뒤로 예배실, 대화의 방, 평신도 식당, 수도원장 관사, 그리고 교회 두 개가 빽빽하게 늘어서 있다. 그림처럼 아름다운 담장과 앞으로 튀어나온 창문과 문, 작은 정원과 물레방아와 주택들이 오래되고 육중한 건물들을 편안하고 유쾌하게 둘러싸고 있다. 텅 비어 조용한 넓은 앞뜰은 마치 꿈꾸듯 나무 그늘과 어우러져 있는데 점심시간 후 한 시간 동안 잠시 그럴듯한 활기가 넘친다. 한 무리의 젊은이들이 수도원에서 쏟아져나와 넓은 뜰에 흩어져 움직이고 외치고 이야기하고 웃고 공놀이를 하고는 휴식시간이 지나자 흔적도 없이 담장 뒤로 사라져버린다. 이미 많은 이들이 이 뜰에서 생각했다. 여기서는 알찬 삶과 기쁨을 누릴 수 있으리라고. 여기서는 분명 생동하는 것과 행복을 주는 것이 자랄 수 있으며, 성숙하고 선한 이들이 즐거운 사색에 잠기고, 밝고 아름다운 작품을 창작할 수 있으리라고.

오래전에 사람들은 언덕과 숲 뒤에 숨어 있는, 세상을 등진 이 훌륭한 수도원을 신교 신학교 학생들에게 넘겨주었다. 아름답고 평온한 환경을 감수성이 예민한 젊은이들에게 마련해준 것으로, 이곳에서 젊은이들은 산만한 도시와 가정생활의 영향에서 벗어나 해로울 수 있는 분주한 삶을 직접 접하지 않을 수 있다. 이를 위해 신학교는 몇 년 동안 젊은이들에게 다른 부전공 과목과 함께 히브리어와 그리스어 공부를 삶의 목표로 제시하고, 젊은 영혼이 느끼는 모든 갈증을 순수하고 이상적인 공부와 즐거움에 돌리게 한다. 또하나 중요한 것은 기숙사 생활이다. 그것은 자신을 훈련하고 공동체 의식을 기르기 위해 꼭 필요하다. 신학교 학생의 생활과 학업을 지원하는 재단은 학생들이 언제라도 신학교 출신임을 보여줄 수 있는 특별한 정신의 소유자가 되도록 신경을 쓴다. 그것은 일종의 도장을 찍는 섬세하고 확실한 방법으로, 어쩌다 수도원을 박차고 뛰쳐나가는 문제아를 제외하면 슈바벤 신학교 학생들은 모두 평생 신학교 출신다운 독특한 특징을 간직하고 있다.

수도원 신학교에 들어갈 때 어머니가 있었던 이들은 살면서 그날을 생각할 때마다 감사와 감동을 느끼며 빙그레 미소 지을 것이다. 한스 기벤라트는 그런 경우가 아니라서 별다른 감동이 없었다. 하지만 그 날, 그는 많은 다른 어머니들을 유심히 바라보고 강한 인상을 받았다.

벽장이 있는 넓은 복도에는 상자와 바구니 들이 여기저기 널려 있었다. 복도는 소위 '공동 침실'이라고 불렸다. 부모와 같이 온 소년들은 짐을 풀고 자질구레한 소지품을 정리하느라 바빴다. 저마다 번호가 매겨진 옷장을 받고, 공부방에 있는 번호가 매겨진 책꽂이를 하나씩 받았다. 아들들과 부모들이 바닥에 무릎을 꿇고 앉아 짐을 풀고, 그 사이를 조교가 군주처럼 느긋하게 돌아다니면서 이따금 친절한 조언을 해주었다. 소년들은 가방에서 꺼낸 옷을 펼쳐놓고, 속옷을 개켜놓았으며, 책을 쌓아놓고, 신발과 슬리퍼를 가지런히 정리했다. 필수 소지품은 모두 똑같았다. 왜냐하면 가지고 와야 할 최소한의 속옷 개수와 다른 기본적인 살림 품목이 미리 정해져 있었기 때문이다. 소년들은 이름을 새긴 양철 세숫대야를 꺼내 세면장에 놓고, 그 옆에 스펀지와 비눗갑과 머리빗과 칫솔을 놓았다. 그밖에 저마다 램프와 석유통과 한

벌의 식사도구도 가지고 왔다.

소년들은 모두 몹시 바쁘고 흥분한 모습이었다. 아버지들은 빙그레 웃으며 도와주려고 하다가도 회중시계를 흘끔흘끔 쳐다보고 따분해하며 슬그머니 도망치려고 했다. 모든 것을 주도하는 중요한 인물은 어머니들이었다. 어머니들은 옷과 내복을 하나씩 꺼내 구겨진 주름을 펴고, 띠를 반듯하게 당겨놓았다. 그리고 물건들을 꼼꼼하게 시험해본 다음 가능한 한 깨끗하고 쓰기 편하게 옷장에 분류해 넣었는데, 그때 경고와 주의와 애틋한 사랑도 같이 흘러들어갔다.

"새 내복은 특히 아껴 입어야 한다. 3마르크 50페니히나 주고 산 거야."

"빨랫감은 한 달마다 철도편으로 부치렴. 정 급하면 우편으로 부치고. 검은 모자는 일요일에만 써야 한다."

편안한 인상의 뚱뚱한 부인이 높은 상자 위에 앉아서 아들에게 단추 다는 방법을 가르쳐주고 있었다.

다른 곳에서는 이런 말도 들렸다.

"집이 그리우면 언제라도 편지해. 어차피 얼마 있으면 크리스마스잖아."

아직 젊어 보이는 예쁘장한 부인이 아들의 꽉 찬 옷장을 훑어보더니 내복과 웃옷과 바지를 애정을 담아 쓰다듬었다. 그러고는 어깨가 넓고 볼이 투실투실한 아들을 어루만지기 시작했다. 소년은 부끄러워서 당황한 듯 웃었고, 어머니의 손을 뿌리치며 다정하게 보이지 않으려고 바지 주머니에 손을 넣었다. 아들보다 어머니가 이별을 더 힘들어하는 것 같았다.

다른 소년들은 정반대였다. 그들은 분주한 어머니를 아무것도 하지 않고 멍하니 바라보며 차라리 같이 집으로 다시 돌아가고 싶다는 표정을 지었다. 모든 아이에게서 이별에 대한 두려움과 북받치는 애정과 애착이 엿보였는데, 그런 감정들은 지켜보는 사람들에 대한 부끄러움과 이제 의젓한 남자처럼 보이려는 오기와 싸우고 있었다. 차라리 엉엉 소리 높여 울고 싶지만 일부러 느긋한 표정을 지으며 아무렇지 않은 척하는 아이들도 많았다. 어머니들은 그 모습을 보고 살며시 미소 지었다.

거의 모든 아이가 상자 안에서 꼭 필요한 물건 말고도 작은 사과 자루와 훈제소시지, 과자 바구니 같은 사치품을 꺼냈다. 스케이트를 가지고 온 아이들도 많았다. 약삭빠르게 보이는 작은 소년 하나는 햄 한 덩어리를 통째로 가지고 왔는데 굳이 숨기려고 하지도 않아서 모두 다 쳐다보았다.

전에 다른 기관이나 기숙사에서 생활했던 경험이 있는 아이는 집에서 처음 온 아이와 쉽게 구별할 수 있었다. 하지만 그 아이들 또한 흥분과 긴장한 모습을 보이는 건 마찬가지였다.

기벤라트 씨는 아들이 짐을 푸는 것을 능숙하고 노련한 솜씨로 도와주었다. 그는 대부분의 다른 사람들보다 빨리 일을 마치고 한스와 같이 지루해하며 어찌할 바를 모르고 잠시 복도에 서 있었다. 어느 쪽을 보아도 경고하고 훈계하는 아버지들과 위로하고 조언하는 어머니들, 그리고 겁먹은 표정으로 듣고 있는 아들들이 보였다. 자신도 한스의 인생행로에 도움이 되는 좋은 말을 몇 마디 하는 것이 좋을 것 같았다. 그는 한참 생각한 다음 굳은 표정으로 슬그머니 말없는 소년 옆으로 다가갔다. 그리고 갑자기 엄숙한 말투로 그럴싸한 명언을 줄줄 늘어놓기 시작했다. 한스는 놀라서 잠자코 듣고만 있었지만 옆에 있던 목사가 아버지의 설교가 재미있다는 듯 빙그레 웃자 그만 부끄러워져서 아버지를 옆으로 끌고 갔다.

"그러니까 우리 집안의 명예를 높여주겠지? 또 윗분들 말씀도 잘 듣고?"

"예, 물론이죠."

한스의 대답에 아버지는 입을 다물고 안도의 한숨을 내쉬었다. 그는 아주 따분해지기 시작했다. 한스 역시 뭘 해야 할지 알 수가 없었다. 한스는 불안한 호기심을 느끼며 창문으로 조용한 회랑을 내려다보기도 하고, 수줍어하며 분주한 동료들을 빤히 쳐다보기도 했다. 은자와도 같은 고풍스러운 품위와 평온이 깃든 회랑은 위에서 시끄럽게 떠드는 생동하는 젊은 생명과 묘하게 대비가 되었다. 아는 아이는 한 명도 없었다. 슈투트가르트에서 만났던 시험을 같이 본 소년은 세련된 괴핑겐식 라틴어를 구사했는데도 합격하지 못한 것 같았다. 적어도 그의 눈에 띄지 않았다. 한스는 별생각 없이 같이 공부할 미래의 동급생들을 바라보았다. 소년들이 가지고 온 물건들은 종류와 숫자가 똑같았지만 도시 아이와 농촌 아이, 부유한 아이와 가난한 아이를 쉽게 구별할 수 있었다. 물론 부유한 집 아들이 신학교에 오는 경우는 드물었다. 그것은 부모의 자부심이나 사려 깊은 판단 때문이기도 했지만, 아이들의 재능 때문이기도 했다. 그렇더라도 여전히 많은 교수들과 고위 관리들이 자신의 수도원 시절을 생각하며 아들들을 마울브론에 보냈다. 그런 이유로 40명의 소년들이 입고 있는 검은 웃옷은 옷감과 재단이 아주 다양했고, 그들의 몸가짐과 사투리와 태도는 그 이상으로 각양각색이었다. 팔다리가 뻣뻣한 말라깽이 슈바르츠발트 출신이 있는가 하면, 연한 금발에 입이 크고 힘이 넘치는 알프 고산지대 출신도 있고, 활동적이며 몸가짐이 자유롭고 명랑한 저지대 출신도 있고, 뾰족한 장화를 신고 변질된 어쩌면 세련되었다고 할 수 있는 사투리를 쓰는 우아한 슈투트가르트 출신도 있었다. 꽃다운 나이인 이 소년들의 거의 5분의 1이 안경을 쓰고 있었다. 우아해 보이는 슈투트가르트 출신의 가냘픈 한 마마보이가 뻣뻣하고 멋진 펠트 모자를 쓰고 고상한 척 행동하고 있었는데, 그는 짓궂은 아이들이 그 별난 장식 때문에 등교 첫날부터 나중에 놀리고 때려주려고 단단히 벼르고 있다는 사실을 전혀 모르고 있었다.

눈썰미가 있는 사람이라면 이 겁먹은 소년들의 작은 무리가 슈바벤 지방 소년들 중 뛰어난 아이들만 모아놓은 것임을 단번에 알 수 있으리라. 암기식 교육을 받았다는 걸 멀리서도 알아볼 수 있는 평범한 소년들도 있었지만, 매끈한 이마 뒤에 보다 높은 삶에 대한 꿈이 아직 반쯤 잠들어 있는, 자기주장이 강한 섬세한 소년들도 없지 않았다. 어쩌면 이 영리하고 고집 센 슈바벤 소년들 가운데 한두 명이, 세월이 흘러 큰 세상 속에 나가 조금 메마르고 완고한 자신의 사상을 기반으로 강력한 새 체계를 세울 수도 있었다. 슈바벤은 잘 교육받은 신학자들을 슈바벤과 온 세상에 공급해왔을 뿐 아니라, 전통적으로 철학적인 사색의 능력을 자랑하기 때문이다. 그래서 저명한 예언자도 나왔지만 민중을 미혹하는 자도 여럿 나왔다. 이 풍요로운 지방은 비록 정치적인 큰 흐름에서는 많이 뒤떨어져 있지만 적어도 신학과 철학 같은 정신적인 영역에서는 여전히 세상에 확고한 영향을 미치고 있다. 또한 예로부터 슈바벤 민중의 가슴속에는 아름다운 형식과 꿈같은 시를 좋아하는 경향이 내재되어 있어서 가끔 훌륭한 시인이 나오기도 한다.

겉에서 볼 때 마울브론 신학교의 시설과 관습에는 슈바벤적인 요소가 전혀 없었고, 오히려 수도원 시절의 유산인 라틴어 명칭에 고전적인 예법이 최근에 많이 덧붙여져 있었다. 학생들이 배정받은 방의 이름은 '포룸' '헬라스' '아테네' '스파르타' '아크로폴리스'였다. 가장 작은 맨 끝 방의 이름이 '게르마니아'인 것은 게르만 민족의 현실이 초라하기 때문에 가능한 한 그리스 로마의 환상을 만들어내려 했음을 암시하는 듯했다. 하지만 그 역시 단지 형식적인 것으로서 실제로는 히브리어 명칭이 더 잘 어울렸을 것이다. 더욱이 우연의 장난인지 아테네 방에는 마음이 바다같이 넓고 말솜씨가 뛰어난 아이들이 아니라 정직하지만 재미는 없는 아이 몇 명이 배정되었고, 스파르타 방에는 전사들과 금욕가들이 아니라 명랑하고 생기발랄한 아이들이 배정되었다. 한스 기벤라트는 아홉 명의 동급생과 함께 헬라스 방을 배정받았다.

저녁에 아홉 명의 아이들과 싸늘하고 삭막한 침실에 들어가 비좁은 침대에 처음 누운 그는 기분이 아주 이상했다. 천장에 걸린 커다란 석유램프의 붉은빛 속에서 모두 옷을 벗었고, 열시 십오분에 조교가 불을 껐다. 아이들은 나란히 누웠다. 침대 두 개 사이마다 옷을 올려두는 작은 의자가 있고, 기둥 옆에는 아침 종을 치는 끈이 길게 늘어져 있었다. 벌써 친해진 두서너 명의 소년들이 조심조심 몇 마디 소곤거렸지만 곧 잠잠해졌다. 다른 아이들은 서먹한 사이여서 조금 억눌린 기분으로 죽은 듯 침대에 누워 있었다. 잠든 아이들이 깊은 숨소리를 내고,

한 아이가 자면서 팔을 움직이자 아마포 이불이 버석거렸다. 아직 잠이 들지 않은 아이들은 그냥 조용히 누워 있었다. 한스는 오랫동안 깨어 있었다. 옆에서 자는 아이들의 숨소리에 귀를 기울이고 있자니 잠시 후 한 자리 건너 침대에서 불안한 느낌의 묘한 소리가 들려왔다. 침대 주인이 이불을 머리에 뒤집어쓰고 울고 있는 것이었다. 멀리서 들리는 듯한 흐느낌에 한스는 마음이 이상하게 흔들렸다. 향수를 느끼지는 않았지만 조용한 자신의 작은 방이 못 견디게 그리웠다. 불확실한 새로운 미래와 많은 동급생들이 두렵기도 했다. 자정이 채 되지 않은 시간, 그때까지 깨어 있는 아이는 하나도 없었다. 어린 소년들은 줄무늬 베개 위에 뺨을 대고 나란히 누워 잠을 잤다. 슬퍼하는 아이도, 고집 센 아이도, 명랑한 아이도, 겁 많은 아이도, 다 깊고 달콤한 휴식과 망각 속에 빠져 있었다. 오래된 뾰족한 지붕과 탑, 앞으로 튀어나온 창문과 고딕식 첨탑, 담벼락과 뾰족한 아치 회랑 위로 창백한 반달이 떠올랐다. 달빛은 기둥의 장식용 돌림띠와 문지방 위에 머물고, 고딕 양식 창문과 로마네스크 양식 문 위에 강물처럼 흐르고, 회랑 분수의 크고 우아한 물받침 속에서 연한 금빛으로 바르르 떨었다. 금빛 띠와 얼룩 몇 개가 창문 세 개를 통해 헬라스 방에 흘러들어와 저 옛날 수도승들 옆에 누웠듯이 잠든 소년들의 꿈 옆에 가만히 누웠다.

다음날, 예배실에서 입학식이 엄숙하게 거행되었다. 프록코트를 입은 교사들이 서 있는 가운데 교장이 축사를 했다. 학생들은 생각에 잠겨 의자에 구부정하게 앉아 있다가 가끔 저 뒤쪽에 앉아 있는 부모를 흘끔거렸다. 어머니들은 이런저런 생각으로 미소를 지으면서 아들을 바라보고, 똑바로 앉아 축사에 귀를 기울이고 있는 아버지들은 진지하고 단호해 보였다. 부모들의 가슴은 자부심과 기특하다는 심정과 아름다운 희망으로 한껏 부풀었다. 그들 가운데 오늘 금전적인 이익 때문에 자식을 팔았다고 생각하는 사람은 한 명도 없었다. 마지막으로 학생들이 하나씩 호명되어 줄 앞으로 나가 교장과 악수를 했다. 그것으로 소년들은 신학교에 입학하고 의무를 지게 되었다. 이제 그들은 바르게 행동하기만 하면 죽을 때까지 국가의 보호와 지원을 받게 된 것이다. 아버지들도 마찬가지였지만 그것이 공짜로 주어지는 것이 아니라는 생각을 한 소년은 한 명도 없었다.

소년들은 부모와 헤어지는 순간을 더 진지하고 비장하게 생각했다. 부모들은 더러는 걷고, 더러는 우편마차를 타고, 더러는 급하게 구한 다른 탈것을 타고 떠났다. 그들이 뒤에 남은 아들들의 시야에서 사라지고, 부드러운 9월의 공기 속에서 손수건들이 오랫동안 나부꼈다. 드디어 숲이 떠나는 부모들을 품에 안았고, 아들들은 생각에 잠겨 묵묵히 수도원으로 돌아왔다.

조교가 말했다.

"자, 이제 부모님들이 떠났다."

같은 방에서 지내는 아이들이 먼저 얼굴을 익히고 사귀었다. 그들은 잉크병에 잉크를 넣고, 램프에 석유를 채우고, 책과 노트를 정리하며 새 방에서 편하게 지내려 애썼다. 호기심을 갖고 서로 얼굴을 바라보며 이야기하고, 고향은 어디이고 지금까지 어떤 학교를 다녔는지 묻고, 함께 진땀을 흘렸던 주 시험을 다시 떠올렸다. 각 책상 주위마다 재잘거리는 무리가 생기고, 소년들의 밝은 웃음소리가 여기저기서 터져나왔다. 저녁이 되자 같은 방을 쓰는 소년들은 같은 배를 타고 바다를 건넌 승객들보다 훨씬 서로를 잘 알게 되었다.

한스와 같이 헬라스 방을 배정받은 아홉 명의 소년 중 네 명은 유별났지만, 나머지는 대체로 평범한 편이었다. 우선 슈투트가르트 대학 교수의 아들 오토 하르트너가 있었다. 그는 재능 있고 침착하며 자신감이 넘쳐흘렀다. 태도도 나무랄 데가 없었다. 어깨도 딱 벌어지고 체격이 좋은데다 옷도 잘 입고 다녔다. 확신에 찬 태도로 행동하는 유능한 그의 모습은 같은 방 소년들의 감탄을 자아냈다.

그다음으로 알프 고산지대 작은 읍장의 아들 카를 하멜이 있었다. 하멜이 어떤 아이인지 알려면 시간이 좀 걸렸다. 종잡을 수 없는데다 둔감해 보이는 성격 속에 숨어 좀처럼 밖으로 나오지 않았기 때문이다. 열정적일 때도 있고, 신이 나서 돌아다닐 때도 있고, 난폭해질 때도 있었지만 절대 오래가지 않고 다시 자신 속으로 기어들어갔다. 그래서 그가 조용히 지켜보는 관찰자인지 아니면 단지 속마음을 숨기는 소년인지 알 수가 없었다.

또 슈바르츠발트의 좋은 집안 출신인 헤르만 하일너가 있었다. 하일너는 그리 복잡해 보이진 않았지만 눈에 띄었다. 입학 첫날부터 아이들은 그가 시인이자 문예 애호가라는 사실을 알게 되었다. 그가 주 시험에서 육각운六脚韻 시로 작문을 했다는 소문도 돌았다. 그는 말을 많이 또 활기차게 했고, 아름다운 바이올린을 가지고 있었으며, 본질적으로 미성숙한 젊은이의 감상과 경박함이 뒤섞인 성향을 곁에 걸고 다니는 것 같았다. 별로 드러나지는 않았지만 좀더 심오한 면도 있었다. 그는 몸과 영혼 모두 또래들보다 성장해 있어서 자신의 길을 벌써 시도해보고 있었다.

헬라스 방에서 가장 특이한 존재는 에밀 루치우스였다. 루치우스는 비밀스러운 구석이 있는 엷은 금발의 작은 소년으로, 늙은 농부처럼 끈질기고 부지런하며 무미건조했다. 그는 덩치와 생김새는 미숙했지만 소년처럼 보이지 않았고, 오히려 더이상 바뀌지 않는 어른 같은 면이 많았다. 입학 첫날, 다른 아이들이 지루해하고 수다를 떨고 적응하려고 애쓰고 있을 때 묵묵히 문법책을 침착하게 펴더니 엄지손가락으로 귀를 막고 마치 잃어버린 세월을 만회하려는 듯 공부를 하던 아이였다.

시간이 흐르면서 아주 치밀한 구두쇠이자 이기주의자인 이 조용한 괴짜의 술책이 드러나기 시작했다. 얼마나 치밀한지 악덕조차 완벽했다. 그런 완벽함 때문에 아이들은 일종의 존경을 보이거나 적어도 대충 눈을 감아주었다. 루치우스는 절약하고 이익을 얻는 아주 치밀한 방법을 알고 있었다. 그 술책 하나하나가 서서히 드러나며 놀라움을 자아냈다. 그것은 아침 일찍 일어날 때부터 시작되었다. 루치우스는 세면장에 맨 먼저 아니면 맨 나중에 나타나서 자기 것을 아끼기 위해 다른 아이의 수건을 사용했다. 가능하면 비누도 다른 아이들 것을 썼다. 그래서 그의 수건은 언제나 이주일 혹은 그 이상이 지나도록 깨끗했다. 수건은 일주일마다 바꾸어놓는 게 원칙으로, 매주 월요일 오전에 조교가 검사를 했다. 그래서 루치우스도 매주 월요일 새 수건을 번호가 붙은 못에 걸어놓았다. 하지만 점심 휴식시간이 되면 수건을 걷어 깨끗하게 접어서 상자에 도로 넣고, 대신 아껴둔 오래된 수건을 다시 걸어놓았다. 그의 비누는 딱딱해서 세수할 때 별로 도움도 되지 않았지만 그 대신 몇 달이나 쓸 수 있었다. 그렇다고 에밀 루치우스가 지

저분한 차림으로 다녔던 건 절대 아니다. 그는 언제나 말쑥한 모습이었다. 숱이 적은 금발은 가르마를 탄 다음 정성껏 빗었으며, 내복과 옷은 끔찍이 소중하게 다뤘다.

학생들은 세면장에서 곧장 아침을 먹으러 갔다. 아침식사는 커피 한 잔과 설탕 한 조각, 길쭉한 빵 한 개였다. 대부분의 소년들은 충분하다고 생각하지 않았다. 젊은이들이라서 여덟 시간 자고 나면 아침에 몹시 배가 고팠기 때문이다. 하지만 루치우스는 만족했고 매일 설탕 한 조각을 먹지 않고 모아두었다. 그러면 항상 설탕 두 조각을 1페니히에 사고, 설탕 스물다섯 조각을 노트 한 권을 주고 사는 구매자가 나왔다. 비싼 석유를 아끼려고 저녁에 다른 아이의 램프 불빛으로 공부를 하는 건 어쩌면 그에게 당연한 일이었다. 하지만 루치우스는 가난한 집이 아니라 넉넉한 환경에서 자란 아이였다. 원래 아주 가난한 집 아이들은 돈을 계획을 세워 쓰거나 아낄 줄 모른다. 그들은 항상 수중에 가진 돈을 모두 써버리고 저금할 줄 모르는 경우가 많다.

에밀 루치우스는 자기 원칙을 사물의 소유와 구체적인 재화로까지 확대해 적용했을 뿐 아니라 정신적인 영역에서도 가능한 한 이익을 얻으려고 했다. 그는 아주 영리했기 때문에 모든 정신적인 재산이 단지 상대적인 가치를 가질 뿐이라는 사실을 한시도 잊지 않았다. 그래서 잘 가꾸면 나중에 시험을 볼 때 열매를 거둘 수 있는 과목들만 열심히 공부하고, 나머지 과목은 적당히 중간 성적으로 만족했다. 어떤 것을 배우고 해낼 때는 언제나 오직 같은 신학교 학생들의 성적을 기준으로 삼았다. 아마 그는 아는 것이 두 배나 많은 2등보다는 차라리 절반을 아는 1등이 되고 싶었으리라. 저녁에 아이들이 시간을 보내기 위해 갖가지 오락과 놀이를 하고 책을 읽을 때도 그는 조용히 책상 앞에 앉아 공부를 했다. 다른 아이들이 시끄럽게 떠드는 소리도 그를 방해할 수 없었다. 심지어 가끔 그는 시샘하는 기색이 전혀 없는 만족스러운 표정으로 아이들을 바라보았다. 다른 아이들이 모두 자신처럼 열심히 공부하면 그가 애쓴 보람이 없기 때문이다.

이 부지런한 야심가의 교활함과 술책을 아무도 나쁘게 생각하지 않았다. 하지만 지나치게 허풍을 치거나 잇속만 차리는 사람이 으레 그렇듯이 루치우스도 곧 어리석은 짓을 저지르고 말았다. 수도원의 모든 수업이 공짜였기 때문에 그는 이 기회를 이용해 바이올린 수업을 받아보겠다고 마음먹었다. 전에 배운 적이 있었던 것도 아니고, 음감과 재능이 있는 것도 아니었으며, 그렇다고 음악을 좋아하는 것도 아니었다! 하지만 그는 라틴어나 산수처럼 결국 바이올린도 배울 수 있다고 생각했다. 음악은 살면서 쓸모가 있고, 사람들에게 좋은 인상을 주고 인기도 얻을 수 있다는 말을 들은 적이 있었던 것이다. 아무튼 신학교가 학생들에게 바이올린을 제공했기 때문에 돈이 한 푼도 안 드는 일이었다.

루치우스가 바이올린을 배우고 싶다고 하자 음악교사 하스는 기겁을 했다. 루치우스의 노래 실력을 잘 알고 있었기 때문이다. 노래시간에 루치우스는 반 아이들 모두를 아주 즐겁게 해주었지만 교사인 하스를 절망에 빠뜨렸다. 음악교사는 소년을 말려보았다. 하지만 상대를 잘못 생각한 것이었다. 루치우스는 점잖고 겸손한 미소로 자신의 정당한 권리를 내세우면서 음악을 향한 욕망을 억제할 수 없다고 했다. 그래서 그는 가장 나쁜 연습용 바이올린을 받아 일주일에 두 번 수업을 받고 매일 삼십 분 동안 연습을 하기로 했다. 하지만 첫 연습이 끝나자 같은 방 아이들은 이것이 처음이자 마지막이라면서 그 절망적인 신음 소리를 내지 못하게 금지시켰다. 그때부터 루치우스는 바이올린을 들고 불안하게 수도원을 헤매며 연습할 만한 조용한 구석을 찾아다녔다. 그리고 구석에서 끼익끼익 날카롭게 긁어대고 낑낑 신음하는 이상한 소리를 내서 근처에 있는 사람들을 불안하게 만들었다. 시인 하일너는 그 소리를 두고 시달림을 못 견딘 낡은 바이올린이 벌레 먹은 구멍 사이로 일제히 제발 그만하라고 절망적으로 애원하는 소리 같다고 표현했다. 루치우스의 실력이 조금도 늘지 않자 성가셔진 교사는 신경이 곤두서서 그를 거칠게 대했고, 그러자 루치우스는 더 필사적으로 연습에 매달렸다. 그때까지 스스로 만족한 소매상인 같았던 루치우스의 얼굴에 근심스런 주름이 생겼다. 정말 비극이었다. 결국 교사가 가능성이 전혀 없다며 더이상 가르칠 수 없다고 선언하자 배움에 미친 루치우스가 피아노를 선택했기 때문이다. 루치우스는 몇 달 동안 헛고생만 하다가 마침내 지쳐서 조용히 포기하고 말았다. 하지만 훗날 음악 이야기가 나오면 자신도 예전에 피아노와 바이올린을 배웠지만 사정 때문에 이 아름다운 예술에서 차츰 멀어지게 되었다고 넌지시 암시하곤 했다.

그렇게 헬라스 방은 같이 사는 우스꽝스런 소년들 때문에 웃을 일이 많았다. 문예 애호가 하일너도 우스운 장면을 많이 연출했다. 카를 하멜은 비꼬는 풍자가이자 멀찍이서 지켜보며 재치 있는 농담을 던지는 관찰자 역할을 맡았다. 그는 다른 아이들보다 나이가 한 살 더 많았기 때문에 어느 정도 우월한 위치에 있었지만 동급생들한테 존경을 받지는 못했다. 성격이 변덕스러운데다 거의 일주일에 한 번은 싸움을 해서 체력을 시험하려 했기 때문이다. 그럴 때 그는 사납고 거의 잔인하기까지 했다.

한스 기벤라트는 놀라워하며 그 모든 것을 바라보았다. 한스는 선량하지만 말이 없는 아이로서 묵묵히 자신의 길을 갔다. 그는 열심히 공부했다. 거의 루치우스만큼 열심히 했기 때문에 같은 방 아이들의 존경을 받았다. 단, 하일너는 예외였다. 모든 천재적인 경박함을 기치로 내걸었던 하일너는 가끔 한스를 성적에 목을 매는 공부벌레라고 놀려 댔다. 저녁때 공동 침실에서 싸움이 벌어지는 일이 드물지 않았지만 빠르게 성장하는 나이의 많은 소년들은 전체적으로 서로 잘 지냈다. 왜냐하면 그들은 스스로 어른이라고 느끼고, 익숙하지 않은 교사들의 존댓말에 걸맞게 학구적인 진지함과 훌륭한 태도를 보이려고 열심히 노력했기 때문이다. 대학 입학을 앞둔 학생이 김나지움을 추억하듯 그들은 방금 졸업한 라틴어 학교를 불쌍하다는 듯 거만하게 뒤돌아보았다. 하지만 억지로 꾸민 품위 사이로 순수한 개구쟁이 기질이 자신의 권리를 주장하듯 불쑥불쑥 튀어나왔다. 그럴 때면 공동 침실은 쿵쿵 뛰는 소리와 소년들의 거친 욕설로 들썩들썩했다.


공동생활을 시작한 지 몇 주 만에 학생들은 침전이 일어나는 화학반응과 비슷한 양상을 보였다. 떠도는 구름과 실뭉치 같은 것이 공처럼 뭉쳐졌다가 다시 풀어져서 다른 형태가 되고 결국 단단한 물질이 되는 화학 변화 말이다. 그런 모습을 바라보는 일은 마울브론 신학교 같은 시설의 교장이나 교사에게는 많은 것을 배울 수 있는 소중한 기회이리

라. 처음에 느꼈던 수줍음을 떨쳐버리고 서로를 잘 알게 되자 큰 파도가 일어나고 혼란스러운 탐색이 시작되었다. 그룹이 생기고, 우정과 반감이 모습을 드러냈다. 고향이 같은 아이들과 같은 학교 출신끼리 어울리는 경우는 드물었고 대부분은 새 친구를 찾아나섰다. 다양성을 찾고 자신의 약점을 보완하려는 비밀스런 충동을 따라 도시 아이들은 농촌 아이들과 어울리고, 알프 고산지대 아이들은 저지대 지역 아이들과 어울렸다. 젊은이들은 마음을 못 정하고 계속 더듬으며 찾아다녔다. 모두 똑같다는 의식과 혼자 있으려는 욕망이 같이 나타났다. 아이의 잠에서 깨어난 많은 소년들이 처음으로 자신만의 개성을 키우기 시작했다. 애정과 질투는 말로 표현할 수 없는 미묘하고 사소한 장면들을 연출했고, 그것이 깊은 우정으로 발전하거나 반감 섞인 뚜렷한 적개심으로 발전해서, 산책을 같이하는 다정한 사이가 되기도 하고 심하게 싸우고 주먹질을 하면서 끝나기도 했다.

한스는 그런 분주한 활동에 전혀 관심이 없는 듯 보였다. 카를 하멜이 노골적이고 격정적으로 우정의 손길을 내밀었을 때도 한스는 기겁해서 뒤로 물러섰다. 그후 하멜은 바로 스파르타 방 아이와 친구가 되었고 한스는 홀로 남겨졌다. 매혹적인 색깔로 채색된 우정의 나라가 황홀하게 지평선에 나타났다. 애타게 그리운 그 우정의 나라가 조용하게 한스를 잡아끌었지만 수줍음이 가로막았다. 어머니 없이 엄격하게 자랐기 때문에 남에게 다가가 다정하게 기대는 능력이 위축되어버린 것이다. 무엇보다 그는 열정적으로 보이는 것을 두려워했다. 자부심과 성가신 야심도 한몫을 했다. 그는 루치우스와 달리 진정으로 지식을 추구했지만 루치우스와 마찬가지로 공부를 방해하는 건 모두 멀리하려고 했다. 그래서 책상 앞에 열심히 붙어 앉아 있었지만 우정을 즐기는 다른 아이들을 보면 질투도 나고 자기도 친구를 사귀고 싶어서 괴로웠다. 카를 하멜은 절대 그와 어울리는 친구가 아니었다. 하지만 다른 누가 와서 세게 끌어당겼다면 기꺼이 따라갔으리라. 그는 수줍은 소녀처럼 가만히 앉아서 자기보다 강하거나 용감한 누군가가 자신을 끌고 가 억지로라도 행복을 맛보게 해주길 기다렸다.

그런 일들 외에도 수업마다 숙제가 아주 많아 정신이 없었다. 특히 히브리어 수업이 그랬다. 그래서 신학교의 첫 학기는 아주 빨리 지나갔다. 마울브론을 둘러싼 수많은 작은 호수와 연못에 창백한 늦가을 하늘과 시들어가는 물푸레나무와 자작나무와 떡갈나무, 그리고 긴 황혼이 비쳤다. 늦가을의 차가운 바람이 아름다운 숲을 지나 신음하고 환호하며 미친 듯 마지막 춤을 추었다. 벌써 몇 번이나 서리가 가볍게 내렸다.

서정적인 헤르만 하일너는 마음이 맞는 친구를 찾으려 했지만 찾지 못했다. 요즘 그는 날마다 외출시간이면 혼자 고독하게 숲속을 헤매고 돌아다녔다. 그는 갈대로 둘러싸인 숲속의 호수를 특히 좋아했다. 우울한 그 갈색 호수에는 낙엽이 지는 활엽 고목의 가지들이 늘어져 있었다. 몽상가 하일너는 애수 어린 아름다운 숲의 구석진 곳에 강한 매력을 느꼈다. 나뭇잎 떨어지는 소리와 앙상한 우듬지가 살랑대는 소리가 우울한 화음을 맞추는 가운데 그는 몽상에 잠긴 듯한 가는 나뭇가지로 잔잔한 호수에 동그라미를 그리고, 레나우*의 「갈대의 노래」를 읽고, 호숫가에 있는 키 작은 갈대 위에 누워 가을의 주제인 소멸과 죽음

---

* 니콜라우스 레나우. 세계고(世界苦)를 노래한 오스트리아의 시인.

따위를 생각했다. 그리고 종종 호주머니에서 까만 작은 수첩을 꺼내 연필로 시를 한두 줄 적었다.

10월 말의 어느 흐린 날 점심시간에 한스 기벤라트는 혼자 산책하다가 이 호수까지 오게 되었다. 하일너는 시를 쓰는 중이었다. 한스는 수첩을 무릎에 놓고 뾰족한 연필을 입에 문 채 생각에 잠겨 작은 수문에 가로놓인 판자에 앉아 있는 젊은 시인을 보았다. 옆에는 책 한 권이 펼쳐져 있었다. 한스는 천천히 그에게 다가갔다.

"안녕, 하일너! 뭐하고 있어?"

"호메로스를 읽고 있어. 기벤라트 넌?"

"아닌 것 같은데. 뭘 하는지 벌써 다 알고 있다고."

"그래?"

"그럼. 시를 쓰고 있었잖아."

"그렇게 생각해?"

"물론이지."

"이리 와서 좀 앉아봐!"

기벤라트는 하일너 옆 판자에 앉아 다리를 물 위에 건들건들 흔들었다. 그리고 갈색 낙엽이 고요하고 서늘한 공기를 가르며 맴돌다가 갈색 수면 위에 소리 없이 내려앉는 것을 바라보았다.

"여긴 황량하구나."

한스가 말했다.

"음, 그렇지."

두 소년은 땅바닥에 누웠다. 그러자 가을색이 짙은 늘어진 우듬지가 시야에서 거의 사라지고 대신 구름의 섬들이 조용히 떠다니는 연한 푸른색 하늘이 오롯이 눈에 들어왔다.

"정말 예쁜 구름이다!"

한스가 평온한 마음으로 구름을 쳐다보며 말했다. 하일너가 한숨을 쉬며 대답했다.

"그러네, 기벤라트. 아, 우리도 저런 구름이 될 수 있다면!"

"될 수 있으면?"

"그럼 저 위에서 아름다운 배처럼 돛을 달고 숲과 마을과 읍과 주<sup>州</sup>를 넘어갈 수 있겠지. 너, 배 본 적 없지?"

"응, 없어. 하일너 넌?"

"물론 있지. 맙소사, 넌 그런 건 하나도 모르는구나. 공부하고, 노력하고, 달달 외울 줄만 아니까!"

"그러니까 넌, 날 바보라고 생각하는구나?"

"그렇게 말한 적은 없어."

"네가 생각하는 것처럼 난 그렇게 바보는 아니야. 아무튼 배 이야기나 더 해봐!"

하일너는 돌아눕다가 하마터면 호수에 빠질 뻔했다. 그는 배를 깔고 엎드린 다음 팔꿈치를 세워 두 손으로 턱을 괴고 말을 이었다.

"라인강에서 그런 배를 봤어. 방학 때 말이야. 일요일이었는데 배에서 음악을 연주하더라. 밤이었고, 오색 등불을 밝히고 있었지. 등불이 강물에 비치고 우리는 음악을 들으며 하류 쪽으로 내려갔어. 사람들은 라인 포도주를 마시고, 소녀들은 하얀 옷을 입고 있었지."

한스는 귀를 기울이면서 아무 대답도 하지 않았다. 눈을 감자 여름밤을 떠다니는 배가 보였다. 음악이 연주되고, 붉은 등불이 은은하게 빛나고, 소녀들은 하얀 옷을 입고 있었다. 하일너가 말을 이었다.

"그래, 지금하고는 아주 달랐어. 여기서 누가 그런 걸 알겠어? 하나 같이 지루하고 속마음을 숨기는 비겁한 녀석들뿐이야. 쓰러질 때까지 악착같이 공부만 하고 히브리어 알파벳보다 고귀한 건 하나도 모른다고. 너도 다르지 않아."

한스는 잠자코 있었다. 하일너는 정말 특이한 아이였다. 몽상가이고, 시인이었다. 지금까지 한스는 여러 번 하일너에게 놀랐다. 모두 알고 있듯이 하일너는 공부를 별로 많이 하지 않는데도 아는 것이 많았다. 대답도 척척 잘했지만 그 지식을 경멸했다. 하일너는 비웃음조로 계속 말했다.

"우리는 호메로스를 읽지만 『오디세이아』를 요리책처럼 읽고 있어. 수업시간에 겨우 두 줄을 읽고 한 자 한 자 되새기고 구역질이 날 때까지 자세히 살펴보지. 하지만 마지막에는 언제나 이렇게 말한다니까. '이 시인이 얼마나 섬세하게 표현했는지 보았지요. 여러분은 시작詩作의 비밀을 들여다본 것입니다!' 흥, 그건 불변화사와 동사과거형에 숨이 막혀 죽지 않도록 소스를 뿌려놓은 것에 불과하다고. 그런 식이라면 난 호메로스에 아무 흥미도 느낄 수 없어. 대체 고대 그리스의 잡동사니가 우리와 무슨 상관이 있지? 우리 중에 누가 그리스식으로 살려고 시도만 해도 당장 쫓겨날걸. 그런데도 우리 방 이름이 헬라스잖아! 정말 우습다니까! 왜 '휴지통'이나 '노예 우리'나 '실크 모자'라고 부르지 않지? 고전이라는 건 몽땅 사기야."

하일너는 공중에 퉤 침을 뱉었다. 한스가 물었다.

"너, 아까 시를 쓰고 있었지?"

"응."

"무엇에 대해 썼어?"

"이곳의 호수와 가을에 대해."

"보여줘!"

"안 돼, 아직 다 못 썼어."

"다 쓰면?"

"그래, 보여줄게."

두 소년은 일어나 천천히 수도원으로 돌아왔다. '낙원' 옆을 지나가는데 하일너가 말했다.

"저곳이, 얼마나 아름다운지 생각해본 적 있니? 강당과 아치형 창문, 회랑과 식당을 봐. 고딕 양식과 로마네스크 양식으로 지어진 풍요롭고 정교한 이 건축물들은 모두 예술가의 작품이야. 그런데 저 아름다운 건축물들이 대체 무엇 때문에 있지? 훗날 목사가 될 서른여섯 명의 불쌍한 소년들을 위한 거야. 흥, 국가에 돈이 남아도는가봐."

한스는 오후 내내 하일너를 생각했다. 대체 어떤 아이일까? 한스가 갖고 있는 걱정과 소원이 그에게는 아예 없었다. 하일너는 그만의 생각과 말을 가지고 있었고, 남들보다 더 뜨겁고 더 자유롭게 살았다. 이상한 고민을 하며 괴로워하고, 주위 사람들을 다 경멸하는 듯했다. 또 오래된 기둥과 담장의 아름다움을 이해하고, 자신의 영혼을 시로 표현하고, 상상으로 고유한 허구의 삶을 만들어내는 기묘하고 신비한 재주가 있었다. 명민하고 구속을 싫어하며, 한스가 1년 동안 할 농담을 매일같이 했다. 그는 우울했지만 자신의 슬픔조차 이국의 진기하고 귀중한 보물처럼 즐기는 것 같았다.

그날 저녁, 하일너는 엉뚱하고 별난 성격을 같은 방 아이들에게 보여주었다. 성격이 좀스러운데다 허풍이 심한 오토 벵거라는 아이가 하일너에게 시비를 걸었다. 하일너는 잠시 조용히 익살을 떨면서 침착하게 대응하더니 느닷없이 벵거의 따귀를 철썩 때렸다. 갑자기 열을 내며 뒤엉킨 두 적수는 이를 악물더니 마치 키를 잃은 배처럼 벽에 부딪치고, 의자를 넘어뜨리고, 마룻바닥에서 반원을 그리다가 구르고 넘어지면서 헬라스 방을 뒤집어놓았다. 둘 다 게거품을 물고 가쁘게 숨을 몰아쉴 뿐 아무 말도 하지 않았다. 아이들은 한 덩어리가 된 두 소년을 피해 다리와 책상과 램프를 치우면서 흥미진진한 싸움이 어떻게 끝날지 냉정한 얼굴로 지켜보았다. 몇 분 후 하일너가 힘겹게 일어나더니 싸움을 그치고 숨을 헐떡이며 가만히 그 자리에 섰다. 참담한 모습이었다. 눈이 벌게지고, 셔츠 깃은 찢어지고, 바지 무릎에는 구멍이 나 있었다. 상대편이 다시 덤벼들려고 하자 그는 팔짱을 끼고 서서 거만하게 말했다.

"난 그만할래. 자, 때리고 싶으면 때려."

오토 벵거는 욕설을 퍼부으며 방을 나가버렸다. 하일너는 자신의 책상에 기대어 스탠드를 돌려놓고, 두 손을 바지 주머니에 찔러넣고는 무슨 생각을 골똘히 하는 것 같았다. 그의 눈에서 느닷없이 눈물이 한두 방울 떨어지더니 곧 폭포처럼 흘렀다. 일찍이 그런 일은 없었다. 눈물을 보이는 것은 신학교 학생에게 가장 치욕스러운 행동으로 간주되고 있었기 때문이다. 하일너는 눈물을 숨기려고도 하지 않았다. 그는 방을 나가지 않았고, 창백해진 얼굴을 램프 쪽으로 돌리고 조용히 서 있을 뿐 눈물을 닦지도 않았다. 심지어 호주머니에서 손을 빼지도 않왔다. 다른 아이들은 빙 둘러서서 호기심 어린 표정으로 심술궂게 그를 쳐다보았다. 마침내 하르트너가 그의 앞으로 나서서 말했다.

"야, 하일너, 부끄럽지도 않니?"

울고 있던 하일너는 깊은 잠에서 막 깨어난 사람처럼 천천히 주위를 둘러보더니 경멸스럽다는 듯 크게 말했다.

"부끄럽냐고? 너희 앞에서 울어서? 아니, 천만에."

그는 얼굴을 닦더니 화가 난 듯 비쭉비쭉 웃으며 램프를 훅 불어 끄고 방을 나가버렸다.

그동안 한스 기벤라트는 자기 자리를 지키며 얼떨떨하고 놀란 기분으로 하일너 쪽을 힐끔힐끔 쳐다보았다. 십오 분쯤 지났을 때, 그는 마음을 다잡고 사라진 친구의 뒤를 따라나섰다. 하일너는 냉랭하고 컴컴한 복도의 깊숙한 창턱에 앉아 가만히 회랑을 내려다보고 있었다. 뒤에서 보니 그의 어깨와 윤곽이 뚜렷한 길쭉한 머리가 이상하게 진지하고 소년답지 않아 보였다. 그는 한스가 가까이 다가가 창가에 섰는데도 꼼짝도 하지 않았다. 잠시 후 하일너가 얼굴을 돌리지도 않고 잠긴 목소리로 물었다.

"누구야?"

"나야."

한스가 수줍어하며 대답했다.

"왜 온 거야?"

"그냥."

"그래? 그럼 그만 가줘."

한스는 마음이 상해서 진짜 자리를 뜨려고 했다. 그러자 하일너가 그를 잡으며 일부러 쾌활한 목소리로 말했다.

"가지 마. 정말 가라는 말은 아니었어."

그들은 얼굴을 마주보았다. 아마 그 순간 처음으로 상대방의 얼굴을 진지하게 들여다보았으리라. 그들은 소년다운 매끈한 표정 뒤에 고유한 특징을 가진 독특한 인생과 영혼이 깃들어 있다고 상상해보았다.

헤르만 하일너가 천천히 팔을 뻗어 한스의 어깨를 잡더니 얼굴이 거의 닿을 정도로 가까이 끌어당겼다. 갑자기 하일너의 입술이 자신의 입술에 닿는 것을 느끼고 한스는 소스라치게 놀랐다.

생소한 압박감에 심장이 세차게 방망이질했다. 이렇게 어두운 복도에 같이 있고, 갑자기 입을 맞추다니, 왠지 모험적이고 새롭고 어쩌면 위험하기까지 한 것 같았다. 퍼뜩 누군가에게 들키면 얼마나 끔찍한 일이 벌어질지에 생각이 미쳤다. 사람들은 틀림없이 아까 하일너가 눈물을 보인 것보다 이 키스가 훨씬 더 우스꽝스럽고 치욕스럽다고 생각할 것이다. 확실한 느낌으로 알 수 있었다. 한스는 아무 말도 할 수 없었다. 그저 피가 세차게 머리로 솟구쳤다. 차라리 이 자리에서 도망치고 싶었다.

어른이 그 장면을 보았다면, 우정을 표현하는 그 부끄러운 방식에 깃든 서투르고 수줍은 애정과 여위고 진지한 두 소년의 얼굴을 보고 은밀한 기쁨을 느꼈으리라. 앞으로 훌륭하게 성장할 귀여운 두 아이의 얼굴에는 소년의 매력이 아직 남아 있었지만 이미 수줍고 아름다운 청년의 고집이 엿보였다.

젊은이들은 점차 공동생활에 적응해나갔다. 서로를 알고, 저마다 이 아이는 이렇고 저 아이는 저렇다고 판단하고 인정했으며, 수많은 우정을 맺었다. 함께 히브리어 단어를 외우는 아이들이 있는가 하면, 그림을 그리는 아이들도 있었고, 산책을 하는 아이들도 있었으며, 실러의 작품을 읽는 아이들도 있었다. 라틴어는 잘하지만 산수를 못하는 아이와 라틴어는 못하지만 산수를 잘하는 아이가 같이 공부해 열매를 거두려고 뭉친 우정도 있었다. 계약과 재산의 공유에 토대를 둔, 다른 형태의 우정도 있었다. 이를테면 햄을 가져와서 많은 부러움을 샀던 아이는 슈탐하임 출신의 과수원집 아들이 자신의 부족한 면을 보완하는 반쪽임을 알게 되었다. 과수원집 아들이 자신의 상자 바닥에 예쁜 사과를 가득 넣어두고 있었기 때문이다. 어느 날 햄을 가진 아이가 햄을 먹다가 목이 말라서 사과를 가진 아이에게 사과를 하나 달라고 부탁하고 대신 햄을 주겠다고 했다. 그들은 같이 앉아 조심스럽게 대화를 나누었다. 그러는 동안 햄을 가져온 아이가 햄을 다 먹으면 바로 집에서 채워준다는 것, 사과를 가진 아이 역시 초봄까지 한참 동안 아버지가 보내주는 사과를 먹을 수 있다는 것이 밝혀졌다. 그래서 두 사람의 견고한 관계가 형성되었는데, 그 관계는 큰 격정과 이상으로 맺어진 다른 많은 우정보다 오래갔다.

끝까지 외톨이로 남아 있는 아이는 드물었는데, 루치우스가 바로 그런 아이 중 하나였다. 예술에 대한 그의 탐욕스러운 사랑은 그때까지도 활짝 피어 있었다.

어울리지 않는 친구도 있었다. 헤르만 하일너와 한스 기벤라트는 가장 어울리지 않는 짝으로 꼽혔다. 경박한 아이와 성실한 아이, 시인과 노력가의 결합이었기 때문이다. 둘 다 똑똑하고 재능이 아주 많은 아이로 꼽혔지만, 하일너가 천재라는 빈정거림이 반쯤 섞인 명성을 누렸다면 한스는 모범생이라는 평판을 듣고 있었다. 하지만 둘을 방해하는 아이는 거의 없었다. 저마다 자신들의 우정 때문에 분주했고 자기들끼리 있고 싶어했기 때문이다.

그런 개인적인 관심과 경험 때문에 학교수업을 소홀히 하지는 않았다. 학교는 커다란 악장樂章이자 리듬이었다. 이에 비하면 루치우스의 음악과 하일너의 서투른 시, 모든 우정의 동맹과 거래, 가끔 벌어지는 싸움은 어쩌다 일어나는 사소하고 가벼운 오락거리에 지나지 않았다. 소년들은 특히 히브리어를 힘들어했다. 야훼의 묘한 태고의 언어는 금방이라도 뚝뚝 부러질 듯 메말랐음에도 불가사의하게 아직 살아 있는 나무처럼, 젊은이들의 눈앞에서 마디 많고 수수께끼 같은 낯선 모습으로 크게 자라났다. 그것은 기이하게 생긴 가지로 눈길을 끌고, 색깔과 향기가 특이한 꽃으로 놀라움을 자아냈다. 가지와 움푹 팬 구멍과 뿌리에는 끔찍하게 무서운 용, 소박하고 사랑스러운 동화, 주름 많고 메마른 진지한 백발노인의 얼굴, 아름다운 소년과 눈매가 고요한 소녀, 싸움꾼 부인들 같은 수천 년 된 무시무시한 정령들과 다정한 정령들이 어우러져 살고 있었다. 루터가 번역한 성경에서 꿈결처럼 아득히 울렸던 것들이 거칠고 순수한 언어 속에서 피와 목소리를 되찾고, 고루하고 무겁지만 강인하고 섬뜩한 생명을 얻었다. 적어도 하일너는 그렇게 생각했다. 그는 모세오경*을 날마다 시간마다 저주하면서도, 모든 단어를 다 알고 하나도 틀리지 않게 술술 읽을 수 있는 끈기 있는 다른 많

---

* 구약성서의 첫 다섯 장인 「창세기」 「출애굽기」 「레위기」 「민수기」 「신명기」를 말한다.

은 아이들보다 그 속에서 더 많은 생명과 영혼을 발견하고 그것을 마셨다.

이에 비해 신약성서는 더 섬세하고 밝고 내면적인 것 같았다. 그 언어는 연륜과 깊이와 풍부함은 덜했지만 젊고 열정적이며 꿈꾸는 정신으로 충만했다.

『오디세이아』도 있었다. 듣기 좋은 힘찬 울림으로 세차게 흘러가는 율동적인 시에서 지금은 사라진 행복한 삶이 모습을 드러냈다. 윤곽이 뚜렷한 그 행복의 존재에 대한 예감이 마치 물의 요정의 하얗고 포동포동한 팔처럼 떠올랐다. 그것은 뚜렷하고 강렬한 모습으로 손에 잡힐 듯 구체적으로 나타나기도 하고, 몇 개의 단어와 시에서 꿈과 아름다운 예감으로 아련히 비쳐나오기도 했다.

그에 비하면 크세노폰과 리비우스 같은 역사가는 사라지거나 거의 빛나지 않는 미미한 빛으로 그 옆에 서 있을 뿐이었다.

한스는 친구 하일너에게는 모든 것이 자신과는 아주 딴판으로 보인다는 걸 알고 놀랐다. 하일너에게 추상적인 것이란 존재하지 않았으며, 상상할 수 없거나 공상의 색깔로 채색할 수 없는 것은 아무것도 없었다. 자신의 뜻대로 되지 않으면 그는 시들해져서 모든 것을 팽개쳐버렸다. 하일너에게 수학이란 음흉한 수수께끼를 잔뜩 안은 채 냉정하고 사악한 눈길로 제물을 꼼짝 못 하게 만드는 스핑크스였다. 그는 그 괴물을 멀찍이 피해다녔다.

두 소년의 우정은 독특했다. 그것은 하일너에게 오락이자 사치였으며 편안함 혹은 변덕이었지만, 한스에게는 자랑스럽게 지키는 보물이자 감당하기 힘든 짐이었다. 그때까지 한스는 저녁이면 늘 공부를 했다. 하지만 이제는 거의 날마다 공부에 싫증이 난 하일너가 건너와 한스의 책을 빼앗으며 같이 놀자고 했다. 한스는 친구를 아주 좋아하긴 했지만 나중에는 매일 저녁마다 혹시 친구가 오지 않을까 겁내게 되었다. 한스는 아무것도 소홀히 하지 않기 위해 정해진 공부시간에 두 배로 열심히 급하게 공부했다. 한스가 열심히 공부하는 것을 두고 하일너가 이론적인 공격까지 할 때면 더 괴로웠다. 이를테면 하일너는 이렇게 말했다.

"그건 날품팔이꾼이나 하는 짓이야. 너는 모든 공부를 좋아서 자발적으로 하는 게 아니야. 단지 선생님들이나 아버지가 무서워서 하는 거라고. 1등이나 2등이면 뭐해? 나는 20등이지만 성적에 목을 매는 너희 공부벌레들보다 멍청하지 않아."

하일너가 교과서를 어떻게 다루는지 처음 보았을 때도 한스는 기절초풍을 했다. 어느 날 그는 책을 강의실에 두고 와 다음 시간인 지리 과목 예습을 하려고 하일너의 지도책을 빌렸다. 하일너의 지도책은 페이지마다 연필로 온통 낙서가 되어 있었다. 피레네반도의 서쪽 해안은 기괴하고 기다란 옆얼굴이 되어 있었는데, 코는 포르투에서 리스본에 이르고, 피니스테레곶 부근은 구불구불한 곱슬머리로 꾸며놓았으며, 상비센트곶은 덥수룩한 수염을 멋지게 꼬아 뾰족하게 만들어놓았다. 어느 페이지를 넘겨도 똑같았다. 지도의 하얀 뒷면에는 캐리커처를 그리고 도발적이고 익살스러운 대담한 시를 적어놓았고, 얼룩덜룩한 잉크 자국도 있었다. 지금까지 책을 신성한 유물이나 보물처럼 소중하게 다루었던 한스는 그런 대담함이 신성모독 같은 죄악처럼 느껴지면서도 한편으로는 영웅적인 행동처럼 여겨졌다.

착한 기벤라트는 그의 친구에게 편안한 장난감 혹은 일종의 집고양이 같은 존재라고 할 수도 있었다. 한스 역시 가끔 그런 느낌이 들었다. 하지만 하일너는 한스가 필요했기 때문에 그에게 매달렸다. 속마음을 털어놓을 수 있고 자기 말을 귀기울여 듣고 경탄해줄 사람이 필요했던 것이다. 그가 학교와 인생에 대해 혁명적인 연설을 할 때 깊은 관심을 갖고 조용히 들어줄 사람이 필요했던 것이다. 또한 마음이 울적할 때 위로해주고 무릎에 머리를 기댈 수 있는 사람이 필요했던 것이다. 그런 성격의 사람이 으레 그렇듯 그 젊은 시인도 조금 젠체하는, 이유 없는 우울증의 발작에 시달리고 있었다. 우울증의 원인은 소년의 영혼과 조용히 이별하는 중이기 때문이기도 하고, 넘치는 힘과 예감과 욕망 때문이기도 하며, 어른이 되려는 이해할 수 없는 어두운 충동 때문이기도 했다. 그럴 때면 그는 동정과 귀여움을 받고 싶은 병적인 욕구를 느꼈다. 예전에 어머니의 사랑을 듬뿍 받았던 그는 아직 여자를 사랑할 만큼 성숙하지 않았기에 지금 그를 위로해줄 사람은 온순한 친구밖에 없었다.

저녁이 되면 그는 죽을 듯이 불행한 얼굴로 자주 한스를 찾아와서는 공부를 그만하고 같이 복도로 나가자고 졸랐다. 그들은 추운 강당이나 황혼이 깃든 천장 높은 예배실을 왔다갔다하거나 오들오들 떨면서 창가에 앉아 있곤 했다. 하일너는 하이네를 읽는 정서가 풍부한 젊은이답게 오만 가지 애통한 탄식을 늘어놓고는 약간 유치한 슬픔의 구름에 휩싸였다. 한스는 그 슬픔을 제대로 이해할 수는 없었지만 아무튼 깊은 인상을 받았으며 심지어 가끔 전염되기도 했다. 이 예민한 문예 애호가는 특히 날씨가 흐린 날이면 발작을 했다. 비탄과 신음은 대부분

늦가을의 비구름이 하늘을 컴컴하게 뒤덮고, 구름 뒤에서 달이 엷은 베일과 갈라진 틈으로 슬쩍 밖을 내다보며 자신의 길을 걷는 저녁에 절정에 달했다. 그럴 때면 그는 오시안*적인 정서에 흠뻑 취해 몽롱한 비애에 빠지고, 그 비애는 한숨과 말과 시가 되어 죄 없는 한스의 머리 위에 퍼부어졌다.

그런 고뇌의 장면에 짓눌리고 시달린 다음이면 한스는 마음이 급해져서 나머지 시간에는 공부에 매달렸다. 하지만 공부하기가 갈수록 힘이 들었다. 옛날의 두통이 재발한 것은 별로 놀랍지도 않았다. 하지만 피곤하고, 아무것도 안 할 때가 점점 많아지고, 꼭 해야 하는 일에도 자신을 채찍질해야 하는 건 걱정스러운 일이었다. 한스는 괴짜 친구와의 우정 때문에 자신이 지쳐가고, 지금까지 아무도 건드리지 않았던 깊은 내면의 일부가 병들게 되었음을 어렴풋이 느꼈지만 친구가 우울해하고 징징댈수록 안타까운 마음이 들고, 자신이 친구에게 없어서는 안 되는 존재임을 의식하게 되어 더 다정해지고 더 우쭐한 자부심을 느꼈다.

더욱이 한스는 친구의 그 병적인 비애가 건강하지 않은 충동의 과도한 분출일 뿐, 자신이 진심으로 감탄하는 하일너의 본성이 아니라는 사실을 잘 알고 있었다. 하일너가 자작시를 낭독하거나 시인의 이상을 이야기하거나 실러와 셰익스피어의 독백을 커다란 몸짓으로 열정적으로 낭독할 때면, 한스는 하일너가 자신에게는 없는 마법 같은 재능으

---

로 하늘을 거닐고, 신적인 자유와 불타는 열정으로 움직이고, 호메로스의 천사처럼 날개 돋친 발로 자신과 동급생들을 떠나 훨훨 멀리 날아가는 듯한 느낌이 들었다. 그때까지 시인의 세계를 잘 모르고 중요하게 생각하지도 않았던 한스는 생전 처음으로 아름답게 흐르는 언어와 사람의 마음을 홀리는 비유와 귀에 착착 감기는 운율의 현혹적인 힘을 거부하지 않고 받아들였다. 새로 열린 그 세계를 우러러보는 마음은 친구에 대한 감탄과 어우러져 비할 데 없이 독특한 감정이 되었다.

그사이 폭풍이 몰아치는 음울한 11월이 되었다. 램프를 켜지 않고는 몇 시간밖에 공부할 수 없었다. 칠흑같이 어두운 밤이면 사나운 바람이 넘실대는 거대한 구름 산을 시꺼먼 하늘에서 몰고 다니고, 오래되고 견고한 수도원 건물 주위에서 신음하듯이 혹은 싸우듯이 휘몰아쳤다. 나무들은 이파리가 다 떨어졌다. 다만 그 지역 나무들의 제왕인 마디 많은 커다란 떡갈나무들만이 바짝 마른 잎이 달린 우듬지를 다른 나무들보다 요란하게 투덜대며 흔들어댔다. 하일너는 아주 침울해져서 요즘은 한스를 찾아오지도 않고 멀리 떨어진 연습실에서 혼자 바이올린을 미친 듯이 켜거나 아이들에게 시비를 걸었다.

어느 날 저녁, 하일너가 연습실에 가보니 끈질긴 노력파 루치우스가 악보를 놓는 보면대 앞에서 바이올린 연습을 하고 있었다. 하일너는 화가 나서 연습실을 나왔다. 삼십 분이 지나서 다시 들어갔지만 루치우스는 아직도 연습을 하고 있었다. 하일너는 거칠게 불만을 표시했다.

"이제 그만 좀 하시지. 다른 사람도 연습하고 싶어하잖아. 안 그래도 네가 끽끽 긁어대는 소리는 정말이지 재앙 수준이라고."

루치우스가 비키려고 하지 않자 하일너는 거칠어졌다. 그는 태연히 다시 바이올린을 긁어대는 루치우스를 보고 보면대를 발로 뻥 차서 넘어뜨렸다. 악보가 사방에 흩어지고 보면대가 루치우스의 얼굴을 쳤다. 루치우스는 허리를 굽혀 악보를 주워들면서 단호하게 말했다.

"교장선생님한테 이를 거야."

"좋아. 고자질하는 김에 내가 엉덩이도 찼다고 해."

하일너는 화가 나서 소리치며 자기 말을 당장 실행에 옮기려고 했다. 루치우스는 옆으로 펄쩍 뛰어 문 쪽으로 피했다. 추격자가 그 뒤를 쫓으면서 복도와 강당을 가로지르고, 계단과 복도를 지나 수도원의 가장 먼 측랑까지 숨가쁘고 소란스러운 추격전이 벌어졌다. 그곳에는 교장이 사는 조용한 기품을 지닌 거처가 있었다. 하일너는 교장의 서재 문 바로 앞에서 겨우 도망자를 따라잡았다. 벌써 노크를 하고 열린 문 앞에 서 있던 도망자는 마지막 순간 약속대로 엉덩이를 걷어차이고 말았다. 그리고 미처 문을 닫을 새도 없이 더없이 신성한 교장의 방으로 폭탄처럼 날아들어갔다.

그것은 유례가 없는 사건이었다. 다음날 아침, 교장은 청소년의 타락에 대한 멋진 연설을 했다. 루치우스는 깊은 생각에 잠겨 지당하신 말씀이라는 듯 귀기울여 들었고, 하일너는 무거운 감금형을 받았다. 교장은 하일너에게 호통을 쳤다.

"몇 년 동안 여기서 이런 벌을 받은 사람이 없었습니다. 하일너, 나는 학생이 10년 후에도 이 일을 기억하게 해주겠어요. 여러분에게는 이 하일너를 무서운 본보기로 세우겠습니다."

겁에 질린 학생들이 하일너를 흘끔거렸다. 창백한 얼굴의 하일너는 교장의 시선을 피하지 않고 반항하듯 꼿꼿하게 서 있었다. 많은 아이들은 속으로 용감한 하일너에게 감탄했다. 하지만 훈계가 끝나고 모두 떠들썩하게 복도로 나갔을 때 하일너는 사람들이 슬슬 피하는 나병 환자처럼 혼자 남았다. 지금 그의 편에 서려면 용기가 필요했다.

한스 기벤라트도 편을 들지 않았다. 그는 하일너의 편을 드는 것이 자신의 의무일 거라는 느낌이 들어서 자신의 비겁함에 괴로워했다. 불행하고 부끄러운 나머지 창가로 슬쩍 도망쳐 고개도 들지 못했다. 친구를 찾아가고 싶은 마음이 간절했다. 남의 눈에 띄지 않고 그렇게 할 수만 있다면 많은 것을 포기할 수 있을 것 같았다. 하지만 무거운 감금형을 받은 아이는 수도원에서 상당 기간 낙인이 찍힌 것이나 다름없었다. 아이들은 이제부터 그가 특별히 주목을 받게 될 것이며, 그와 어울리면 위험하고 나쁜 평판을 들을 수 있다는 사실을 잘 알고 있었다. 국가가 학생을 후원하며 베푸는 친절에는 항상 정확하고 엄격한 규율이 따르는 법이다. 이미 입학식에서 고매한 연설을 통해 강조된 사실이었다. 한스도 그것을 알고 있었다. 친구로서의 의무와 그의 야심이 싸웠지만 우정이 진 것이었다. 그의 이상은 앞으로 나아가고 시험에서 좋은 성적을 내고 주목을 받는 것이었지, 낭만적이고 위험한 역할을 맡는 것이 아니었다. 그래서 한스는 마음을 졸이며 구석에 틀어박혀 있었다. 당장이라도 거기서 나와 용기를 보여줄 수 있었지만 점점 그러기가 더 어려워졌다. 어느 사이에 그의 배반은 기정사실이 되어버렸다.

하일너는 이미 눈치를 채고 있었다. 열정적인 그는 아이들이 자신을 피한다는 느낌을 받았고 그럴 수 있다고 생각했다. 하지만 한스만은 믿었다. 하일너는 지금 느끼는 아픔과 분노에 비하면 여태껏 느꼈던 내용 없는 비애는 공허하고 우스꽝스럽다고 생각했다. 그는 잠시 기벤라트 옆에 섰다. 그리고 창백하지만 오만한 얼굴로 나직하게 말했다.

"너는 비열한 겁쟁이야, 기벤라트. 제기랄!"

그러고는 두 손을 바지 주머니에 찔러넣고 나직이 휘파람을 불면서 가버렸다.

젊은이들에게 생각하고 해야 할 일이 있다는 것은 정말 다행이다. 그 사건이 일어나고 며칠 뒤 갑자기 눈이 내리고, 맑고 추운 겨울 날씨가 시작되었다. 눈싸움도 하고, 스케이트도 탈 수 있었다. 크리스마스와 방학이 코앞까지 다가왔음을 깨달은 학생들은 그에 관한 이야기를 하기 시작했다. 이제 하일너는 전처럼 주목을 받지 못했다. 그는 오만한 얼굴로 고개를 빳빳이 들고 반항하듯 조용히 돌아다니며 아무하고도 말을 섞지 않고 종종 노트에 시를 적었다. 까만 방수포로 만든 노트 표지에는 '수도사의 노래'라는 표제가 붙어 있었다.

떡갈나무와 오리나무, 너도밤나무와 버드나무에 섬세하고 환상적인 모양의 서리와 얼어붙은 눈송이가 달렸다. 매서운 추위에 연못의 투명한 얼음이 빠지직 소리를 냈다. 회랑의 안뜰은 조용한 대리석 정원처럼 보였다. 방마다 즐거운 축제의 들뜬 기분이 흘렀다. 크리스마스를 기다리는 기쁨에 심지어 침착하고 위엄 있는 두 교수까지 온화한 표정을 지었고 들뜬 흥분의 기색을 살짝 띠었다. 교사들과 학생들 가운데 크리스마스에 관심이 없는 사람은 한 명도 없었다. 하일너도 덜 뚱하고 덜 비참해 보였다. 루치우스는 방학에 어떤 책과 신발을 가지고 갈지 곰곰이 생각했다. 집에서 오는 편지는 가슴 설레는 즐거운 소식을 전했다. 어떤 선물을 가장 받고 싶은지 묻고, 언제 빵을 굽는지 알려주고, 머지않아 깜짝 선물이 있을 거라고 넌지시 암시하고, 다시 만날 날을 손꼽아 기다리고 있다고 말이다.

방학을 맞아 고향으로 떠나기 전에 학생들, 특히 헬라스 방 아이들은 유쾌한 작은 사건을 하나 더 경험했다. 저녁에 있을 크리스마스 축제를 가장 큰 방인 헬라스 방에서 열기로 했는데 축제에 교사들을 초대하기로 결정이 났다. 축사를 하고, 시를 두 편 낭송하고, 플루트 독주와 바이올린 이중주를 하기로 했다. 하지만 익살스러운 프로그램도 꼭 하나 들어가야 했다. 의논과 협의를 거듭하고, 제안이 나오고 또 버려졌지만 좀처럼 합의를 할 수 없었다. 그때 카를 하멜이 지나가는 말로 에밀 루치우스의 바이올린 독주가 가장 재미있지 않겠느냐고 했다. 그 안이 인기를 모았다. 부탁하고 약속하고 협박해서 마침내 불행한 악사樂士의 동의를 얻어냈다. 정중한 초대의 글과 함께 교사들에게 보낸 프로그램에는 다음과 같이 특별 순서가 들어가 있었다. '고요한 밤, 바이올린을 위한 가곡. 실내악의 거장 에밀 루치우스 연주'. '실내악의 거장'이라는 칭호는 멀리 떨어진 음악실에서 열심히 연습한 결과 얻은 것이었다.

교장과 교수들, 복습지도 교사들과 음악교사와 상임 조교가 초대를 받고 축제에 참석했다. 루치우스가 하르트너에게 빌린 검은 연미복을 깨끗이 다림질해 입고 머리를 손질한 뒤 부드럽고 겸손한 미소를 지으며 등장하자 음악교사의 이마에는 진땀이 흘렀다. 루치우스가 허리를 숙여 인사를 하는데 벌써 여기저기서 웃음이 터져나왔다. 가곡 〈고요한 밤〉은 루치우스의 손가락 아래서 애절한 탄식이 되고, 신음과 고통이 가득한 고뇌의 노래가 되었다. 루치우스는 두 번이나 다시 시작했고, 멜로디를 갈가리 찢고 잘게 저미고 발로 박자를 맞추면서, 살을 에는 추위 속에서 일하는 나무꾼처럼 바이올린을 연주했다.

화가 나서 얼굴이 창백해진 음악교사를 향해 교장은 즐거운 듯 고개를 끄덕였다.

세 번이나 다시 시작했지만 이번에도 도중에 막혀버리자 루치우스는 바이올린을 내리고 청중을 보면서 이렇게 변명했다.

"잘 안 되네요. 하지만 지난가을에 바이올린을 처음 시작했거든요."

교장이 소리쳤다.

"좋아요, 루치우스. 우리는 학생의 노력을 고맙게 생각합니다. 계속 그렇게 배우세요. Per aspera ad astra(험난한 길을 걸어야 성공하는 법입니다)!"

12월 24일이 되자 새벽 세시부터 침실마다 시끌벅적한 활기가 넘쳤다. 유리창에는 나뭇잎 모양의 성에가 두껍게 끼고, 세숫물이 꽁꽁 얼고, 살을 에는 매서운 바람이 수도원 안뜰에 휘몰아쳤다. 하지만 그런데 신경을 쓰는 사람은 아무도 없었다. 식당의 커피를 끓이는 커다란 통에서는 무럭무럭 김이 났다. 얼마 지나지 않아 외투와 목도리를 둘러쓴 학생들이 검게 무리지어 나왔다. 그들은 멀리 떨어진 기차역을 향해 희미하게 빛나는 하얀 들판을 지나고 고요한 숲을 가로질러 걸었다. 수다를 떨고 농담을 하고 크게 웃고 있었지만 저마다의 가슴속에는 말하지 않은 소망과 즐거움과 기대가 가득 숨어 있었다. 모두 슈바벤 지방 전체에 걸쳐 도시와 마을과 한적한 농가에서 부모와 형제자매

들이 크리스마스를 위해 따뜻한 방을 예쁘게 꾸며놓고 그들을 기다리고 있다는 사실을 알고 있었다. 대부분의 아이들에게 이번 크리스마스는 멀리 떠났다가 고향에서 맞는 첫 크리스마스였다. 그들은 가족들이 애정과 자부심을 느끼며 자신들을 기다리고 있다는 걸 잘 알고 있었다.

눈 덮인 숲 한가운데 있는 작은 역에서 아이들은 매서운 추위에 떨며 기차를 기다렸다. 지금까지 그렇게 한마음이 되어 어울리고 즐거워했던 적이 없었다. 하일너만 아무 말도 하지 않고 있다가 기차가 도착하자 아이들이 다 탈 때까지 기다리더니 혼자 다른 칸에 탔다. 다음 역에서 기차를 갈아탈 때 한스는 다시 한번 그를 보았다. 언뜻 부끄러움과 후회를 느꼈지만 그 감정은 고향에 가는 설렘과 기쁨에 곧 사라져버렸다.

집에서는 흐뭇하게 웃는 아버지와 탁자에 가득 쌓인 선물이 기다리고 있었다. 물론 기벤라트의 집에 진짜 크리스마스 파티는 없었다. 노래도 없었으며 파티의 감격도 없었다. 또 어머니도 없고 전나무도 없었다. 기벤라트 씨는 어떻게 축제를 즐겨야 하는지 알지 못했다. 하지만 그는 아들이 자랑스러웠기 때문에 이번에는 선물을 준비하며 돈을 아끼지 않았다. 한스는 무덤덤한 크리스마스에 익숙해서 부족한 점을 전혀 느끼지 못했다.

모두 한스가 건강해 보이지 않는다고 걱정했다. 너무 말랐고 너무 창백하다면서 신학교 음식이 그렇게 형편없느냐고 물었다. 한스는 아니라고 열심히 부인하면서 잘 지내고 있으며 다만 머리가 자주 아플 뿐이라고 대답했다. 그러자 목사는 젊었을 때 자신도 두통에 시달렸다며 그를 위로했다. 그것으로 모든 문제가 해결되었다.

강은 꽁꽁 얼어 있었고, 크리스마스 휴일에는 스케이트 타는 사람으로 발 디딜 틈 없이 북적거렸다. 한스는 신학교 학생들이 쓰는 초록색 모자에 새 옷을 차려입고 거의 온종일을 바깥에서 보냈다. 예전에 함께 학교를 다녔던 동창생들을 넘어, 부러움을 한몸에 받는 훨씬 더 높은 세계로 올라간 것이다.

제4장

통상적으로 4년 동안의 수도원 생활에서 신학교 학생들 가운데 하나 혹은 몇 명이 길을 잃는다. 때로는 죽는 학생도 있어서 찬송가가 울리는 가운데 땅에 묻히거나, 전송하는 친구들에게 둘러싸여 고향으로 돌아가기도 한다. 도망을 치거나 특별한 잘못을 저지르고 퇴학을 당하는 경우도 있다. 고학년에서만 드물게 일어나는 일이지만 어떻게 해야 좋을지 막막한 소년이 권총의 방아쇠를 당기거나 물에 뛰어드는 간단하고 암울한 방법으로 청춘의 괴로움에서 벗어나는 경우도 이따금 생긴다.

한스 기벤라트의 학년에서도 두세 명이 모습을 감추었다. 공교롭게도 그들은 모두 헬라스 방의 아이들이었다.

헬라스 방을 쓰는 아이들 중 힌딩거라는 작고 얌전한 아이가 있었다. 별명이 '힌두'였던 그 아이는 종교적 소수파들이 거주하는 알고이 지방 어느 마을 재봉사의 아들이었다. 조용한 아이라서 없어진 뒤에야 사람들 입에 오르내렸지만 그것도 오래가지는 않았다. 구두쇠인 실내악의 거장 루치우스와 책상을 나란히 썼던 그는 다른 아이들보다 루치우스와 조금 더 친하게 지냈다. 그외에는 달리 친한 친구가 없었다. 헬라스 방의 아이들은 그가 곁에서 사라지고 나서야 자신들이 그를 좋아했다는 사실을 깨달았다. 힌딩거는 시끌벅적할 때가 많은 헬라스의 생활에서 까다롭지 않은 좋은 이웃이자 쉼터였다.

1월 어느 날, 힌딩거는 로스바이어 연못에 스케이트를 타러 가는 아이들을 따라나섰다. 스케이트는 없었지만 그냥 한번 구경이나 해볼 생각이었다. 하지만 곧 너무 추워져서 몸을 덥히려고 발을 동동 구르면서 연못가를 걸었다. 그러다 달리기 시작했는데 들판에서 그만 길을 잃고 다른 작은 호수까지 가게 되었다. 따뜻한 샘물이 호수 밑바닥에서 세차게 솟아나고 있어서 호수 표면에만 살짝 살얼음이 얼어 있었다. 힌딩거는 갈대를 헤치고 들어갔다. 그렇게 작고 가벼운 아이였는데도 기슭 근처 얼음이 깨지면서 그만 물에 빠지고 말았다. 그는 팔다리를 허우적거리며 잠시 고함을 질렀지만 곧 시커멓고 차가운 물속에 가라앉고 말았다. 그 모습을 본 사람은 아무도 없었다.

두시에 오후 첫 수업이 시작되었을 때에야 사람들은 비로소 그가 없어진 사실을 알게 되었다.

"힌딩거는 어디 갔지요?"

복습지도 교사가 물었지만 대답하는 아이가 없었다.

"헬라스 방에 있는지 찾아보세요!"

하지만 그곳에도 힌딩거는 흔적도 없었다.

"지각하는 것 같네요. 그냥 시작합시다. 74쪽 7절입니다. 이런 일이 다시는 없었으면 좋겠네요. 여러분, 시간을 잘 지켜야 합니다!"

세시를 알리는 종이 울려도 여전히 힌딩거는 나타나지 않았다. 교사는 걱정이 되어 교장에게 아이를 보냈다. 교장이 바로 교실로 찾아왔다. 교장은 몇 가지 중요한 질문을 하더니 조교와 복습지도 교사의 지도 아래 학생 열 명을 내보내 힌딩거를 찾게 했다. 남은 학생들은 받아쓰기 연습을 했다.

네시에 복습지도 교사가 노크도 없이 교실에 들어와 살며시 교장에게 보고를 했다.

"조용히 하세요!"

교장이 말했다. 긴장한 표정의 학생들은 꼼짝 않고 의자에 앉아 교장을 빤히 쳐다보았다. 교장이 낮은 목소리로 말을 이었다.

"여러분의 친구 힌딩거가 연못에 빠져 죽은 것 같습니다. 여러분도 그를 찾는 일을 도와주어야겠어요. 마이어 교수님이 여러분을 인솔할 텐데 교수님 말씀을 정확하게 따르고 절대 제멋대로 행동하지 마세요."

겁에 질린 학생들은 수군거리면서 교수를 따라 출발했다. 인근 소도시에서 밧줄이며 막대기며 긴 장대를 가지고 온 남자 어른 몇 명이 서둘러 가는 수색 대열에 합류했다. 몹시 추운 날이었다. 해는 벌써 숲 가장자리에 걸려 있었다.

드디어 뻣뻣하게 굳은 작은 소년의 시체를 눈 쌓인 갈대숲의 들것에 뉘었을 때는 벌써 어둠이 짙게 깔린 뒤였다. 신학교 학생들은 겁 많은 새처럼 오들오들 떨며 둘러서서 시체를 바라보고 파랗게 언 손가락을 비벼댔다. 이윽고 익사한 소년이 앞서 실려가고 그들은 말없이 눈 덮인 들판을 지나 그 뒤를 따라갔다. 그들의 짓눌린 영혼은 갑자기 전율을 느꼈고 맹수를 만난 노루처럼 잔인한 죽음의 냄새를 맡았다.

슬픔에 잠겨 추위에 떠는 작은 무리 가운데 한스 기벤라트는 우연히 옛 친구 하일너의 옆에서 걷게 되었다. 그들은 들판의 울퉁불퉁한 길에서 똑같이 비틀거리다가 그제야 나란히 걷고 있었음을 깨달았다. 아마 죽음을 보고 충격을 받아 자기만 생각하는 이기심의 허무함을 잠시 마음속 깊이 느꼈기 때문이리라. 아무튼 한스는 뜻밖에 창백한 친구의 얼굴을 가까이서 보자 왠지 모르지만 마음이 찢어질 듯 아팠다. 그는 불쑥 마음이 움직여 하일너의 손을 잡았다. 하지만 하일너는 불쾌한 얼굴로 손을 빼더니 기분이 상한 듯 고개를 옆으로 돌리고, 바로 다른 자리를 찾아 대열의 맨 뒷줄로 사라졌다.

모범생 한스의 가슴은 슬픔과 수치심으로 쿵쿵 뛰었다. 얼어붙은 들판을 비틀거리며 걷는데 추워서 새파래진 뺨 위로 하염없이 흐르는 눈물을 주체할 수가 없었다. 그는 절대 잊을 수 없으며, 아무리 후회해도 돌이킬 수 없는 죄악과 실수가 있다는 사실을 깨달았다. 들것에 누워 실려가는 것이 재봉사의 아들이 아니라 친구 하일너 같았다. 하일너가 그의 배반에 대한 아픔과 분노를 싣고 멀리 다른 세상으로 떠나는 듯했다. 성적과 시험과 성공이 아니라 양심이 깨끗한지 더러운지를 기준으로 사람을 평가하는 다른 세상 말이다.

그동안 일행은 국도에 이르렀다. 그들은 발걸음을 재촉하여 급히 수도원 안으로 들어왔다. 교장을 비롯한 모든 교사가 죽은 힌딩거를 맞이했다. 만약 힌딩거가 살아 있었다면 이런 명예로운 일을 생각하는 것만으로도 도망치고 싶어했으리라. 교사들은 항상 살아 있는 학생을 볼 때와는 전혀 다른 눈으로 죽은 학생을 바라본다. 평소 별생각 없이 학생들에게 상처를 주면서도, 죽은 학생을 보면 모든 생명과 젊음이 다시 돌아오지 않으며 소중한 가치를 가지고 있다는 것을 잠시나마 뼈 저리게 느끼는 것이다.

그날 저녁도 그다음 날도 하루종일 보이지 않는 시체가 가까이 있다 는 사실은 마법 같은 효과를 발휘해서, 학생들의 모든 행동을 부드럽 게 만들고 말의 수위를 낮추고 엷은 베일로 감쌌다. 그래서 이 짧은 시 간 동안 말다툼과 분노와 소란과 웃음이 자취를 감추었다. 마치 물의 요정이 잠시 수면에서 사라져, 연못이 조금도 움직이지 않고 아무것도 살지 않는 것처럼 보이는 것과 같았다. 둘이 모여 물에 빠져 죽은 아이 이야기를 할 때는 반드시 본명을 불렀다. '힌두'라는 별명은 죽은 아이 의 명예를 손상시키는 느낌이 들었기 때문이다. 평소 눈에 띄지 않고 불러주는 이도 없이 무리 속에 파묻혀 있던 조용한 힌두는 지금 자신 의 이름과 죽음으로 커다란 수도원을 꽉 채우고 있었다.

이튿날 힌딩거의 아버지가 도착했다. 그는 아들이 누워 있는 작은 방에서 몇 시간 동안 혼자 있었다. 그리고 교장에게 초대받아 차를 같 이 마시고 사슴여관에서 하룻밤을 잤다.

다음날이 장례식이었다. 관은 복도에 놓여 있었다. 알고이의 재봉사 는 그 옆에 서서 모든 것을 지켜보았다. 지독하게 말라서 앙상한 그는 정말 영락없는 재봉사처럼 보였다. 그는 초록빛이 도는 검은 프록코트 에 통이 좁은 옹색한 바지를 입고 있었다. 손에는 낡은 예식 모자를 들고 있었다. 그의 작고 여윈 얼굴은 바람에 가물거리는 1크로이처짜리 촛불처럼 근심스럽고 슬프고 병약해 보였다. 교장과 교수들 앞에서 그는 당혹감과 존경심에 계속 어찌할 줄 몰라했다.

슬픔에 잠긴 작은 재봉사는 짐꾼이 관을 들려고 하는 마지막 순간 다시 앞으로 나와 애정이 듬뿍 담긴 수줍은 몸짓으로 머뭇머뭇 관 뚜껑을 어루만졌다. 그러고는 눈물을 참으며 어떻게 해야 좋을지 막막한 표정으로 우두커니 서 있었다. 크고 조용한 복도 한가운데 잎이 다 떨어진 메마른 작은 겨울나무처럼 서 있는 그 모습이 얼마나 쓸쓸하고 절망스럽고 버림받은 듯 보이는지 모두 마음이 아팠다. 목사가 그의 손을 잡고 곁에 서 있었다. 재봉사는 이상야릇하게 휘어진 실크 모자를 머리에 썼다. 그리고 관을 따라 맨 앞에서 계단을 내려가고 수도원 뜰을 지나 오래된 교문을 나왔다. 그리고 하얀 들판을 지나 낮은 묘지 담장을 향해 걸었다. 무덤 앞에서 찬송가를 부를 때 아이들은 대부분 음악교사의 지휘하는 손을 보지 않고 쓸쓸하고 초라한 작은 재봉사를 쳐다봐서 음악교사의 기분을 상하게 했다. 꽁꽁 언 채 슬픔에 잠긴 재봉사는 눈밭 속에 고개를 숙이고 서서 목사와 교장과 반장의 연설에 귀를 기울이고, 합창하는 학생들에게 별생각 없이 고개를 끄덕이고, 이따금 웃옷 품에 넣어둔 손수건을 왼손으로 더듬더듬 찾았지만 실제로 꺼내지는 않았다.

후에 오토 하르트너가 이런 말을 했다.

"힌딩거 아버지가 서 있는 자리에 우리 아빠가 서 있으면 어떨까, 상상하지 않을 수 없었어."

그러자 모두 동감을 표시했다.

"그래, 나도 똑같은 생각을 했어."

나중에 교장이 힌딩거의 아버지와 같이 헬라스 방에 들어왔다. 교장이 방 안에 대고 물었다.

"여러분 가운데 고인과 특히 친하게 지낸 사람이 있습니까?"

아무도 나오지 않았다. 힌두의 아버지는 불안하고 참담한 눈길로 어린 학생들의 얼굴을 바라보았다. 그때 루치우스가 앞으로 나왔다. 힌딩거의 아버지는 루치우스의 손을 잡더니 잠시 동안 꼭 붙들고 있었다. 하지만 무슨 말을 해야 좋을지 모르겠는지 곧 겸손하게 고개를 한 번 숙이고는 방을 나갔다. 그리고 기차를 타고 고향으로 떠났다. 집에 돌아가 아내에게 아들 카를이 지금 어디에 누워 있는지 말하려면 눈 덮인 겨울 들판을 하루종일 달려야 했다.

수도원에 걸린 마법의 주문은 바로 풀렸다. 교사들은 다시 야단을 치고, 문은 다시 쾅 소리를 내며 닫혔다. 헬라스 방의 사라진 아이를 생각하는 사람은 거의 없었다. 그 슬픈 호숫가에 오래 서 있던 아이들 몇 명은 감기에 걸려 양호실에 누워 있거나 털 슬리퍼를 신고 목에 목도리를 두르고 다녔다. 한스 기벤라트의 목과 발은 말짱했지만 그 불행한 날 이후 더 진지하고 성숙해진 듯 보였다. 그의 내면에서 어떤 변화가 일어난 것이다. 소년에서 청년이 되고, 영혼은 다른 세계로 옮겨간 것 같았다. 그 세계에서 그의 영혼은 낯설고 불안하게 날개를 파닥이며 아직 편히 쉴 곳을 못 찾고 헤맸다. 죽음에 대한 공포와 착한 힌두를 잃은 슬픔 때문이 아니라, 단지 하일너에게 불쑥 느끼게 된 죄책감 때문이었다.

하일너는 다른 두 아이와 같이 양호실에 누워 뜨거운 차를 마셔야 했다. 그래서 힌딩거의 죽음에서 받은 인상을 정리하고, 훗날 시를 지을 때 활용할 수 있도록 가다듬을 시간을 가질 수 있었다. 하지만 그는 그것도 그리 중요하게 생각하지 않는 듯했다. 그는 비참하고 괴로워 보였으며 다른 아픈 아이들과도 거의 말을 하지 않았다. 감금형을 받고 난 후 억지로 하는 고독한 생활 때문에, 말벗이 필요한 예민한 마음에 상처를 받아 괴로운 것이었다. 교사들은 그를 불만이 많은 혁명가 같은 인물이라고 생각해 엄격하게 감시했으며, 학생들은 그를 슬슬 피했고, 조교는 친절하지만 놀리듯 대했다. 하지만 그의 친구들인 셰익스피어와 실러와 레나우는 억누르고 굴종을 강요하는 세계와는 다른, 더 강력하고 더 멋진 세계를 보여주었다. 처음에 세상을 등진 은자처럼 우울한 음조를 띠었을 뿐이던 하일너의 '수도사의 노래'는 차츰 수도원과 교사들과 동급생들을 비난하는 신랄하고 증오에 찬 시 모음이 되었다. 그는 고독하게 지내며 박해받는 순교자의 행복을 맛보았으며, 이해받지 못하는 자신에 만족하고, 무자비하게 경멸하는 수도사의 시를 지으며 자신이 작은 유베날리스* 같다고 생각했다.

장례식이 끝나고 일주일이 지났다. 같이 누워 있던 둘은 병이 나았고 하일너만 아직 양호실에 누워 있는데 한스가 찾아왔다. 한스는 수줍게 인사하고 의자를 침대 옆으로 가져와 앉아 하일너의 손을 잡았다. 하일너는 불쾌한 듯 벽을 향해 돌아누워버렸다. 하일너가 도무지 곁을 주지 않았지만 한스는 물러서지 않았다. 한스는 하일너의 손을

---

* 고대 로마의 풍자시인.

꼭 쥐고 억지로 옛 친구가 자신을 보게 만들려고 했다. 하일너는 화가 나서 입을 비죽거리며 말했다.

"대체 왜 이러는 거야?"

한스는 손을 놓아주지 않았다. 그리고 말을 이었다.

"내 말을 들어줘야 해. 그때 나는 비겁했고, 힘든 널 못 본 체했어. 하지만 넌 내가 어떤 아이인지 잘 알잖아. 나는 신학교에서 상위권을 유지하고 가능하면 1등이 되겠다고 굳게 다짐했었어. 너는 그런 건 성적에 목을 매는 공부벌레나 하는 짓이라고 했지. 나도 맞는 말이라고 생각해. 하지만 그건 내 이상 같은 거였어. 더 좋은 것을 몰랐으니까."

하일너가 눈을 감았다. 한스는 나지막한 목소리로 말을 계속했다.

"정말 미안해. 네가 다시 내 친구가 될 마음이 있는지는 모르겠지만 제발 나를 용서해줘."

하일너는 아무 말도 하지 않았고, 눈도 감은 채였다. 그의 마음속 선한 기쁨의 감정이 친구를 향해 활짝 웃었지만, 퉁명스럽고 고독한 인물의 역할에 익숙해 있었기 때문에 적어도 잠시 동안은 가면을 쓰고 있었던 것이다. 한스는 물러서지 않았다.

"제발, 하일너! 이렇게 네 주위를 더 맴도느니 차라리 꼴등을 하는 게 나을 것 같아. 너만 괜찮다면, 우리 다시 친구가 되자. 그래서 다른 아이들한테 우리는 걔네들이 없어도 상관없다는 걸 보여주자."

그제야 하일너는 눈을 뜨고 한스가 잡은 손에 힘을 주었다.

며칠 뒤 하일너도 자리를 털고 일어나 양호실을 나왔다. 새로 맺어진 우정은 수도원에 상당한 파장을 일으켰다. 딱히 특별한 일은 없었지만 두 사람은 단단하게 결속되어 있다는 묘한 행복감과 은밀한 무언의 일체감을 느끼며 꿈같은 하루하루를 보냈다. 예전과는 달랐다. 떨어져 지낸 몇 주가 두 사람을 달라지게 만든 것이다. 한스는 더 다정하고 따뜻하고 열정적으로 변했으며, 하일너는 더 힘있고 남자답게 변했다. 그들은 그동안 서로를 애타게 그리워했기 때문에 재결합은 큰 경험이자 값진 선물처럼 생각되었다.

조숙한 두 소년은 우정을 나누며 수줍어하고 설레어했고, 첫사랑의 섬세한 비밀을 자신들도 모르는 사이에 미리 살짝 맛보고 있었다. 더욱이 두 사람의 결합은 성숙한 남자들의 강한 매력을 지니고 있었다. 여기에 신학교 아이들을 향한 반항심이 강한 양념 역할을 했다. 아이들은 하일너를 기분 나쁘게 생각하고, 한스를 이해할 수 없는 아이라고 생각했다. 다른 아이들의 우정은 아직 소년들의 순진한 놀이에 불과했다.

친구와 친해지고 행복해질수록 한스는 학교와 멀어졌다. 새로운 행복이 갓 담근 포도주처럼 발효하며 피와 생각 속을 돌아다니자, 그 옆에서 리비우스와 호메로스는 중요성과 광채를 잃었다. 교사들은 지금까지 흠잡을 데 없는 모범생이었던 기벤라트가 문제아가 되고 수상쩍은 하일너의 나쁜 행동에 영향을 받자 기겁했다. 청년의 발효가 시작되는 위험한 시기에 조숙한 소년이 보이는 이상한 모습을 교사들은 그 무엇보다 두려워했다. 안 그래도 교사들은 전부터 하일너의 천재적인 기질을 위험하게 생각하고 있었다. 천재와 교사들 사이에는 예로부터 깊은 심연이 존재한다. 교사들은 천재적인 아이들을 학교에서 마주하는 순간부터 그들이 끔찍한 만행을 저지를 거라고 생각한다. 교사들에게 천재란 교사들을 전혀 존경하지 않고, 열네 살에 담배를 피우기 시작하고, 열다섯 살에 사랑에 빠지고, 열여섯 살에 술집에 드나들고, 읽지 말라는 책을 읽고, 도발적인 글을 쓰고, 교사들을 경멸하는 눈초리로 노려보고, 교무수첩에 선동가와 감금형 후보로 기록되는 존재이다. 교사들은 자신이 맡은 반에 천재가 한 명 있는 것보다 차라리 멍청한 바보 몇 명이 있는 것이 낫다고 생각한다. 엄밀히 생각하면 그가 옳을 수도 있다. 교사의 임무는 지나치게 뛰어난 인물이 아니라, 라틴어나 산수를 잘하는 정직하고 성실한 보통 사람을 키우는 것이기 때문이다. 교사와 천재 중 상대에게 더 많이 더 심하게 고통받는 쪽은 누구일까? 교사가 소년한테 더 고통을 받을까, 아니면 그 반대일까? 어느 쪽이 더 폭군이고, 어느 쪽이 더 상대를 괴롭히고 귀찮게 할까? 어느 쪽이 상대의 영혼과 삶을 모욕하고 파괴할까? 이 문제는 분노와 수치심을 느끼며 그대 자신의 젊은 시절을 돌아보지 않으면 자세히 살펴볼 수 없으리라. 하지만 그것은 여기서 우리가 논할 문제가 아니다. 다만 위로가 되는 사실은, 진정한 천재라면 대부분 상처가 아문 다음, 학교의 견해를 거슬러 훌륭한 작품을 내놓는 인물이 된다는 것이다. 훗날 그가 세상을 떠나고 시간이 훌쩍 지나 편안한 후광이 그를 감싸면 교사들이 그의 작품을 걸작 내지 고결한 본보기로 다른 세대에게 인용하는 그런 인물 말이다. 이처럼 규율과 정신의 싸움은 학교에서 학교로 되풀이해서 벌어지고 있다. 우리는 매년 나타나는 몇 안 되는 더 깊고 귀중한 정신의 싹을 국가와 학교가 애초부터 싹둑 자르려고 숨가쁘게 노력하는 모습을 계속 본다. 또 교사들의 미움을 받고, 벌을 자주 받고, 학교에서 도망치고 쫓겨난 인물들이 나중에 우리 국민의 귀중한 보물을 늘리는 경우도 끊임없이 본다. 하지만 묵묵히 반항하면서 자신을 소진하고 파멸해버리는 아이들도 많다. 그 숫자가 얼마나 되는지 누가 알겠는가?

옛날부터 내려온 오래되고 훌륭한 학교 원칙에 따라, 불길한 예감이 들자마자 남다르게 보이는 이 두 소년 역시 두 배의 사랑이 아니라 두 배로 엄격한 지도를 받았다. 다만 히브리어를 가장 열심히 공부하는 한스를 자랑스럽게 생각했던 교장만이 그를 구하려는 서투른 시도를 해보았다. 교장은 한스를 자신의 집무실로 불렀다. 교장실은 옛날 수도원 원장이 살던 곳으로, 그림처럼 아름다운 구석방이었는데, 근처 크니틀링겐에 살던 파우스트 박사가 그 방에서 엘핑겐 포도주를 여러 잔 마셨다는 전설이 있었다. 교장은 꽤 괜찮은 사람이었다. 통찰력과 실무 능력을 갖추었을 뿐 아니라, 자신이 가르치는 학생들에게 따뜻한 호의까지 갖고 있었다. 그는 학생들에게 격의 없이 말을 놓는 것을 좋아했다. 가장 큰 결점은 자만심이 강한 것이었다. 자만심 때문에 그는 강단에서 종종 허세에 찬 곡예를 펼치고 자신의 힘과 권위에 대한 털끝만큼의 의심도 참지 못했다. 그는 어떤 다른 의견도 용납하지 못했으며 자신의 잘못도 털어놓지 못했다. 그래서 의지가 없거나 성실하지 못한 학생들은 그와 잘 지냈지만, 강직하고 정직한 학생들은 그러지 못했다. 왜냐하면 그는 자기 말에 반대하는 기색만 보여도 발칵 화를 냈기 때문이다. 그는 격려하는 눈빛과 마음을 움직이는 말투로, 아버지 같은 친구 역할을 대가大家처럼 능숙하게 잘 연기했다. 이번에도 그는 그 역할을 연기했다.

그는 머뭇거리며 들어온 한스의 손을 힘주어 잡고 친절하게 말했다.

"앉아요, 기벤라트. 학생과 이야기를 조금 하고 싶어서 불렀어요. 그런데 말을 놓아도 괜찮겠어요?"

"그럼요, 교장선생님."

"그래, 자네 스스로도 요즘 성적이 좀 떨어졌다는 걸 알고 있을 거야, 기벤라트. 적어도 히브리어는 그렇지. 아마 지금까지 자네가 전교에서 히브리어를 가장 잘했을걸. 그래서 갑자기 자네 성적이 떨어지니까 안타깝더군. 혹시 히브리어에 흥미를 잃었나?"

"그렇지 않습니다, 교장선생님."

"잘 생각해보게! 그럴 수도 있으니까. 혹시 다른 과목에 특히 관심을 쏟고 있나?"

"아닙니다, 교장선생님."

"정말 아닌가? 그래, 그렇다면 다른 원인을 찾아야겠군. 내가 원인을 찾으려고 하는데 좀 도와주겠나?"

"저는 잘 모르겠어요…… 저는 항상 숙제를 꼬박꼬박 했는데……"

"물론이지, 기벤라트, 물론 그렇지. 하지만 differendum est inter et inter(같은 것처럼 보여도 차이가 있는 법이라네). 물론 자네는 숙제를 해왔지. 자네 의무이기도 했으니까. 하지만 예전에는 그 이상을 했잖나. 더 열심히 하기도 했고, 하여튼 관심이 더 많았지. 왜 갑자기 열정이 식었는지 궁금하군. 혹시 몸이 아픈 건 아닌가?"

"아닙니다."

"그럼 혹시 두통이 있나? 생기가 넘쳐 보이진 않는군."

"예, 머리가 아플 때가 가끔 있습니다."

"날마다 해야 하는 공부가 너무 벅찬가?"

"아니요, 전혀 그렇지 않습니다."

"그럼 혹시 학과 외의 책을 많이 읽는가? 솔직히 말해보게!"

"아니에요. 책은 거의 읽지 않습니다, 교장선생님."

"그렇다면 젊은 친구, 정말 알 수 없는 노릇인데. 분명 어딘가 문제가 있을 텐데 말이지. 앞으로 열심히 노력하겠다고 약속해주겠나?"

한스는 엄숙하면서도 온화한 눈길로 자신을 바라보는 강력한 권력자가 내민 오른손을 잡았다.

"그럼, 그래야지. 친구, 아무튼 지치면 안 되네. 그렇지 않으면 수레바퀴 아래 깔리고 말 테니까."

교장은 한스의 손을 꼭 잡았다. 한스는 안도의 한숨을 쉬고 문 쪽으로 걸어갔다. 그때 교장이 그를 다시 불렀다.

"좀더 물어볼 게 있네, 기벤라트. 하일너와 가깝게 지내는 것 같던데, 아닌가?"

"예, 가깝게 지냅니다."

"다른 친구들보다 그 아이와 더 많이 어울리는 것 같던데. 그렇지 않은가?"

"예, 맞습니다. 하일너는 제 친구거든요."

"대체 어쩌다 그렇게 되었나? 자네들은 성격도 아주 다르잖아."

"저도 모르겠어요. 그냥 친해졌습니다."

"내가 자네 친구를 별로 좋아하지 않는다는 걸 자네도 알 거야. 불만이 많고 정서도 불안한 아이야. 재능은 있을지 모르지만 아무것도 안 하고, 자네한테도 좋은 영향을 주지 않아. 자네가 그 아이를 멀리하면 정말 좋겠는데. 어떤가?"

"그럴 수 없습니다, 교장선생님."

"그럴 수 없다고? 대체 왜지?"

"제 친구니까요. 친구가 어려움에 처했는데 못 본 체할 순 없습니다."

"흠, 하지만 다른 학생들과 좀더 가깝게 지낼 수도 있지 않은가? 하일너와 가깝게 지내서 나쁜 영향을 받고 있는 사람은 자네 혼자뿐이야. 우리는 그 결과를 벌써 눈으로 보고 있고. 대체 그 아이의 어떤 점에 마음이 끌린 건가?"

"저도 잘 모르겠어요. 하지만 저희는 서로에게 호감을 갖고 있습니다. 그를 버리는 건 비겁한 행동 같습니다."

"그래, 그렇군. 그럼 나도 강요하지는 않겠네. 하지만 차츰 그 아이와 거리를 두길 바라네. 나는 그러면 좋겠네. 아주 좋겠어."

마지막 말에는 처음의 온화함은 흔적도 없었다. 그제야 한스는 방을 나올 수 있었다.

그때부터 한스는 다시 공부에 온 힘을 쏟았다. 당연히 전처럼 진도가 쑥쑥 나가지는 않았다. 너무 처지지 않도록 힘겹게 따라갔다고 하는 편이 옳았다. 그 이유가 일부분 우정 탓임을 그도 잘 알고 있었다. 하지만 우정 때문에 손해를 보았다거나 중요한 것을 놓쳤다고 생각할 수는 없었다. 오히려 우정은 지금까지 놓쳤던 모든 것을 보상해주는 보물과도 같았다. 그 보물은 의무를 따르는 예전의 무미건조한 생활과는 비교할 수 없을 만큼 고결하고 뜨거운 삶이었다. 그는 마치 사랑에 빠진 젊은이 같았다. 위대한 영웅적 행동은 할 수 있지만 일상의 지루하고 자잘한 일은 할 수 없는 기분이었다. 그래서 계속 절망적인 한숨을 쉬면서 스스로에게 고삐를 채우려고 했다. 한스는 하일너처럼 대충 공부하면서도 꼭 필요한 내용을 억지로라도 신속하게 자기 것으로 만드는 능력이 없었다. 거의 매일 저녁마다 친구가 찾아와 한가한 시간을 빼앗았기 때문에 그는 무리해서 매일 아침 한 시간 일찍 일어났다. 그리고 적과 싸우듯 히브리어 문법과 씨름했다. 그가 아직 흥미를 느끼는 과목은 호메로스와 역사뿐이었다. 깜깜한 곳을 더듬는 느낌으로 그는 호메로스의 세계를 이해하려고 다가갔다. 역사시간에는 영웅들이 점점 이름이나 숫자에 머물지 않고 이글이글 불타는 눈으로 가까이 다가와 그를 바라보았다. 그들은 산 사람처럼 입술이 붉고, 저마다 다른 얼굴과 손을 갖고 있었다. 붉고 두툼하며 거친 손이 있는가 하면, 차분하고 차갑고 돌처럼 딱딱한 손도 있고, 가는 핏줄이 붉거진 뜨겁고 가느다란 손도 있었다.

그리스어로 된 복음서를 읽을 때도 가끔 인물들이 너무 가깝고 뚜렷하게 보여서 흠칫 놀라고 압도당할 때가 있었다. 특히 마가복음 6장에서 예수가 제자들과 같이 배에서 내리는 장면을 읽을 때 그랬다. "εὐθύς ἐπιγνόντες αὐτόν περιέδραμον(그들은 곧 예수를 알아보고 그리로 달려왔느니라)." 그 대목을 읽으며 한스도 사람의 아들 예수가 배에서 내리는 것을 보았으며, 바로 그를 알아보았다. 모습이나 얼굴이 아니라, 충만한 사랑과 크고 빛나는 깊은 눈과 가늘고 아름다운 구릿빛 손을 보고 알아차렸다. 섬세하지만 강한 영혼이 빚고 또 깃든 듯한 예수의 손이 가볍게 손짓하고 있었다. 어쩌면 이리로 오라고 부르는 환영의 몸짓인지도 몰랐다. 파도가 일렁이는 호숫가와 육중한 돛단배의 뱃머리가 잠깐 눈에 선하게 떠오르더니 추운 겨울의 하얀 입김처럼 모든 장면이 휙 사라졌다.

책에 등장하는 인물이나 이야기의 한 장면이 산 사람의 눈에 자신의 모습을 간절하게 비추고 싶은 듯 불쑥 튀어나오는 일이 점점 더 자주 생겼다. 한스는 그것을 그냥 받아들이고 놀라워했다. 그는 황망하게 나타났다가 홀연히 다시 사라지는 그런 현상들을 바라보면서, 자신이 검은 대지를 투명한 유리처럼 들여다보고 있는 것 같다고 생각했다. 신이 그를 바라보고 있는 것 같기도 했다. 심오하고 이상한 변화가 자신에게 일어나는 느낌이었다. 낯설고 신적인 분위기 때문에 말을 걸거나 억지로 붙잡아둘 수 없는 순례자나 친한 손님처럼 그런 귀중한 순간들은 부르지도 않았는데 불쑥 찾아왔다가 슬퍼할 사이도 없이 홀쩍 사라졌다.

한스는 그런 일을 혼자 간직한 채 하일너한테도 말하지 않았다. 하일너는 예전의 우울증이 불안하고 날카로운 정신으로 변해 수도원과 교사들, 신학교 아이들, 날씨, 인생과 신의 실존을 마구 비판했다. 이따금 아이들에게 시비를 걸거나 느닷없이 어리석은 짓을 저지르기도 했다. 일단 한번 고립되고 나머지 아이들과 대립하게 되자 경솔한 자존심이 앞서 그 대립을 도전적이고 적대적인 관계로 완전히 악화시키려고 한 것이다. 기벤라트는 그런 하일너를 말리기는커녕 같이 휩쓸렸기 때문에 두 소년은 눈에 거슬리는 기이한 외딴섬처럼 다른 아이들과 멀어지게 되었다. 시간이 갈수록 한스는 그런 상황이 불편하지 않게 되었다. 다만 막연히 두려운 교장이 없어지면 좋을 것 같다는 생각은 했다. 교장은 한때 총애했던 한스를 차갑게 대하고 대놓고 무시했다. 한스는 특히 교장의 전공인 히브리어에 점점 흥미를 잃었다.

변화가 없는 몇몇 아이를 제외하고는 불과 몇 달 사이에 40명의 신학교 학생들의 몸과 영혼이 달라져버렸다. 그것을 바라보는 것은 기쁜 일이었다. 많은 아이들이 몸집보다 키가 쑥 자랐다. 그래서 같이 자라지 못한 옷소매 밖으로 팔다리의 뼈마디가 희망에 부풀어 삐져나왔다. 학생들의 얼굴은 아이다움이 사라지는 모습부터 남자다움을 수줍게 뽐내는 모습까지 다양한 색깔을 보여주고 있었다. 아직 사춘기 소년 특유의 마른 몸매가 아닌 아이도 모세의 책을 공부해서인지 적어도 일시적이나마 매끄러운 이마에 어른의 진지함이 보였다. 이제 뺨이 포동포동한 아이는 별로 없었다.

한스 역시 변했다. 키와 마른 몸집은 하일너와 비슷했지만 나이는 오히려 더 들어 보였다. 속이 들여다보일 만큼 투명했던 이마의 가장자리는 이제 윤곽이 뚜렷해졌고, 눈은 쑥 들어가고, 얼굴은 혈색이 나빴다. 팔다리와 어깨는 비쩍 말라 뼈가 앙상했다.

한스는 자신의 학교 성적이 불만스러울수록 하일너의 영향을 받아 아이들과 점점 거리를 두었다. 이제 모범생도 아닌 그가 장래의 1등으로 다른 아이들을 내려다볼 이유는 전혀 없었기 때문에 오만함은 정말 어울리지 않았다. 하지만 누가 그런 눈치를 주거나 스스로도 자신의 처지가 괴로울 때면 그런 생각을 하게 만든 사람을 절대 용서할 수 없었다. 그는 흠잡을 데 없는 하르트너와 주제넘게 아무데나 끼어드는 오토 벵거와 몇 번이나 싸웠다. 어느 날 벵거가 또 비웃으며 약을 올리자 한스는 자제심을 잃고 주먹을 휘둘렀다. 치고받는 심한 싸움이 벌어졌다. 벵거는 겁쟁이였지만 자기보다 허약한 상대는 너끈히 해치울 수 있었다. 그는 한스를 무자비하게 때렸다. 하일너는 그 자리에 없었고, 다른 아이들은 한스가 당하는 것을 고소해하며 느긋하게 구경했다. 한스는 흠씬 두들겨맞았다. 코피가 흐르고, 갈빗대 하나하나가 다 욱신거렸다. 수치심과 아픔과 분노 때문에 그는 밤새 한숨도 자지 못했다. 친구 하일너에게는 이 일을 말하지 않았지만 그때부터 그는 같은 방 아이들과 철저하게 거리를 두고 거의 한 마디도 하지 않았다.

봄이 되자 점심시간이나 일요일에 비가 올 때가 많았고, 해가 길어졌다. 그 때문인지 수도원 생활에 새로운 조직과 움직임이 등장했다. 피아노를 잘 치는 아이가 하나, 플루트를 잘 부는 아이가 둘이나 있는 아크로폴리스 방은 두 종류의 음악의 밤을 정기적으로 열었고, 게르마니아 방은 극문학 독서회를 만들었으며, 젊은 경건주의자 몇 명은 매일 저녁 칼프 출판사*가 펴낸 성경 주석서와 함께 성서를 한 장씩 읽는 성경모임을 만들었다.

하일너는 게르마니아 방의 독서회에 가입하려고 했지만 거절당했다. 그는 분해서 펄펄 뛰었다. 그래서 복수하기 위해 성경모임에 들어갔다. 거기서도 아무도 그를 반기지 않았지만 억지로 밀고 들어가 대담한 발언을 하고 신을 부정하는 은근한 암시를 함으로써 겸손한 형제들이 만든 작은 모임의 경건한 대화에 말다툼과 불화를 일으켰다. 그는 그 장난에도 곧 싫증을 냈지만 넌지시 비꼬는 성서적인 말투는 오랫동안 남아 있었다. 어쨌든 이번에 그는 거의 주목을 받지 못했다. 새롭고 모험적인 일을 벌이려는 정신이 신학교 학생들을 사로잡았기 때문이다.

재능과 재치가 넘치는 스파르타 방의 한 아이가 가장 많이 화제에

---

* 신학서적을 많이 펴내는 독일의 출판사. 1832년 설립되었으며 헤세의 외할아버지와 아버지가 한때 사장직을 맡았다.

올랐다. 그 아이는 개인적인 명성을 얻는 것 외에 자신이 사는 방에 얼마간 활기를 불어넣고, 갖가지 어리석은 장난을 벌여 단조로운 학교생활에 산뜻한 변화를 주려고 했을 뿐이었다. 별명이 '둔스탄'이었던 그 아이는 인기를 끌고 명성을 얻을 수 있는 독창적인 방법을 찾아냈다.

어느 날 아침, 침실에서 나온 학생들은 세면장 문에 붙어 있는 종이 한 장을 발견했다. 종이에는 '스파르타에서 보낸 여섯 개의 경구'라는 표제 아래, 눈에 띄는 동료 몇 명을 선발해 그들의 어리석음과 장난과 우정을 2행시로 재치 있게 야유하는 글이 적혀 있었다. 기벤라트와 하일너 짝도 일격을 맞았다. 작은 국가에 엄청난 소동이 벌어졌다. 극장 입구라도 되는 듯 아이들이 세면장 문 앞으로 우르르 몰려들었다. 마치 여왕벌이 막 날아가려고 하는 꿀벌 무리처럼 아이들은 뒤섞여 웅성대고 밀치고 와글와글 떠들었다.

다음날 아침, 방문마다 경구와 풍자시가 나붙었다. 답변을 하고, 동의를 표시하고, 다시 공격하는 글이었다. 하지만 정작 그 소동의 장본인은 여기에 끼어들 만큼 어리석지 않았다. 그는 헛간에 불씨를 던지는 목적을 달성했으며 이제 느긋하게 손을 비벼대며 그저 바라보았다. 며칠 동안 거의 모든 학생이 풍자시 싸움에 뛰어들었다. 아이들은 2행시를 짓기 위해 생각에 잠겨 어슬렁어슬렁 돌아다녔다. 소동에 개의치 않고 평소처럼 공부에 매달린 아이는 아마 루치우스 한 명뿐이었을 것이다. 마침내 한 교사가 눈치채고 신학교를 들쑤셔놓은 이 불순한 놀이를 금지시켰다.

약삭빠른 둔스탄은 자신이 얻은 승리에 안주하지 않고 그사이 결정타를 준비했다. 그러니까 신문의 창간호를 발간한 것이다. 아주 작은 크기의 초고 용지에 젤라틴판으로 찍어낸 신문으로, 둔스탄은 벌써 몇 주 전부터 이를 위한 자료를 모으고 있었다. 〈바늘두더지〉라는 이름의 이 신문은 익살스런 재담을 많이 실었다. 여호수아의 저자와 마울브론 신학교 학생이 나누는 우스꽝스러운 대화는 창간호의 빛나는 걸작이었다.

대성공이었다. 둔스탄은 눈코 뜰 새 없이 바쁜 편집인이자 발행인의 표정과 태도를 보였으며, 베네치아 공화국의 유명한 아레티노*가 누렸던 미묘한 명성과 비슷한 것을 수도원에서 누렸다.

헤르만 하일너는 열정적으로 편집에 참여하며 둔스탄과 같이 신랄한 풍자를 펼치는 감찰사의 역할을 했다. 모두 놀라워했다. 하일너는 그런 역할에 필요한 재치와 재능을 갖고 있었다. 그 작은 신문은 거의 한 달 동안 수도원 전체를 긴장시켰다. 기벤라트는 친구가 하고 싶은 대로 하도록 내버려두었다. 한스 자신은 그 일을 하고 싶은 마음도 재능도 없었다. 처음에는 하일너가 저녁에 스파르타 방에서 시간을 많이 보내는 것도 눈치채지 못했다. 얼마 전부터 다른 일에 정신이 팔렸기 때문이었다. 한스는 온종일 정신줄을 놓고 느릿느릿 돌아다녔으며, 흥미도 없이 느릿느릿 공부했다. 어느 날, 리비우스 수업시간에 이상한 일이 일어났다.

교수가 한스에게 자리에서 일어나 번역을 해보라고 했다. 하지만 한스는 그대로 앉아 있었다.

"뭐하는 거예요? 왜 일어나지 않습니까?"

---

* 피에트로 아레티노. 이탈리아의 시인이자 극작가. 로마와 베네치아에서 활동하며 교황과 추기경 등 권력자의 보호를 받으면서도 그들의 생활을 통렬하게 비판했다.

교수가 화가 나서 소리를 질렀다. 한스는 꼼짝도 하지 않았다. 그는 의자에 똑바로 앉아 고개를 약간 숙인 채 눈은 반쯤 감고 있었다. 호명되자 어렴풋이 꿈에서 깨어났지만 교수의 목소리가 아득히 먼 곳에서 들려오는 듯했다. 한스는 옆자리에 앉은 아이가 옆구리를 세게 찌르는 것을 느꼈다. 하지만 관심이 없었다. 그는 다른 사람들에게 둘러싸여 있었고, 다른 손들이 그를 건드렸고, 다른 목소리들이 말을 걸었다. 나직하고 깊은 목소리들이 가까이서 들렸다. 목소리들은 말을 하지 않았고 퐁퐁 솟아나는 샘물처럼 깊고 부드럽게 울리기만 했다. 많은 눈들이 그를 쳐다보고 있었다. 신비한 예지력이 엿보이는 낯설고 크고 빛나는 눈들이었다. 방금 읽은 리비우스의 작품에 나오는 로마 민중의 눈 같기도 했고, 그가 꿈꾸었거나 언젠가 그림에서 보았던 모르는 사람들의 눈 같기도 했다.

"기벤라트! 자고 있는 겁니까?"

교수가 고함을 질렀다. 천천히 눈을 뜬 한스는 놀란 표정으로 교수의 얼굴을 빤히 쳐다보고 고개를 흔들었다.

"졸고 있었군요! 아니라면 우리가 지금 어느 문장을 하고 있는지 말할 수 있습니까? 자, 어디지요?"

한스는 손가락으로 책을 가리켰다. 그는 어디를 배우고 있는지 정확하게 알고 있었다.

"이제 일어설 수도 있겠습니까?"

교수가 빈정대듯 물었다. 한스는 자리에서 일어났다.

"뭘 하는 겁니까? 날 보세요!"

한스는 교수를 쳐다보았다. 하지만 교수는 그 눈길이 마음에 들지 않는 듯했다. 왜냐하면 곧 이상하다는 듯 고개를 가로저었기 때문이다.

"어디 몸이 안 좋습니까, 기벤라트?"

"아닙니다, 교수님."

"다시 자리에 앉으세요. 수업이 끝나면 내 방으로 오세요."

한스는 자리에 앉아 몸을 굽혀 리비우스의 책을 들여다보았다. 점점 정신이 들면서 모든 것을 이해할 수 있었다. 하지만 동시에 그의 내면의 눈은 많은 낯선 인물들을 따라가고 있었다. 그 인물들은 빛나는 눈으로 그를 빤히 바라보며 천천히 멀어지더니 이윽고 아득히 먼 곳에서 안개 속으로 스르르 사라졌다. 동시에 교수의 목소리와 번역하는 학생들의 목소리와 교실에서 나는 온갖 작은 소리들이 가까이 들려왔고, 마침내 평소처럼 생생하게 현실적인 소리들이 되었다. 의자들과 교단과 칠판은 여느 때와 같은 자리에 있었고, 벽에는 나무로 된 커다란 컴퍼스와 삼각자가 걸려 있고, 주위에는 아이들이 둘러싸고 앉아 있었다. 많은 아이들이 호기심 어린 얼굴로 뻔뻔하게 그를 힐끔거렸다. 그제야 한스는 기절할 만큼 깜짝 놀랐다.

'수업이 끝나면 내 방으로 오세요'라는 목소리가 들렸었지. 맙소사, 대체 무슨 일이 벌어진 걸까?

수업이 끝나자 교수가 그를 손짓으로 불렀다. 그리고 휘둥그레진 눈으로 바라보는 아이들을 지나 그를 데리고 나갔다.

"자, 말해봐요. 대체 어떻게 된 일이에요? 그러니까 자고 있지는 않았다는 말이죠?"

"예."

"내가 이름을 불렀을 때 왜 일어나지 않았어요?"

"저도 모르겠습니다."

"내 목소리를 못 들었어요? 혹시 귀가 잘 안 들리나요?"

"아니에요. 교수님 목소리를 들었습니다."

"그럼 왜 일어나지 않았어요? 나중에는 그렇게 이상한 눈으로 쳐다보고. 도대체 무슨 생각을 했어요?"

"아무 생각도 안 했습니다. 바로 일어나려고 했습니다."

"그런데 왜 그러지 않았어요? 역시 어디 몸이 좀 안 좋았나요?"

"그런 것 같지는 않습니다. 무슨 일인지 저도 모르겠어요."

"혹시 머리가 아픈가요?"

"아닙니다."

"좋아요. 이제 그만 가봐요."

식사를 하기 전에 한스는 다시 한번 공동 침실로 불려나갔다. 교장이 동네 의사와 같이 기다리고 있었다. 한스는 진찰을 받고 오만 가지 질문을 받았다. 하지만 명확한 결과가 나오지는 않았다. 의사는 사람 좋게 웃더니 대수롭지 않다는 판단을 내렸다.

의사는 소리를 죽여 온화하게 웃으며 말했다.

"신경에 아주 살짝 문제가 생긴 것 같습니다. 일시적인 신경쇠약이지요. 가벼운 현기증 같은 거예요. 이 젊은이는 매일 바람을 쐬어야 합니다. 두통이 낫도록 약물을 몇 가지 처방해주겠습니다."

그때부터 한스는 매일 식사가 끝나면 한 시간 동안 바깥에 나가 산책을 해야 했다. 반대할 이유가 없었다. 다만 교장이 그 산책에 하일너의 동행을 엄하게 금지한 것은 좀 섭섭했다. 하일너는 분개하고 욕을 퍼부었지만 승복할 수밖에 없었다. 한스는 항상 혼자 산책을 나갔는데 나름대로 즐거웠다. 봄이 막 시작되고 있었다. 아름답게 곡선을 그리는 둥그런 언덕 위로 신록이 움트며 투명하고 잔잔한 물결처럼 흘렀다. 나무들은 겨울에 걸쳤던 윤곽이 뚜렷한 갈색 그물 옷을 벗고, 장난하는 어린 나뭇잎들과 어우러져 생명 넘치는 무한한 푸른빛의 파도처럼 일렁이며 주변의 색채 속으로 녹아들어갔다.

예전에 라틴어 학교를 다닐 때 한스는 봄을 지금과는 다른 눈으로 바라보았었다. 더 생기를 띠고 더 호기심을 갖고 더 자세하게 보았다. 고향으로 가는 철새들을 종류별로 관찰하고, 어떤 나무가 언제 꽃을 피우는지 눈여겨보고, 5월이 되자마자 낚시를 하러 갔다. 그러나 이제 그는 새의 종류를 구별하거나 꽃봉오리를 보고 어떤 덩굴인지 알아내려고 애쓰지 않았다. 그냥 전체적인 움직임과 도처에서 움트는 색깔들을 바라보고, 어린 나뭇잎의 냄새를 맡고, 부풀어오르는 부드러운 공기를 느끼고 놀라워하며 들판을 걸었다. 그는 금세 피곤해졌고 항상 드러누워 잠을 자고 싶었다. 그를 실제로 둘러싸고 있는 사물들과는 다른 오만 가지 것들이 거의 내내 보였다. 그는 그것이 무엇인지 알지 못했으며 깊이 생각해보지도 않았다. 그것은 밝고 부드럽고 특이한 꿈이었다. 낯선 이국의 가로숫길이나 초상肖像처럼 그를 둘러싸고 있는 그 꿈에서는 무슨 일이 일어나지는 않았다. 그냥 바라볼 수만 있는 순수한 그림이었다. 하지만 그 그림을 바라보는 것도 하나의 체험이었다. 한스는 번쩍 들려 다른 장소, 다른 사람들 사이에 옮겨진 느낌이었다. 부드럽고 편안하게 밟을 수 있는 낯선 땅을 거닐고, 새털처럼 가볍고 섬세하고 꿈같은 맛이 감도는 낯선 공기를 마셨다. 가끔은 그런 그림 대신 마치 가벼운 손길이 부드럽게 그의 몸을 어루만지는 듯 따뜻하고 가슴 설레는 어렴풋한 어떤 느낌이 들 때도 있었다.

　책을 읽고 공부를 할 때 한스는 정신을 집중하려고 무진 애를 썼다. 그러나 그가 관심 없어하는 것은 그림자처럼 스르르 그의 손에서 빠져나갔다. 수업시간에 히브리어 단어를 기억하려면 수업 시작 삼십 분 전에 공부를 해야 했다. 책을 읽고 있으면 책 속에 묘사된 모든 것이 갑자기 눈앞에 나타나 살아 움직였는데, 가까운 주변 사물들보다 훨씬 생생하고 진짜처럼 보이는 순간이 자주 있었다. 그는 자신의 기억력이 더는 아무것도 받아들이려 하지 않고 하루가 다르게 활기를 잃고 불확실해진다는 것을 깨닫고 절망했다. 하지만 가끔 예전 일이 섬뜩할 만큼 또렷하게 생각나 기분이 이상하고 불안해질 때도 있었다. 수업을 듣거나 책을 읽는데 아버지나 늙은 하녀 아나 혹은 예전 학교의 교사나 동급생이 불쑥 눈앞에 나타날 때도 많았다. 그럴 때면 한동안 관심이 온통 그들에게 쏠렸다. 슈투트가르트에서 머물던 때와 주 시험과 방학 때 있었던 일도 계속 되살아났다. 낚싯대를 드리우고 강가에 앉아 햇빛을 받은 물 냄새를 맡고 있는 자신의 모습이 보일 때도 있었다. 하지만 동시에 자신이 꿈꾸고 있는 세월이 아득히 먼 옛날처럼 생각되기도 했다.

　후덥지근하고 음울한 어느 날 저녁, 한스는 하일너와 같이 복도를 거닐며 고향 이야기, 아버지 이야기, 낚시, 그리고 학교 이야기를 했다. 하일너는 눈에 띄게 말이 없었다. 그는 한스가 떠들도록 내버려두고 가끔 고개를 끄덕이거나 생각에 잠겨 하루종일 장난감처럼 가지고 노는 작은 자를 공중에 휙휙 휘둘렀다. 한스도 점점 입을 다물었다. 깜깜한 밤이 되었다. 두 소년은 창턱에 걸터앉았다.

“야, 한스!”

이윽고 하일너가 입을 열었다. 차분하지 않고 흥분한 목소리였다.

“왜?”

“아, 아무것도 아냐.”

“뭐야, 말해봐!”

“그냥 생각이 났어. 네가 온갖 이야기를 하니까.”

“대체 뭐가?”

“한스, 말해봐. 너, 여자애 꽁무니를 따라다닌 적 있니?”

잠시 침묵이 흘렀다. 지금까지 그들은 그런 이야기를 한 번도 한 적이 없었다. 한스는 그런 주제를 두려워하고 있었지만, 그 수수께끼의 영역은 동화 속 정원처럼 마음을 끌었다. 얼굴이 붉어지고 손이 떨리는 걸 느낄 수 있었다.

한스는 속삭이듯 말했다.

“딱 한 번. 그땐 아직 멍청한 소년이었지.”

다시 침묵이 이어졌다.

“……그런데 하일너, 넌?”

하일너가 한숨을 쉬었다.

“아, 그만두자! 이런 얘기는 꺼내지 말았어야 했는데. 쓸데없는 얘기야.”

“아니, 아니야.”

“……난 좋아하는 여자가 있어.”

“네가? 정말?”

“고향에. 이웃집 여자애야. 이번 겨울엔 키스도 했다.”

"키스를 했다고?"

"그래. 이미 날이 깜깜했어. 저녁 때 얼음판 위에서였지. 그 아이가 스케이트 벗는 걸 도와주었더니 가만히 있더라고. 그때 키스를 했어."

"그애는 아무 말도 안 했어?"

"아무 말도 안 했어. 그냥 냅다 도망치더라고."

"그러고는?"

"그러고는! 그뿐이지."

하일너는 다시 한숨을 쉬었다. 한스는 친구가 금단의 정원에서 온 영웅처럼 우러러보였다.

그때 종이 울렸다. 이제 잠자리에 들 시간이었다. 불이 꺼지고 모두 조용해졌다. 한스는 침대에 누웠지만 잠을 이루지 못한 채 한 시간 동안 하일너가 연인에게 했다는 키스 생각을 했다.

다음날, 한스는 그 일에 대해 좀더 물어보고 싶었지만 부끄러워서 그만두었다. 하일너는 한스가 물어보지 않았기 때문에 먼저 그 이야기를 다시 꺼내기가 쑥스러웠다.

한스의 학교생활은 갈수록 엉망이 되어갔다. 교사들은 화난 얼굴로 이상하다는 듯 한스를 보았으며, 교장은 얼굴이 어두워지고 자주 역정을 냈다. 아이들도 기벤라트가 예전의 높은 위치에서 추락했으며 1등이 되려는 목표를 포기했음을 벌써 오래전에 눈치채고 있었다. 오직 하일너만 아무런 눈치도 채지 못했다. 왜냐하면 그 역시 학교라는 것을 그다지 중요하게 생각하지 않았기 때문이다. 한스 자신은 그런 모든 일이 일어나는 것과 자신이 변하는 것을 그냥 내버려둘 뿐, 신경쓰지 않았다.

그러는 동안 신문 편집 일에 싫증이 난 하일너는 다시 완전히 친구에게 돌아왔다. 그는 금지령을 어기고 한스가 날마다 하는 산책에 여러 번 따라나섰다. 그리고 양지바른 곳에 함께 누워 몽상에 잠기고, 시를 낭독하거나 교장에 대한 농담을 했다. 한스는 친구의 연애 이야기를 더 캐묻고 싶었지만 시간이 갈수록 자기 쪽에서는 점점 더 묻기가 어려워졌다. 아이들 사이에서 두 사람은 여전히 인기가 없었다. 하일너가 〈바늘두더지〉에서 심술궂은 농담을 퍼붓는 바람에 그 누구도 하일너를 신뢰하지 않았기 때문이다.

아무튼 그 무렵 신문이 폐간되었다. 그래도 생각보다 오래간 편이었다. 애초에 겨울에서 초봄 사이의 지루한 몇 주를 겨냥한 신문이었다. 이제 아름다운 계절이 시작되어 식물을 채집하고 산책하고 야외에서 놀며 얼마든지 즐거운 시간을 보낼 수 있었다. 날마다 점심때면 수도원 안뜰은 체조하고 씨름하고 달리기 시합을 하고 공을 차는 아이들로 고함소리와 활기가 넘쳤다.

또 큰 소동이 벌어졌다. 이번에도 소동을 일으킨 장본인은 만인의 골칫덩이 헤르만 하일너였다.

하일너가 자기에게 내려진 금지령을 우습게 여기고 거의 날마다 기벤라트와 산책을 했다는 사실을 교장이 알게 된 것이었다. 교장은 이번에는 한스를 놓아두고 이 일의 주범이자 그의 오랜 숙적인 하일너를 교장실로 불렀다. 교장이 말을 놓으려 하자 하일너는 대번에 거부했다. 교장은 명령에 복종하지 않은 하일너를 꾸짖었다. 그러자 하일너는 자신은 기벤라트의 친구이며, 그 누구도 그들에게 사귀지 말라고 할 권리는 없다고 분명하게 말했다. 볼썽사나운 장면이 벌어졌고, 그

결과 하일너에게는 몇 시간의 감금형과 함께 다음부터는 절대 기벤라트와 나갈 수 없다는 엄명이 내려졌다.

그래서 다음날, 한스는 그가 해야 하는 공식적인 산책을 혼자 했다. 그는 두시에 돌아와 다른 아이들과 같이 교실에 들어갔다. 수업이 시작될 때 하일너가 없다는 사실이 밝혀졌다. 모든 것이 예전에 힌두가 사라졌을 때와 똑같았다. 하지만 이번에 하일너가 지각한다고 생각한 사람은 아무도 없었다. 세시에는 모든 신학교 학생이 교사 세 명과 같이 실종된 하일너를 찾아나섰다. 조를 짜서 큰 소리로 이름을 부르며 숲속을 뛰어다녔다. 많은 아이들이 하일너가 자살했을지도 모른다고 생각했다. 교사 두 명도 그렇게 생각했다.

다섯시에는 그 지역의 모든 파출소에 전보를 치고, 저녁에는 하일너의 아버지에게 속달 편지를 보냈다. 하지만 저녁 늦게까지 아무런 단서도 발견되지 않았다. 밤까지 모든 침실에서 속삭이고 소곤거리는 소리가 들렸다. 학생들 사이에서는 하일너가 물속에 뛰어들었으리라는 추측이 가장 많은 표를 얻었다. 그가 그냥 집으로 돌아갔을 거라고 생각하는 아이들도 있었다. 하지만 도망자에게는 돈이 한 푼도 없다는 사실이 곧 확인되었다.

모두들 한스라면 틀림없이 사정을 알고 있으리라 생각했지만 그렇지 않았다. 오히려 가장 놀라고 걱정한 사람이 한스였다. 밤에 침실에서 다른 아이들끼리 물어보고 추측하고 헛소리를 늘어놓고 빈정대는 소리가 들리면 한스는 이불을 푹 뒤집어쓴 채 친구를 걱정하는 마음으로 힘들어하고 괴로워하며 몇 시간이나 누워 있었다. 하일너가 다시는 돌아오지 않을지도 모른다는 예감에 마음이 불안했다. 그는 두려움과 슬픔에 사로잡혀 힘들어하다가 결국 지쳐서 잠이 들었다.

그 시간 하일너는 몇 마일 떨어진 수풀 속에 누워 있었다. 추워서 잠은 잘 수 없었지만 좁은 새장을 탈출한 것처럼 가슴 벅찬 해방감에 숨을 크게 들이마시고 팔다리를 쭉 폈다. 점심때부터 내내 걸었다. 그는 크니틀링겐에서 얻은 빵을 가끔 한 입씩 베어먹으면서 아직 초봄이라 성긴 나뭇가지 사이로 밤의 어둠과 별, 빠르게 흘러가는 구름을 바라보았다. 어디로 가든 상관없었다. 적어도 지금 그는 지긋지긋한 수도원을 뛰쳐나왔으며, 그의 의지가 명령과 금지령보다 강하다는 것을 교장에게 보여준 것이다.

다음날에도 온종일 하일너를 찾았지만 헛수고였다. 그는 마을 근처 들판에 있는 짚단 속에서 이틀 밤을 보내고 아침에 다시 숲속으로 들어갔다. 저녁 무렵 그는 마을을 찾으려다가 그 지역 경찰관에게 붙들렸다. 경찰관은 하일너를 잘 구슬려서 시청으로 데려갔고, 거기서 하일너는 익살과 아첨으로 시장의 마음을 샀다. 시장은 하일너를 자기 집에 하룻밤 묵게 하면서 햄이며 달걀을 실컷 먹인 다음 잠자리에 들게 했다. 다음날, 그사이 도착한 하일너의 아버지가 그를 수도원으로 데리고 왔다.

도망자가 붙잡혀오자 수도원은 발칵 뒤집혔다. 하지만 하일너는 고개를 빳빳이 치켜들고, 자신의 기발한 짧은 여행을 뉘우치는 기색을 전혀 보이지 않았다. 용서를 빌라는 요구도 거절하고, 교사회의의 특별재판에서도 주눅이 들거나 공손한 태도를 보이지 않았다. 교사들은 하일너를 잡아두려고 했지만 도가 너무 지나친 상황이었다. 결국 하일너는 치욕스럽게 퇴학 처분을 받았고, 저녁에 아버지와 함께 다시는 돌아오지 못할 길을 떠났다. 친구 기벤라트와는 단지 악수로 작별인사를 할 수 있었을 뿐이다.

교장은 반항과 타락을 보여준 이 이례적인 사건에 대해 열정적이고 멋진 긴 연설을 했다. 반면 슈투트가르트의 상부 관청에는 훨씬 온건하고 객관적이며 누그러진 어조의 보고서를 보냈다. 신학교 학생들에게는 학교를 떠난 괴물 같은 하일너와 편지를 주고받지 말라는 금지령이 내려졌다. 물론 한스 기벤라트는 피식 웃었을 뿐이다. 이후 몇 주 동안 하일너와 그의 도주만큼 입에 오르내린 화제는 없었다. 거리가 멀어지고 시간이 흐를수록 전체적인 평가가 점점 바뀌어갔다. 시간이 지나자 예전에는 슬금슬금 피했던 도망자 하일너를 마치 날아가버린 독수리처럼 너그러운 눈으로 바라보는 사람들이 많아졌다.

이제 헬라스 방에는 빈 책상이 두 개나 되었다. 두번째로 없어진 아이는 첫번째 아이처럼 금방 잊히지 않았다. 오직 교장만이 두번째 아이도 첫번째 아이처럼 조용히 잊히길 바랐을 뿐이다. 하지만 사실 하일너는 수도원의 평화를 어지럽히는 짓은 한 적이 없었다. 그의 친구 한스는 기다리고 또 기다렸지만 하일너에게서는 편지가 오지 않았다. 하일너는 떠났고, 소식이 끊어졌다. 하일너라는 인물과 그의 도주는 점차 이야기가 되었고 마침내 전설이 되었다. 훗날 이 열정적인 소년은 갖가지 어리석은 기행을 더 저지르고 더 방황한 끝에 삶의 고뇌를 엄격하게 다스려 위대한 영웅은 아니지만 어엿한 한 남자가 되었다.

뒤에 남겨진 한스는 하일너의 도주를 알고 있었다는 의심을 계속 받았으며, 이로 인해 교사들의 호의를 완전히 잃어버렸다. 그가 수업시간에 몇 가지 질문에 대답을 못 하자 이렇게 말하는 교사도 있었다.

"학생은 왜 그 잘난 친구와 같이 가지 않았지요?"

교장은 무시하는 태도로 마치 바리새인이 세리稅吏를 쳐다보듯 경멸과 동정을 섞어 한스를 흘낏거리며 지나쳤다. 기벤라트는 더이상 관심을 가질 가치가 없었다. 그는 나병 환자가 되어버린 것이다.

# 제5장

한스는 먹이를 저장해둔 햄스터처럼 예전에 습득한 지식으로 한동안 생명을 이어나갔다. 하지만 곧 궁핍한 생활이 시작되었다. 잠깐이나마 무력한 시도를 해서 그 생활에서 벗어나려 해보았지만 오래가지 않았다. 가망 없는 시도에 한스 자신도 피식 웃음이 나왔다. 이제 그는 쓸데없이 애쓰는 짓을 아예 그만두었다. 모세 5경 다음에는 호메로스를 던져버렸고, 그다음에는 크세노폰을, 다음에는 대수를 던져버렸다. 그리고 교사들 사이에서 자신이 누렸던 좋은 평판이 단계적으로 내려가는 것을 담담하게 바라보았다. 그의 성적은 '수'에서 '우'로, '우'에서 '미'로 떨어졌고, 결국 '가'까지 내려갔다. 두통은 일상이 되었다. 머리가 아프지 않을 때면 그는 헤르만 하일너를 생각하고, 예의 새털처럼 가볍고 놀라운 꿈을 꾸고, 몇 시간이나 몽롱한 생각에 잠겼다. 모든 교사들이 점점 거세게 비난하는데도 요즘 그는 사람 좋아 보이는 비굴한 미소만 지었다. 그 당혹스러운 미소를 가슴 아프게 생각한 교사는 복습지도 교사 비트리히 단 한 사람뿐이었다. 친절한 젊은 교사는 궤도를 벗어난 소년에게 연민을 갖고 따뜻하게 대해주었다. 나머지 교사들은 화를 내고, 경멸하듯 무시함으로써 벌을 주고, 그의 잠든 공명심을 깨우기 위해 가끔 이렇게 넌지시 비꼬는 말을 던졌다.

"지금 꼭 주무셔야 하지 않는다면 이 문장을 읽어보실 수 있겠습니까?"

교장은 품위를 잃지 않고 격노했다. 허영심 강한 교장은 자신의 시선이 가진 힘에 자부심을 갖고 있었다. 그런데 위엄 있게 눈을 부라려도 기벤라트가 늘 비굴하게 복종하는 미소만 짓자 자제력을 잃을 만큼 화가 났다. 기벤라트의 미소가 그의 신경을 곤두서게 만든 것이었다.

"그렇게 한없이 멍청하게 웃지 말아요. 차라리 통곡을 해야 마땅하다고요."

한스는 오히려 아버지의 편지를 받고 더 깊은 인상을 받았다. 교장이 보낸 편지를 받고 기절초풍할 만큼 놀란 아버지는 제발 행동을 개선하라고 한스에게 편지를 보내 애원했다. 아버지의 편지에는 성실한 남자가 구사할 수 있는 격려와 도덕적인 분노를 나타내는 모든 표현법이 다 들어 있었다. 물론 아버지가 의도하진 않았겠지만 울먹이는 비참한 심정이 편지에 엿보여서 아들은 마음이 아팠다.

교장부터 아버지 기벤라트와 교수들, 복습지도 교사에 이르기까지 청소년을 교육하는 의무에 전력을 다하는 모든 사람들은 한스의 마음에 그들의 소망을 가로막는 장애물이 있다고 생각했다. 그래서 한스가 가지고 있는 그 완고하고 게으른 요소를 폭력을 행사해 억지로라도 올바른 길로 돌아오게 만들어야 한다고 생각했다. 동정심 많은 복습지도 교사 비트리히를 제외하면 그들 중 아무도 소년의 여윈 얼굴에 나타난 당혹스러운 미소 뒤에 물에 빠져 가라앉는 영혼이 아파하고 있으며, 그 영혼이 두려움과 절망에 차 죽어가면서 주위를 두리번거리고 있다는 것을 알아차리지 못했다. 아무도 아버지와 몇몇 교사의 야만적인 공명심과 학교가 이 연약한 존재를 그렇게 만들었다고 생각하지 않았다. 감수성이 가장 예민하고 가장 위태로운 소년 시절에 왜 한스는 날마다 밤늦게까지 공부해야 했을까? 왜 그의 토끼를 빼앗고, 왜 라틴어학교에서 동급생들을 일부러 멀리하게 만들고, 왜 낚시를 금지하고, 왜 어슬렁거리며 거리를 돌아다니지 못하게 하고, 왜 하찮고 소모적인 명예욕을 추구하겠다는 공허하고 세속적인 이상을 그에게 심어주었을까? 왜 시험이 끝나고 힘들게 얻은 방학 때조차 푹 쉬게 하지 않았을까?

무지막지하게 몰아댄 망아지는 길에 쓰러져 이제 쓸모가 없어진 것이다.

여름이 시작될 무렵, 의사는 다시 한스에게 성장기에 흔히 나타나는 신경쇠약 증세라는 진단을 내렸다. 방학 동안 건강에 신경을 많이 쓰고 잘 먹고 숲속을 많이 걸으면 나아질 거라고 했다.

안타깝게도 그렇게 되지 않았다. 방학까지 삼 주가 남은 어느 날 오후, 수업시간에 한스는 교수에게 심한 꾸중을 들었다. 교수가 계속 나무라자 한스는 의자에 털썩 주저앉아 겁에 질린 듯 부들부들 떨기 시작하더니 오랫동안 경련하듯 흐느껴 울었다. 교수는 도저히 수업을 더 진행할 수가 없었다. 그후 한스는 반나절 동안 침대에 누워 있었다.

그다음 날, 수학시간에 교사가 한스를 불러내 칠판에 기하학 도형을 그리고 증명을 하라고 시켰다. 한스는 앞으로 나갔지만 칠판 앞에서 갑자기 어질어질 현기증이 났다. 그는 분필과 자를 칠판에 대고 마구 휘젓다가 둘 다 바닥에 떨어뜨리고 말았다. 그것들을 주우려고 몸을 숙인 한스는 그만 바닥에 무릎을 꿇고 다시 일어나지 못했다.

의사는 자신의 환자가 그런 짓을 저질렀다는 말을 듣고 무척 화가 났다. 그는 한스가 요양을 위해서 당장 학교를 쉬어야 한다고 말하며 조심스럽게 신경과 의사를 부르라는 소견을 내놓았다. 그리고 교장에게 속삭였다.

"저 아이는 팔다리를 부들부들 떠는 무도병 증세까지 보일 겁니다." 교장은 고개를 끄덕이며, 화가 난 불쾌한 표정을 안타까운 아버지의 표정으로 바꾸는 것이 좋겠다고 생각했다. 그는 힘들지 않게 표정을 바꾸었고, 그 표정은 그에게 잘 어울렸다.

교장과 의사는 한스의 아버지에게 각각 편지를 한 통씩 썼다. 그리고 한스의 호주머니에 편지를 넣어주고 그를 집으로 돌려보냈다. 교장의 분노는 심각한 염려로 바뀌어 있었다. 불과 얼마 전 하일너 사건으로 들썩였던 교육청이 이 새로운 불행한 사건을 어떻게 생각할까? 교장은 심지어 이 불의의 사고에 어울리는 연설까지 포기해서 모두를 놀라게 했다. 그는 떠나기 전까지 한스에게 아주 상냥하게 대해주었다. 그는 요양을 위해 학교를 떠나는 한스가 다시 돌아오지 않으리라는 것을 잘 알고 있었다. 설사 병이 낫는다고 해도 이미 한참 뒤처진 학생이 공부를 소홀히 했던 몇 달을 따라잡는 것은 불가능한 일이었다. 불과 몇 주라도 마찬가지다. 교장은 한스와 헤어지면서 기운을 북돋워주기 위해 "또 만나요"라고 했지만 그후 헬라스 방에 들어가 빈 책상 세 개를 볼 때마다 마음이 괴로웠다. 그는 재능 있는 두 학생이 없어진 데는 어쩌면 자신에게도 일말의 책임이 있지 않을까 하는 생각을 억누르려고 애썼다. 그는 씩씩하고 도덕적으로 강인한 남자였으므로, 결국 그런 무익하고 어두운 의구심을 마음에서 완전히 몰아낼 수 있었다.

작은 여행가방을 들고 떠나는 신학교 학생 뒤로 수도원과 수도원에 딸린 교회와 문과 합각머리 벽과 탑들이 사라지고, 숲과 늘어선 언덕들이 사라졌다. 대신 바덴 변경지방의 비옥한 과수원이 모습을 드러내고, 그다음에는 포르츠하임이 나타나더니 곧 슈바르츠발트의 검푸른 전나무숲이 보였다. 수많은 시냇물이 흐르는 전나무숲은 뜨거운 여름날의 열기 속에서 평소보다 푸르고 시원하고 그늘이 많아 보였다. 점점 고향의 모습이 짙어지는 풍경을 바라보며 소년은 기분이 좋아졌다. 하지만 어느새 고향이 코앞에 다가오자 아버지 생각이 났다. 아버지가 자신을 어떻게 맞아줄까? 괴롭고 두려운 나머지 여행의 작은 기쁨들은 모두 사라졌다. 시험을 보러 슈투트가르트에 가고, 신학교 입학 때문에 마울브론으로 여행했던 일이 그때 느꼈던 긴장과 가슴 조이는 기쁨과 함께 다시 떠올랐다. 무엇 때문에 그 모든 일을 했을까? 교장과 마찬가지로 그는 자신이 다시 신학교에 돌아가지 못하리라는 것을 잘 알고 있었다. 신학교와 공부와 모든 야심찬 희망은 이제 모두 끝나버렸다. 하지만 슬프지 않았다. 다만 기대가 어긋난 탓에 실망할 아버지가 두려워 마음이 무거웠을 뿐이다. 이제 그는 푹 쉬고, 실컷 자고, 마음껏 울고, 마음껏 꿈꾸고 싶은 마음뿐이었다. 그렇게 괴롭힘을 당했으니 이제는 그만 아무도 자신을 귀찮게 굴지 말았으면 싶었다. 하지만 아버지 집에서 그런 휴식을 찾지 못할까봐 두려웠다. 기차 여행의 막바지에 이르자 그는 머리가 아파왔다. 그래서 기차가 예전에 신나게 뛰어놀던 언덕과 숲이 보이는 가장 좋아하는 지역을 지나가는데도 창밖을 내다보지 않았다. 그러다가 하마터면 친숙한 고향 역을 깜빡 지나칠 뻔했다.

이제 한스는 우산과 여행가방을 들고 서 있었다. 아버지가 그를 바라보고 있었다. 교장의 마지막 편지를 받은 후 실패한 아들에 대한 실망과 분노는 당혹스러운 두려움으로 변했다. 아버지는 한스가 쇠약하고 처참한 모습일 거라고 생각했다. 하지만 여위고 허약해 보이긴 했지만 아직 건강했고 자신의 두 발로 걷고 있었다. 조금 위로가 되었다. 가장 나쁜 것은 의사와 교장이 편지에 썼던 신경병에 대한 은밀한 두려움과 섬뜩한 공포였다. 그의 가문에 지금까지 신경병을 앓았던 사람은 아무도 없었다. 기벤라트가家 사람들은 정신병원에 입원한 환자에 대해 말할 때면 언제나 이해심이 결여된 조롱이나 경멸 섞인 동정심을 갖고 말했다. 그런데 이제 아들 한스가 그런 병을 안고 집으로 돌아온 것이다.

집에 돌아온 첫날, 한스는 아버지가 그를 맞이하며 비난하지 않는 것이 기뻤다. 하지만 곧 아버지가 벌벌 떨면서 조심조심 그를 대한다는 걸 알아차렸다. 더욱이 아버지가 억지로 그러는 것이 눈에 보였다. 아버지가 기분 나쁜 호기심을 가지고 묘하게 그를 살펴보는 것도 눈치챘다. 그와 이야기할 때 아버지는 일부러 목소리를 낮추고 꾸민 말투로 말하면서 슬쩍슬쩍 그를 살폈다. 그는 더욱 움츠러들었다. 자신의 상태에 대한 막연한 불안감이 그를 괴롭히기 시작했다.

화창한 날이면 바깥에 나가 몇 시간이고 숲속에 누워 있는 게 효과가 있었다. 저 옛날 행복했던 소년 시절의 어렴풋한 여운이 가끔 상처 입은 그의 영혼에 떠올랐다. 그는 꽃이나 풍뎅이를 보며 즐거워하고, 새들의 지저귐에 귀기울이고, 산짐승의 발자취를 뒤쫓았다. 하지만 늘 순간에 그쳤다. 그는 주로 이끼 위에 누워 나른하고 무거운 머리로 무슨 생각이든 해보려고 애썼지만 소용이 없었다. 그러면 이윽고 꿈들이 다시 찾아와 그를 다른 세계로 데려갔다.

한번은 이런 꿈을 꾸었다. 친구 헤르만 하일너가 죽은 채 들것에 누워 있었다. 가까이 가려고 했지만 교장과 교사들이 그를 밀쳐냈고 다가가려 할 때마다 주먹으로 아프게 때렸다. 신학교 교수들과 복습지도 교사들뿐 아니라 라틴어 학교의 교장과 슈투트가르트의 시험관들도 모두 거기 있었다. 하나같이 화가 잔뜩 난 얼굴이었다. 갑자기 장면이 바뀌었다. 들것 위에는 물에 빠져 죽은 힌두가 누워 있었다. 다리가 휜 그의 아버지가 실크 모자를 쓴 우스꽝스러운 모습으로 슬퍼하며 옆에 서 있었다.

또 이런 꿈도 꾸었다. 그는 학교에서 도망친 하일너를 찾아 숲을 헤매고 있었다. 나무 사이를 걷고 있는 하일너의 모습이 계속 보였지만 부르려고 하면 바로 사라졌다. 마침내 하일너는 우뚝 멈춰 서서 그가 가까이 오기를 기다리더니 이렇게 말했다. "난 좋아하는 여자가 있어." 그러고는 큰 소리로 깔깔 웃으며 덤불 속으로 사라졌다.

아름답고 여윈 한 남자가 배에서 내리고 있었다. 그 남자의 눈은 고요하고 거룩했으며, 손은 아름답고 평화로워 보였다. 한스가 남자를 향해 달려가자 모든 것이 다시 연기처럼 흩어져버렸다. 한스는 그것이 무엇일까 곰곰 생각해보았다. 마침내 복음서의 한 구절이 생각났다. "εὐθὺς ἐπιγνόντες αὐτόν περιέδραμον(그들은 곧 예수를 알아보고 그리로 달려왔느니라)." 'περιέδραμον'가 어떤 동사변화 형태인지, 동사의 현재형과 부정형과 현재완료형과 미래형은 어떻게 되는지 생각해보았다. 그리고 그것을 단수형과 양수兩數형과 복수형으로 변화시켜보았는데, 막힐 때마다 왈칵 두려워지면서 진땀이 바작바작 났다. 정신을 차리고 나면 머리 안쪽이 온통 상처투성이가 된 느낌이었다. 자신도 모르는 사이에 한스는 얼굴이 일그러져 체념과 죄책감이 어린 예의 나른한 미소를 지었다. 그러자 바로 교장의 말이 들렸다.

"그 멍청한 미소는 대체 뭔가요? 지금도 꼭 그렇게 웃어야 되겠어요!"

며칠 좀 나아진 것 같은 날도 있었지만 전체적으로 한스의 상태는 전혀 호전되지 않고 있었다. 오히려 더 악화된 것 같았다. 한스네 가족 주치의는 실망한 표정을 지었다. 옛날에 그의 어머니를 진료하고 사망선고를 내렸으며, 가끔 경미한 통풍으로 고생하는 아버지를 찾아왔던 의사는 날이 갈수록 소견을 말하기를 머뭇거렸다.

그렇게 몇 주를 보내며 한스는 그제야 문득 라틴어 학교를 다니던 마지막 2년 동안 친구가 한 명도 없었다는 사실을 깨달았다. 당시 학교를 같이 다녔던 아이들 가운데 일부는 다른 곳으로 떠났고, 일부는 수습생으로 일하고 있었다. 그들은 모두 한스와 아무 관계도 없었다. 한스는 그들에게 아무것도 구하지 않았으며, 그들 중 아무도 한스에게 신경을 쓰지 않았다. 나이든 교장이 그와 두 번 친절한 몇 마디를 나누고, 라틴어 교사와 목사도 길에서 만났을 때 호의적으로 고개를 끄덕여주긴 했다. 하지만 이제 한스는 그들에게 아무 상관도 없었다. 그는 온갖 지식을 꾹꾹 눌러담을 그릇도 아니었고, 갖가지 씨앗이 자랄 수 있는 밭도 아니었다. 사람들은 이제 그에게 시간과 공을 들일 이유가 없었다.

목사가 그를 조금만 더 보살펴주었다면 좋았으리라. 하지만 목사가 무엇을 할 수 있었겠는가? 목사는 예전에 자신이 줄 수 있었던 것, 그러니까 학문, 혹은 적어도 학문을 추구하는 자세를 한스에게 서슴없이 주었다. 하지만 그 이상은 가진 것이 없었다. 목사 중에는 누가 봐도 라틴어 실력이 의심스러우며 설교할 때는 잘 알려진 문헌만 인용하지만, 어떤 괴로움도 다 이해하는 선한 눈과 친절한 말을 갖고 있기 때문에 어려울 때 언제라도 찾아갈 수 있는 목사가 있다. 하지만 이 목사는 그런 목사가 아니었다. 아버지 기벤라트 역시 한스에게 실망한 분노를 감추려고 무진 애를 썼지만 친구가 될 수 없었고 위로도 할 수 없었다.

그래서 한스는 모두에게 버림받고 사랑받지 못하는 존재가 된 기분으로 작은 정원 양지바른 곳에 앉아 있거나 숲속에 누워 꿈을 꾸거나 괴로운 생각에 잠겼다. 독서는 전혀 도움이 되지 않았다. 곧 머리와 눈이 아파왔기 때문이다. 어떤 책을 펴도 바로 수도원 시절과 그곳에서 느꼈던 두려움의 유령이 되살아났고, 그것은 숨막히는 불안한 꿈의 한 구석으로 한스를 몰고 가 이글이글 불타는 눈으로 그를 꼼짝도 못하게 만들었다.

그런 곤경과 고독 속에서 다른 유령이 병든 소년에게 다가와 점점 친숙해졌고 꼭 필요한 존재가 되었다. 거짓 위로를 주는 그 존재는 바로 죽음에 대한 생각이었다. 권총을 구하거나 숲속 어딘가에 밧줄을 거는 것은 쉬운 일이었다. 한스는 거의 매일 산책할 때마다 그런 생각을 했다. 그는 조용한 장소를 몇 군데 살펴보고 마침내 아름답게 죽을 수 있는 장소를 하나 찾아내서 그곳을 죽음의 장소로 정했다. 그러고는 그곳을 몇 번이고 찾아가 앉아서, 사람들이 죽은 자신을 그곳에서 발견하는 장면을 상상하고 묘한 기쁨을 느꼈다. 밧줄을 걸 나뭇가지를 정하고, 몸무게를 감당할 만큼 튼튼한지 시험해보았다. 이제 그의 길을 막는 난관은 아무것도 없었다. 시간을 들여 아버지에게 보내는 짧은 편지와 헤르만 하일너에게 보내는 아주 긴 편지도 썼다. 사람들은 그 편지를 그의 시체 옆에서 발견할 것이다.

자살을 준비하면서 확실한 목표가 생겼다는 느낌이 들자 한스는 마음이 편해졌다. 그는 숙명의 나뭇가지 아래 오래 앉아 있었다. 그러면 그를 짓누르는 압박감은 씻은 듯 사라지고 거의 즐거운 쾌감까지 느낄 수 있었다.

왜 진작 이 나무에 목을 매지 않았을까? 한스 자신도 알 수가 없었다. 결심이 섰고, 죽음은 이미 결정된 일이었다. 그는 한동안 기분이 좋았다. 먼 여행을 떠나는 사람처럼 그는 마지막 남은 며칠 동안 아름다운 햇빛과 고독한 꿈을 마음껏 맛보기로 했다. 언제라도 떠날 수 있었다. 아무 문제도 없었다. 익숙한 환경 속에 자유의지로 잠시 더 머물면서 자신의 위험한 결심을 짐작도 못 하는 사람들의 얼굴을 보는 동안 그는 독특하고 씁쓸한 기쁨을 느꼈다. 의사를 만날 때마다 그는 생각했다. '자, 두고보세요!'

운명은 한스가 그의 어두운 결심을 마음껏 즐기게 내버려두었다. 그리고 그가 날마다 죽음의 잔에서 의욕과 살아갈 힘 몇 방울을 마시는 것을 바라보았다. 불구가 된 이 젊은이는 어쩌면 하찮은 존재일지도 모르지만 우선 자신의 길을 끝까지 가야 했다. 삶의 달콤 쌉싸름한 맛을 좀더 맛보기 전에 도중에 무대를 내려오는 일은 없어야 했다.

떨칠 수 없는 괴로운 상념이 점차 사라지면서 점점 될 대로 되라 싶은 체념이 마음을 채웠다. 나른하고 평온한 기분으로 한스는 한 시간 또 한 시간, 하루하루를 아무 생각 없이 보내고, 담담한 마음으로 푸른 하늘을 바라보았다. 그런 그는 가끔 몽유병자 같기도 하고, 어린아이 같기도 했다. 어느 날 몽롱하고 나른한 기분으로 집 앞 정원의 가문비나무 아래 앉아 있는데, 문득 라틴어 학교 시절에 배웠던 옛 시가 생각나 자신도 모르는 사이에 계속 읊조렸다.


아, 피곤해,
아, 지쳤어,
지갑에 한 푼도 없는데
배낭에도 없네.


한스는 이 노래를 친숙한 멜로디에 맞추어 아무 생각 없이 스무 번이나 흥얼거렸다. 창가에 서 있던 아버지는 그 노래를 듣고 소스라치게 놀랐다. 그의 메마른 성격으로는 아들이 단조로운 노래를 아무 생각 없이 기분 좋게 흥얼거리는 것을 도저히 이해할 수 없었다. 그는 한숨을 쉬면서 아들의 행동을 나을 가망이 없는 정신박약 증세로 해석했다. 이때부터 그는 더 불안한 마음으로 아들을 자세히 살피기 시작했다. 한스는 당연히 아버지의 이런 시선을 눈치챘으며 그래서 괴로워했다. 하지만 아직 밧줄을 집어들고 저 튼튼한 나뭇가지에 걸지는 않았다.

그사이 더운 계절이 되었다. 주 시험과 여름방학 이후로 벌써 1년이 지났다. 한스는 가끔 그때 일을 생각했지만 별다른 감흥은 없었다. 감정이 상당히 무뎌졌기 때문이다. 다시 낚시를 하고 싶은 마음이 굴뚝같았지만 아버지에게 물어볼 엄두가 나지 않았다. 물가에 설 때마다 마음이 괴로웠다. 아무도 보는 사람이 없으면 그는 조용히 헤엄치는 거무스름한 고기들을 간절한 눈으로 바라보며 한참 강변에 서 있었다. 날마다 저녁때가 되면 강 위쪽으로 수영을 하러 갔다. 그때마다 감독관 게슬러의 작은 집 앞을 지나가야 했는데, 어느 날 그는 우연히 에마 게슬러가 집에 돌아와 있다는 것을 알게 되었다. 그는 3년 전 애태웠던 소녀를 호기심 어린 눈길로 몇 번 자세히 살펴보았다. 하지만 그녀가 예전만큼 마음에 들지는 않았다. 예전에 그녀는 가냘프고 아주 우아한 작은 소녀였다. 하지만 지금은 키가 쑥 자라 있고, 동작이 딱딱하고 어색했다. 게다가 아이답지 않게 유행을 따른 머리 모양 때문에 정말 보기가 흉했다. 긴 옷도 어울리지 않았고, 숙녀처럼 보이려고 애쓰는 모습도 아주 어색했다. 한스는 그녀가 우스꽝스럽다고 생각했지만, 그녀를 볼 때마다 기분이 묘하게 달콤하고 몽롱하고 포근했던 옛날 생각이 나서 슬프기도 했다. 옛날에는 모든 것이 달랐었다. 훨씬 아름답고, 훨씬 명랑하고, 훨씬 활기가 넘쳤었다! 오랫동안 그는 라틴어와 역사와 그리스어와 시험과 신학교와 두통밖에 아는 것이 없었다. 하지만 옛날엔 동화책과 도둑 이야기책도 있었고, 작은 정원에는 자신이 만든 장난감 물레방아가 돌고 있었다. 저녁이면 나숄트 씨네 대문간에서 리제의 모험 이야기를 듣기도 했다. 한동안 그는 이웃집에 사는 가리발디라고 불리던 그로스요한 할아버지를 살인강도라고 생각해 그 할아버지 꿈을 꾸기도 했다. 옛날엔 1년 내내 매달마다 뭔가를 애타게 기다렸다. 건초를 만들 때를 기다리고, 토끼풀을 벨 때를 기다리고, 그해 처음으로 낚시를 하러 가거나 가재 잡을 때를 기다리고, 맥주 원료인 홉을 수확할 때를 기다렸다. 또 자두나무를 흔들어 자두를 딸 때를 기다리고, 감자를 수확하고 모닥불을 피워 감자 줄기를 태울 때를 기다리고, 곡식 타작이 시작될 때를 기다렸다. 그리고 그 사이사이에는 기분 좋은 일요일과 휴일을 기다렸다. 옛날엔 신비스러운 마법의 힘으로 그의 마음을 사로잡은 일이 아주 많았다. 집들과 골목길, 계단들과 헛간 바닥, 우물과 울타리, 그리고 사람들과 온갖 동물들. 그가 좋아하고 이미 환히 다 아는 것도 있었고, 신비한 매력으로 그를 유혹하는 것도 있었다. 홉을 딸 때는 일을 도와주면서 큰 처녀들이 부르는 노래에 귀를 기울였다. 그는 그 노래를 이해하려고 애썼는데, 대부분은 웃음이 나올 만큼 익살맞은 노래였지만, 듣고 있으면 목이 멜 만큼 묘하게 애절한 노래도 몇 곡이나 있었다.

처음에는 알아차리지 못했지만 어느새 그 모든 것이 가라앉고 끝이 났다. 가장 먼저 리제 곁에 앉아 이야기를 듣는 일이 사라졌고, 그다음엔 일요일 오전에 피라미를 잡는 일이 사라졌고, 그다음엔 동화 읽기가 사라졌고, 그렇게 차례로 사라져 결국 홉을 따는 일과 정원의 물레방아까지 사라졌다. 아, 다 어디로 갔을까?

조숙한 소년은 병이 든 다음 비현실적인 두번째 유년기를 경험하고 있었다. 유년 시절을 도둑맞은 그의 마음은 갑자기 봇물처럼 터진 그리움을 느끼며, 아름다웠던 아스라한 시절로 다시 도망쳐서 마치 마법에 걸린 듯 추억의 숲속을 헤매고 다녔다. 그 추억의 강렬함과 뚜렷함은 어쩌면 병적일 수도 있었다. 그는 저 옛날 현실에서 겪었던 것과 다름없는 따뜻함과 열정으로 모든 것을 경험했다. 기만당하고 억압당한 어린 시절이 그의 내면에서 마치 오랫동안 막혀 있던 샘물처럼 용솟음쳐 올라왔다.

나무를 베면 뿌리 근처에서 종종 새싹이 움터나오듯이 한창 때 병들고 상한 영혼 역시 새로 시작하는 꿈 많은 봄날 같은 어린 시절로 다시 돌아간다. 마치 그곳에서 새 희망을 찾고 끊어진 삶의 끈을 새로 이을 수 있다는 듯이. 뿌리에서 움튼 새싹은 빠르게 쑥쑥 잘 자라지만 그것이 찾은 건 가짜 생명이고 다시는 제대로 된 나무가 될 수 없다.

한스 기벤라트도 똑같았다. 따라서 유년기의 나라를 헤매는 그의 꿈속 길을 조금 따라가볼 필요가 있다.

기벤라트의 집은 오래된 돌다리 근처의 두 골목길이 만나는 모퉁이에 있었다. 한스의 집이 속한 골목길은 그 도시에서 가장 길고 넓고 품격 있는 길이었다. 그 길의 이름은 게르버 거리였다. 다른 한 길은 가파른 오르막길인데다 짧고 좁으며 초라했다. 그 길의 이름은 '매 길'이었다. 한참 전에 문을 닫았지만 매 모양의 간판이 있었던 오래된 음식점에서 따온 이름이었다.

게르버 거리에는 선량하고 견실한 토박이 시민들만 살고 있었다. 그들은 자신의 집과 자신의 묘지와 자신의 정원을 갖고 있었다. 정원들은 뒤쪽 산으로 가파르게 올라가는 계단식 지형에 늘어서 있었는데, 그 울타리는 1870년에 지었으며 노란 금작화가 지천으로 피어 있는 철둑과 닿아 있었다. 게르버 거리와 품위를 겨룰 만한 곳은 교회와 구청, 법원, 시청, 교구청이 있는 광장밖에 없었다. 광장은 깔끔한 품격이 엿보였으며, 도시풍의 고상한 인상을 주었다. 게르버 거리에는 관청은 없었지만 육중한 대문이 있는 시민들의 개인주택과 아름답고 고풍스러운 목조가옥들, 밝고 산뜻한 합각머리 벽이 있었다. 길 건너편에는 난간이 있는 담 아래로 흐르는 강 때문에 한쪽으로만 늘어선 집들이 다정하고 편안하고 밝은 느낌을 주었다.

게르버 거리가 길고 넓고 밝고 널찍하고 품격이 있었다면, '매 길'은 정반대였다. 빽빽하게 늘어선 기울어지고 우중충한 집들은 얼룩덜룩한 회칠이 부슬부슬 떨어지고, 합각머리 벽은 앞으로 쑥 튀어나와 있고, 대문과 창문에는 여기저기 금이 가고 때운 흔적이 보였다. 또 굴뚝은 구부러져 있고, 처마의 물받이 홈통은 망가져 있었다. 집들은 서로 다투듯 공간과 햇빛을 빼앗고 있었다. 좁고 이상하게 구부러진 골목길은 일년 열두 달 어두컴컴했는데, 비가 오거나 해가 진 다음이면 축축하고 시꺼먼 암흑으로 변했다. 모든 집의 창문 앞에는 늘 긴 장대와 빨랫줄에 엄청나게 많은 빨래들이 주렁주렁 걸려 있었다. 좁고 누추한 골목에는 세든 사람 집에 또 세든 사람과 잠만 자는 사람을 빼고도 수많은 가족이 살고 있었기 때문이다. 낡고 기울어진 집 구석구석마다 사람들이 빽빽한 그곳에는 가난과 악덕과 질병이 둥지를 틀고 있었다. 티푸스가 발병하면 그곳에서 발병했고, 살인사건이 발생하면 그곳에서 발생했으며, 도시에서 절도사건이 일어나면 맨 먼저 '매 길'을 수색

했다. 떠돌이 행상들은 그곳에서 임시로 묵을 숙소를 찾았다. 그런 행상들 중에는 분가루를 파는 우스꽝스러운 호테호테도 있었고, 온갖 범죄와 좋지 않은 짓을 저지른다고 사람들이 수군대는 가위 가는 아담 히텔도 있었다.

학교에 들어가고 처음 몇 년 동안 한스는 '매 길'로 자주 놀러갔다. 연한 금발의 남루하고 수상쩍은 소년들 무리와 함께 그는 악명 높은 로테 프로뮐러가 해주는 살인 이야기를 듣곤 했다. 로테는 작은 여관 주인과 살다가 헤어지고, 5년 동안 감옥살이를 했던 여자였다. 한때 소문난 미인이었던 그녀는 공장 노동자들 가운데 많은 애인을 두었고, 그래서 그녀를 두고 종종 추문이 돌고 칼부림이 벌어졌었다. 이제 그녀는 혼자 외롭게 살면서 공장 일이 끝나면 커피를 끓이고 이야기를 들려주면서 저녁시간을 보냈다. 그녀의 집 대문은 활짝 열려 있었다. 아낙네들과 젊은 노동자들 외에 이웃에 사는 많은 아이들도 항상 그녀의 집 문지방에 앉아 황홀함과 으스스한 전율을 느끼며 이야기에 귀를 기울였다. 작고 검은 돌화덕 위 주전자에서는 물이 설설 끓었고, 그 옆에는 소기름으로 만든 초가 푸른 석탄불과 같이 사람들이 꽉 찬 어두컴컴한 방을 밝혔다. 촛불이 기괴하게 펄럭이면서 이야기를 듣는 사람들의 그림자를 엄청난 크기로 확대해 벽과 천장에 던지고 유령처럼 흐늘거리게 했다.

여덟 살이던 한스는 거기서 핑켄바인 형제를 만났다. 그는 아버지의 엄한 금지령을 어기고 1년 정도 그들과 친구로 지냈다. 이름이 '돌프'와 '에밀'이었던 핑켄바인 형제는 동네에서 가장 약삭빠른, 거리의 불량소년들이었다. 그들은 과일을 훔치고 작은 산짐승을 몰래 잡는 것으로 유명했고, 잔재주와 장난은 둘째가라면 서러워할 만큼 뛰어났다. 그밖에도 새알과 납으로 된 총알, 어린 까마귀와 찌르레기, 토끼를 팔고, 금지된 밤낚시를 하고, 동네 모든 집의 정원을 제집 드나들듯 마음대로 드나들었다. 그들은 울타리가 아무리 뾰족해도, 아무리 담장에 유릿조각이 촘촘히 박혀 있어도 쉽게 훌쩍 넘을 수 있었다.

하지만 한스가 누구보다 가깝게 지낸 친구는 '매 길'에 사는 헤르만 레히텐하일이었다. 고아인 레히텐하일은 어딘지 남다른 데가 있는 병약하고 조숙한 소년이었다. 그는 다리 하나가 너무 짧아 늘 목발을 짚고 다녀야 했고, 골목에서 하는 놀이에도 낄 수 없었다. 가냘픈 몸에 고통 어린 얼굴에는 핏기가 없었고, 입에는 나이에 맞지 않게 씁쓸한 표정이 어려 있었으며, 턱이 지나치게 뾰족했다. 그는 손재주가 좋았다. 특히 낚시를 아주 좋아해서 한스에게 그 열정을 고스란히 물려주었다. 당시 레히텐하일은 낚시 허가증이 없었지만 그들은 남의 눈에 띄지 않는 곳에서 몰래 낚시를 했다. 사냥이 재미있다면, 밀렵은 더 짜릿한 재미가 있는 법이다. 다리를 저는 레히텐하일은 한스에게 좋은 낚싯대가 될 나뭇가지를 자르고, 말총을 꼬고, 낚싯줄을 염색하고, 실을 꼬아 고리를 만들고, 낚싯바늘을 날카롭게 만드는 법을 가르쳐주었다. 또 날씨를 살피고 강물을 관찰하는 방법과 밀기울을 풀어 물을 흐리게 만드는 방법, 알맞은 미끼를 고르고 제대로 끼우는 법, 물고기의 종류를 구별하고 낚시할 때 물고기의 움직임에 귀를 기울이는 법, 낚싯줄을 알맞은 깊이에 던지는 법도 가르쳐주었다. 레히텐하일은 아무 말도 하지 않았지만 직접 시범을 보이고 옆에 같이 있으면서, 손놀림과 낚싯줄을 당기고 늦추는 순간을 포착하는 섬세한 감각까지 가르쳐 주었다. 그는 가게에서 살 수 있는 멋진 낚싯대나 코르크, 투명한 낚싯줄 같은 모든 인위적인 낚시도구를 열을 내며 경멸하고 조롱했다. 그리고 처음부터 끝까지 자신이 직접 만들고 조립한 도구가 아니면 낚시를 할 수 없다는 신념을 한스에게 심어주었다.

한스는 핑퀸바인 형제와 싸우고 헤어졌다. 하지만 다리를 저는 조용한 레히텐하일은 다투지도 않았는데 그의 곁을 떠났다. 2월 어느 날, 레히텐하일은 옷을 벗어놓은 의자 위에 목발을 올려두고는 자신의 작고 초라한 침대에 누웠다. 갑자기 열이 펄펄 났고 얼마 안 돼서 그는 숨을 거두고 조용히 떠나갔다. '매 길'은 그를 곧 까맣게 잊어버렸지만 한스만은 오래오래 소중한 추억으로 간직했다.

'매 길'에 사는 유별난 사람들은 그외에도 한참 더 많았다. 음주벽 때문에 해고당한 우체부 뢰텔러를 모르는 사람이 있을까? 뢰텔러는 이 주에 한 번은 곤드레만드레 취해 길바닥에 누워 있거나 밤중에 소동을 일으켰지만 평소에는 어린아이처럼 착하고 항상 다정하게 웃었다. 그는 한스에게 타원형 담배통 냄새를 맡아보게 하고, 잡은 물고기를 가끔 달라고 해서는 버터를 발라 굽고 함께 먹자고 불렀다. 뢰텔러는 유리 눈알이 박힌 말똥가리 박제와 가냘프고 섬세한 음으로 옛날 춤곡을 들려주는 오래된 오르골 시계를 가지고 있었다. 또 발은 맨발이라도 커프스만은 꼭 하고 다니는 늙은 기계공 포르슈, 그를 모르는 사람이 있을까? 엄격한 시골 초등학교 교사의 아들이었던 그는 성경을 절반이나 외우고, 속담과 도덕적인 경구도 엄청나게 많이 외우고 있었다. 하지만 그런 지식이나 눈처럼 하얀 백발도 아무 여자 앞에서 난봉꾼처럼 굴고 곤죽이 되도록 취하는 것을 막지 못했다. 살짝 술기운이 오르면 그는 기벤라트 집 모퉁이의 비스듬한 돌에 앉아 지나가는 사람마다 이름을 불러 세우고 속담과 경구를 푸짐하게 대접하기를 즐겼다.

"한스 기벤라트 2세, 소중한 나의 아들아, 내 말을 들으라! 시라*가 뭐라고 하더냐? 남에게 그릇된 충고를 하지 않고 이로 인해 양심의 가책을 받지 않는 이는 복이 있나니! 아름다운 나무의 푸른 잎사귀를 보라. 어떤 잎은 떨어지고, 어떤 잎은 다시 자라느니. 사람의 인생도 그러하니라. 어떤 이는 죽고, 어떤 이는 태어나느니라. 자, 이제 집에 가도 좋다, 이 바다표범 같은 녀석아."

늙은 포르슈는 경건한 경구와 상관없이 유령이나 그 비슷한 존재들에 대한 전설 같은 수상쩍은 이야기들도 많이 알고 있었다. 그는 귀신이 돌아다니는 곳을 알고 있었으며, 항상 스스로의 이야기를 믿을지 안 믿을지 망설이곤 했다. 그는 대부분 자신도 믿지 않는다는 듯 허세를 부리며 내던지듯 이야기를 시작했다. 꼭 자신이 하는 이야기와 그 이야기를 듣는 청중을 놀리기라도 하는 것 같았다. 하지만 이야기를 하면서 점점 스스로 겁을 먹고, 몸을 움츠리고 목소리를 점점 낮춰 결국 나직하고 뼛속까지 파고드는 것 같은 섬뜩한 속삭임으로 말을 끝맺곤 했다.

그 좁고 가난한 골목길에 으스스하고 이해할 수 없으며 마음을 끄는 미지의 것들이 얼마나 많이 숨어 있었던가! 금속기술자 브렌들레 역시 일하던 곳이 문을 닫고 방치되어 완전히 황폐해지자 '매 길'로 이사온

---

* 구약성서의 외전 중 하나인 「집회서」의 저자.

사람이었다. 그는 하루의 반나절은 자기 집 작은 창가에 앉아 활기 넘치는 골목길을 음울하게 바라보았다. 그러다 세수도 하지 않은 남루한 이웃집 아이 하나가 걸려들면 심술쟁이처럼 귀와 머리카락을 잡아당기고 온몸이 퍼렇게 될 때까지 꼬집으며 괴롭혔다. 어느 날, 그는 계단에서 아연 줄로 목을 맸다. 그 모습이 얼마나 끔찍했던지 아무도 가까이 가지 못했다. 마침내 늙은 기계공 포르슈가 뒤쪽에서 다가가 함석 자르는 가위로 줄을 잘랐다. 혀를 빼문 시체는 앞으로 뚝 떨어져 계단을 우당탕 굴러내려오더니 혼비백산한 구경꾼들 한가운데로 떨어졌다.

밝고 넓은 게르버 거리에서 어두컴컴하고 습기 찬 '매 길'에 들어설 때마다 한스는 숨막히는 독특한 공기와 함께 호기심과 두려움과 양심의 가책을 느꼈다. 모험이 시작될 것 같은 행복한 예감이 뒤섞인 환희에 찬 무시무시한 압박감도 느꼈다. '매 길'은 아직도 유일하게 동화와 기적과 전대미문의 무시무시한 일이 일어날 수 있고, 마법과 유령의 존재가 믿을 수 있고, 그럴듯해 보이는 곳이었다. 그곳은 교사에게 압수당한 전설이나 추잡한 로이틀링겐 민속 이야기가 쓰인 책을 읽을 때와 똑같은 고통스럽고 짜릿한 전율을 느낄 수 있는 곳이기도 했다. 존넨비르틀레, 신더하네스, 메서카를레, 포스트미헬* 그리고 그 비슷한 암흑가의 영웅들, 중죄인들, 모험가들의 파렴치한 짓과 처벌에 대한 이야기가 나오는 책 말이다.

'매 길' 외에도 어두운 다락방과 색다른 공간에서 무언가를 경험하

<hr>

* 모두 독일의 유명한 범죄자들.

고 듣고 몰두할 수 있는 곳이 하나 더 있었다. 바로 근처에 있는 커다란 피혁공장이었다. 낡은데다 어마어마하게 큰 그 건물의 어두컴컴한 다락방에는 커다란 가죽들이 주렁주렁 걸려 있었고, 지하실에는 숨겨진 구덩이들과 통행이 금지된 통로들이 있었다. 저녁이면 리제가 아이들에게 아름다운 동화를 들려주었던 곳도 이곳이었다. 이곳은 건너편 '매 길'보다 조용하고 다정하고 인간적인 데가 있었지만 그에 못지않게 수수께끼 같은 면을 갖고 있었다. 피혁공장 숙련공들이 구덩이와 지하실과 무두질하는 뜰과 다락방에서 일하는 모습은 기이하고 독특해 보였으며, 입을 딱 벌리고 있는 커다란 방들은 조용하고 으스스했지만 그만큼 마음을 끌었다. 덩치가 크고 무뚝뚝한 공장 주인은 식인종처럼 두려운 피하고 싶은 존재였다. 착한 성품을 지닌 리제는 동화와 시를 많이 알고 있었고, 그 기묘한 건물을 요정처럼 돌아다니며 모든 아이들과 새들과 고양이들과 강아지들을 돌보는 보호자이자 엄마 역할을 했다.

소년 한스의 생각과 꿈은 이미 오래전에 소원해진 그 세계에서 다시 움직이고 있었다. 큰 환멸과 절망을 느끼고 과거의 좋았던 시절로 도망친 것이다. 그 시절에 그는 아직 희망에 부풀어 있었고, 세상은 섬뜩한 위험과 저주받은 보물, 에메랄드 성을 그 깊숙한 안쪽에 숨기고 있는 엄청나게 큰 마법의 숲처럼 보였었다. 한스는 이 울창한 숲속으로 조금 들어갔지만 놀라운 일이 생기기도 전에 그만 지쳐버렸다. 이제 그는 무의미한 호기심을 갖고 다시 수수께끼에 싸인 어슴푸레한 숲의 입구에 서 있었지만 이번에는 쫓겨난 신분이었다.

한스는 '매 길'을 몇 번 다시 찾아갔다. 예전과 다름없이 어둠과 역

거운 냄새와 모퉁이와 빛이 들지 않는 층계참이 있었다. 또한 늙은 남
자들과 여자들이 대문 앞에 앉아 있었고, 세수도 하지 않은 옅은 금발
의 아이들이 소리를 지르며 뛰어다니고 있었다. 기계공 포르슈는 더
늙어서 한스를 못 알아보고 수줍게 인사해도 경멸하듯 크게 웃기만 했
다. 가리발디라고 불리던 그로스요한은 세상을 떠났고, 로테 프로뮐러
역시 이 세상 사람이 아니었다. 우체부 뢰텔러는 아직도 있었다. 뢰텔
러는 사내아이들이 자신의 오르골 시계를 망가뜨렸다고 하소연하고,
코담배를 맡아보라고 권하더니 구걸을 하려 했다. 마지막으로 그는 핑
켄바인 형제 이야기를 해주었다. 형제 중 한 명은 담배공장에서 일하
는데 벌써 어른처럼 술을 퍼마시고, 다른 한 명은 교회 헌당식 때 칼부
림을 벌인 후 도망친 지 벌써 1년이 되었다고 했다. 모든 것이 비참하
고 옹색해 보였다.

어느 날 저녁, 한스는 피혁공장으로 건너가보았다. 그 낡고 커다란
건물에 마치 그의 어린 시절과 이미 사라져버린 그때의 모든 즐거움이
숨어 있기라도 하듯, 그는 자연스럽게 대문간을 지나 습기 찬 뜰로 나
갔다.

구부러진 계단과 포장된 현관을 지나고 어두컴컴한 계단을 올라가
더듬더듬 다락방에 가보았다. 그곳에는 쫙 펼쳐진 가죽들이 주렁주렁
걸려 있었다. 한스는 독한 가죽 냄새와 함께 갑자기 솟구치는 추억의
안개를 들이마셨다. 그는 다시 내려와 무두질을 하는 구덩이와 무두질
에 쓰고 압착한 참나무 껍질을 말리는 건조대가 있는 마당으로 갔다.
나중에 땔감이 될 참나무 껍질을 말리는 높은 건조대에는 좁은 지붕이
덮여 있었다. 예상했던 대로 리제가 감자 바구니를 앞에 놓고 벽 옆 벤

치에 앉아 감자 껍질을 벗기고 있었다. 그녀의 주위에는 아이들 몇 명이 둘러앉아 이야기를 듣고 있었다.

한스는 컴컴한 문간에 서서 건너편에서 들려오는 이야기에 귀를 기울였다. 아늑한 평화가 어두워지는 피혁공장 뜰에 가득차 있었다. 뜰의 담장 너머로 흐르는 어렴풋한 강물 소리와 사각사각 감자 껍질 벗기는 소리와 이야기를 하는 리제의 목소리만 들렸다. 아이들은 미동도 없이 조용히 쪼그리고 앉아 있었다. 리제는 밤중에 강 건너편에서 어린아이 목소리가 크리스토포루스 성인*을 불렀던 이야기를 하고 있었다.

잠시 귀를 기울이던 한스는 컴컴한 현관을 살그머니 빠져나와 집으로 돌아왔다. 그는 자신이 더이상 아이가 될 수 없으며 저녁에 피혁공장 뜰에서 리제 곁에 앉아 있을 수 없다는 사실을 깨달았다. 그후 그는 피혁공장과 '매 길'을 다시 찾지 않았다.

---

* 그리스어로 '예수를 나르는 사람'이라는 뜻이다. 기독교의 14성인 중 하나로, 거인이었던 그는 여행자들을 목말 태워 강을 건네주는 일을 하다가 어느 날 한 아이를 건네주게 되었다. 그런데 처음엔 가벼웠던 아이가 갈수록 무거워졌다. 그 아이는 이 세상의 짐을 다 짊어진 예수였다.

# 제6장

어느새 가을이 깊어졌다. 검푸른 전나무숲 여기저기에서 활엽수들이 마치 횃불처럼 노랗고 붉게 빛났다. 골짜기에는 벌써 안개가 짙게 끼고, 아침이면 차가운 강물에서 물안개가 피어올랐다.

신학교를 그만둔 한스는 날마다 창백한 얼굴로 바깥을 돌아다녔다. 의욕이 없고 피곤했다. 몇 사람과는 가깝게 지낼 수도 있었지만 일부러 피했다. 의사는 물약, 간유, 달걀과 냉수욕을 처방했다.

하지만 모두 효과가 없었다. 놀라울 것도 없었다. 건강한 삶은 모두 나름의 내용과 목표를 갖고 있지만 한스 기벤라트는 그것을 잃어버린 것이다. 아버지는 그를 서기로 만들거나 기술을 배우게 하기로 마음먹었다. 아들이 아직 허약하니 좀더 기운을 차려야 하겠지만 어쨌든 진지하게 그의 앞날을 생각할 때가 된 것 같았다.

처음의 혼란스러운 상념이 진정되고 더이상 자살을 생각하지 않게 되자 한스는 격앙되고 변덕스러운 불안 상태에서 벗어나 잔잔한 우울증에 빠졌다. 그는 부드러운 늪 속에 빠지듯 아무 저항도 하지 않고 천천히 그 속으로 빠져들어갔다.

그는 이제 가을 들판을 거닐며 계절의 힘에 굴복했다. 깊어가는 가을, 조용히 떨어지는 낙엽, 갈색으로 변하는 풀밭, 짙은 아침안개, 기력이 다해 죽어가는 식물들. 그런 것을 보면서 그는 모든 병자가 그렇듯 무겁고 절망적인 기분에 빠져 슬퍼졌다. 그는 그것들과 같이 스러지고, 같이 잠들고, 함께 죽고 싶었다. 하지만 그의 젊음이 그것을 거부하고 조용하고 끈질기게 삶에 매달려서 마음이 괴로웠다.

그는 나무들이 노랗게 변하고 갈색이 되었다가 앙상해지는 것을 바라보았다. 숲에서 우윳빛 안개가 피어오르는 것도 지켜보았다. 마지막으로 과일을 딴 후 정원에는 생명의 기운이 꺼져버렸다. 제 색깔 그대로 시들고 있는 과꽃을 쳐다보는 사람은 아무도 없었다. 더이상 아무도 수영과 낚시를 하지 않는 강은 마른 낙엽들로 뒤덮였다. 끈기 있는 피혁공장 직원들만 쌀쌀한 강변에서 아직도 버티고 있었다. 며칠 전부터 과일주스를 만들고 남은 찌꺼기가 강물에 엄청나게 떠내려가고 있었다. 압착장과 물레방앗간마다 과일주스를 만드느라 열심이었기 때문이다. 도시의 골목길마다 조용히 발효하는 과일주스 냄새가 감돌았다.

구둣방 주인 플라이크도 아래 물레방앗간에서 작은 압착기를 빌리고 한스를 과일주스 만드는 데 초대했다.

물레방앗간 앞뜰에는 과일주스를 짜는 크고 작은 압착기와 짐수레, 과일이 잔뜩 담긴 바구니와 자루, 손잡이가 두 개 달린 큰 통, 등에 지는 통, 대야와 함지, 산더미처럼 쌓인 갈색 과일 찌꺼기, 나무 지렛대, 손수레, 빈 운반도구 들이 널려 있었다. 압착기들이 움직이며 삐걱대고, 끼익끼익 날카로운 소리를 내고, 신음하며 높은 금속성 소리를 토하고 있었다. 대부분의 압착기들은 초록색 칠이 되어 있었다. 압착기의 초록색은 황갈색 과일 찌꺼기와 사과 바구니 색깔, 푸른 강물과 맨발의 아이들, 맑은 가을 햇빛과 어우러져 보는 이에게 기쁨과 삶의 의욕과 풍요의 매혹적인 인상을 주었다. 새콤한 사과가 으스러지는 소리는 입맛을 다시게 했다. 가까이에서 그 소리를 듣는 사람은 얼른 사과 하나를 집어들어 와삭 한입 베어먹을 수밖에 없었다. 파이프에서는 갓 짜낸 달콤한 과일주스의 굵은 줄기가 햇빛 아래 주황색으로 활짝 웃으며 흘러나왔다. 가까이에서 그 광경을 보는 사람은 한 잔 달라고 해서 재빨리 한 모금 마실 수밖에 없었다. 그러고는 그 자리에 눈물을 글썽이며 멈춰 서서 달콤함과 기분 좋은 만족감의 물결이 온몸에 흐르는 것을 느꼈다. 달콤한 과일주스의 즐겁고 강하고 향긋한 향기가 멀리까지 가득했다. 이 향기야말로 성숙과 수확의 진수로, 한 해를 통틀어 가장 아름다운 것이다. 겨울이 오기 전에 과일주스의 이 향기를 마시는 건 좋은 일이다. 이 향기를 마시면서 헤아릴 수 없이 많았던 멋지고 좋은 일을 감사한 마음으로 기억하기 때문이다. 소리 없이 내리는 5월의 이슬비와 좍좍 쏟아지는 여름비, 서늘한 가을 아침이슬과 봄날의 포근한 햇볕과 여름의 뜨거운 뙤약볕, 하얗게 또는 장밋빛으로 빛나는 꽃들, 수확을 앞둔 잘 익은 과일나무의 적갈색 윤기, 그리고 그 사이사이 한 해가 주는 갖가지 아름다운 일과 즐거운 일들을 말이다.

　누구에게나 빛나는 멋진 나날이었다. 수고스럽게도 직접 나온 부자들과 뻐기기 좋아하는 사람들은 커다란 사과를 손에 들고 무게를 가늠하고, 열두 자루 혹은 그 이상 되는 과일 자루를 세어보고, 은으로 된 잔으로 과일주스를 맛보고, 누구나 들을 수 있게 자기는 과일주스에 물을 한 방울도 섞지 않는다고 크게 소리쳤다. 과일이 한 자루밖에 없는 가난한 사람들은 유리컵이나 질그릇으로 과일주스 맛을 보고는 물을 탔다. 하지만 그렇다고 그들의 자긍심과 기쁨이 덜하지는 않았다. 사정이 있어 과일주스를 만들지 못하는 사람은 지인과 이웃의 압착기를 찾아 돌아다니며 한 잔씩 얻어 마시고, 사과 한 개를 슬쩍 호주머니에 집어넣고, 전문가가 쓰는 용어를 구사하며 자신도 이 일을 알고 있음을 증명했다. 가난하든 부유하든 아이들은 저마다 작은 잔을 들고 뛰어다녔는데, 손에는 한입 베어먹은 사과 한 개와 빵 한 조각을 들고 있었다. 옛날부터 과일주스를 짤 때 빵을 많이 먹어두면 나중에 배가 아프지 않다는 근거 없는 속설이 전해내려왔기 때문이다.

아이들의 소란스러움은 접어두고라도 수백 개의 목소리들이 뒤섞여 소리치고 있었다. 목소리마다 분주함과 흥분과 기쁨이 묻어났다.

"하네스, 이리 와! 나한테 오라고! 딱 한 잔만 마시라니까!"

"정말 고맙네. 하지만 얼마나 많이 마셨는지 벌써 배가 아프네."

"자네, 백 파운드에 얼마 줬나?"

"4마르크. 그래도 최상품이야. 한번 맛을 보라고!"

가끔 작은 사고가 일어나기도 했다. 사과 자루가 너무 일찍 터지는 바람에 사과들이 모조리 땅바닥에 데굴데굴 굴러나온 것이다.

"제기랄, 내 사과! 여러분, 좀 도와주세요!"

모두 달려들어 사과를 주워주었지만, 개구쟁이 악동 몇 명은 제 호주머니를 불리려고 했다.

"야, 이놈들아, 슬쩍하지 마! 먹고 싶은 대로 먹어도 좋지만 슬쩍 집 어넣진 말라고. 기다려, 이 얼간이 같은 놈들아!"

"이보게, 이웃 양반, 그렇게 거만하게 굴지 마시오! 우리 것도 한번 드셔보시라니까!"

"꿀맛이군! 정말 꿀맛이야. 대체 얼마나 만들었어요?"

"두 통이요. 더 만들진 못했지만 맛이 그럭저럭 좋네요."

"한여름에 과일주스를 만들지 않아서 천만다행이야. 그랬으면 당장 몽땅 마셔버렸을걸."

올해도 빠지지 않고 까다로운 노인 몇 명이 그 자리에 나왔다. 그들은 과일주스를 짜지 않은 지 벌써 오래되었지만 모든 것을 누구보다 더 잘 알고 있었다. 그들은 과일을 거저 얻다시피 했던 옛날이야기를 늘어놓았다. 그때는 모든 것이 더 싸고 좋았으며, 설탕을 넣는 것은 꿈에도 생각하지 못했고, 무엇보다 그때는 나무에 과일 열리는 게 전혀 달랐다고 했다.

"그땐 그래도 수확이라고 말할 수 있었지. 나도 사과나무를 한 그루 갖고 있었는데, 거기서만 사과를 5백 파운드나 땄으니까 말이야."

시절이 그렇게 나빠졌다지만 까다로운 노인들은 올해도 거들겠다고 여기저기 돌아다니며 과일주스를 실컷 맛보았다. 아직 이가 남아 있는 노인들은 사과를 베어먹었다. 한 노인은 커다란 배를 몇 개나 무리하게 먹더니 결국 복통을 일으켰다. 노인이 말했다.

"정말이지, 옛날에는 열 개나 먹었는데."

그리고 땅이 꺼져라 한숨을 쉬면서 배를 열 개나 먹어도 배가 아프지 않았던 시절을 회상하는 것이었다.

그 북적대는 혼잡 속에서 플라이크 씨는 압착기를 세워놓고 나이가 좀 든 수습공의 도움을 받으며 과일주스를 만들고 있었다. 플라이크는 바덴에서 사과를 주문했기 때문에 그의 사과주스는 언제나 맛이 최고로 좋았다. 그는 내심 흐뭇해하며 '맛을 보려는' 사람을 아무도 막지 않았다. 북적대는 사람들 속에서 즐겁게 뛰어다니고 있는 그의 아이들은 더 행복해 보였다. 아무 말도 하지 않았지만 가장 행복한 사람은 그의 수습공이었다. 수습공은 이렇게 야외에 나와 기운차게 움직이고 마음껏 과일주스를 마시니 온몸이 날아갈 듯 가볍고 좋았다. 그는 저 위 산골 가난한 농가 출신이었기 때문이다. 달콤한 과일주스도 더할 나위 없이 좋았다. 건강한 시골 청년 같은 수습공의 얼굴은 사티로스* 가면처럼 히죽거렸고, 평소 구두를 만드는 그의 손은 그 어느 일요일보다 깨끗했다.

방앗간 앞뜰에 온 한스 기벤라트는 겁먹은 표정으로 가만히 서 있었다. 오고 싶지 않았는데 온 것이었다. 하지만 첫번째 압착기를 지나는데 벌써 누가 잔을 내밀었다. 나숄트 씨네 리제였다. 한스는 과일주스 맛을 보았다. 주스를 꿀꺽꿀꺽 마시는데 달콤하고 강한 과일주스 맛과 함께 저 옛날 가을의 행복했던 수많은 기억들이 한꺼번에 떠올랐다. 그때처럼 다시 한번 어우러져 조금 즐기고 싶은 마음이 슬그머니 생겼다. 아는 사람들이 말을 걸고 잔을 내밀었다. 플라이크의 압착기 앞에

---

* 그리스 신화에 나오는 산과 들의 정령.

왔을 때 그는 벌써 주위의 흥거운 분위기와 주스의 영향을 받아 완전히 딴사람이 되어 있었다. 그는 구둣방 주인에게 명랑하게 인사하고 과일주스를 두고 으레 하는 농담을 몇 마디 건넸다. 구둣방 주인은 속으로 놀랐지만 내색하지 않고 반갑게 맞아주었다.

삼십 분쯤 지나자 푸른 치마를 입은 소녀가 나타났다. 그녀는 플라이크와 수습공에게 웃으며 인사하고 바로 주스 만드는 일을 거들었다.

구둣방 주인이 말했다.

"아, 이 아이는 하일브론에서 온 내 조카딸이야. 물론 이애는 우리네 가을이 낯설 거야. 이 아이 고향에선 포도가 많이 나거든."

소녀는 열여덟 아니면 열아홉 살쯤 된 것 같았다. 저지대 사람들이 으레 그렇듯 활달하고 명랑했는데 키가 크지는 않았지만 몸매가 풍만하고 균형이 잡혀 있었다. 동그란 얼굴에 따뜻해 보이는 검은 눈, 키스하고 싶은 예쁜 입이 명랑하고 총명한 느낌을 주었다. 요컨대 그녀는 건강하고 쾌활한 하일브론 아가씨처럼 보였을 뿐, 도무지 경건한 구둣방 주인의 친척 같지는 않았다. 그녀는 전적으로 이 세상에 속한 사람이었고, 그녀의 눈은 매일 저녁과 밤에 성경과 고스너*의 『작은 보물상자』를 읽는 사람처럼 보이지는 않았다.

한스는 갑자기 다시 얼굴이 어두워졌고, 얼른 에마가 떠나기를 간절히 바랐다. 하지만 그녀는 자리를 지키면서 웃고 재잘대고 다른 사람이 농담을 던지면 재빨리 받아쳤다. 한스는 부끄러워서 아무 말도 할 수 없었다. 그러지 않아도 그는 존댓말을 써야 하는 젊은 아가씨와 사

---

* 요하네스 고스너. 독일의 신학자이자 목사이며 작가로도 활동했다.

귀는 것을 끔찍하게 생각하고 있었다. 게다가 그녀는 아주 활발하고 수다스러운데다가 한스가 옆에 있든 수줍어하든 신경쓰지 않았다. 그는 어색하기도 하고 조금 감정도 상해서 마치 마차에 스친 달팽이처럼 더듬이를 거두고 자신 속으로 기어들어갔다. 입을 다물고 있으면서 지루한 사람처럼 보이려고 했지만 잘되지 않았다. 오히려 그의 얼굴은 방금 누군가가 죽기라도 한 것 같은 표정이었다.

하지만 그런 일에 신경쓸 겨를이 있는 사람은 아무도 없었다. 누구보다 에마가 그랬다. 그녀는 이 주 전에 플라이크 집에 놀러왔다고 했다. 하지만 벌써 온 동네 사람을 다 알고 있었다. 그녀는 신분의 고하를 막론하고 사람들을 찾아다니며 새 과일주스 맛을 보고, 우스갯소리를 하며 웃다가 다시 돌아와 열심히 거드는 척하고, 아이들을 안아들고 사과를 주면서 주변에 온통 웃음과 즐거움을 퍼뜨리고 있었다. 그녀는 "너 사과 먹을래?" 하면서 거리를 쏘다니는 개구쟁이들마다 불러 세웠다. 그러고는 빨갛고 예쁜 사과를 들고 두 손을 등 뒤로 감춘 다음 "오른손이게, 왼손이게?" 하며 알아맞히라고 했다. 하지만 아이들은 한 번도 맞히지 못했다. 화가 난 개구쟁이들이 욕을 하기 시작하면 그녀는 그제야 사과를 주었지만 그때 내미는 건 작고 파란 사과였다. 그녀는 한스에 대해서도 알고 있는 것 같았다. 그녀는 그에게 늘 머리가 아픈 그 사람이냐고 물었다. 하지만 그가 대답을 채 하기도 전에 벌써 이웃 사람들과 다른 이야기를 나누었다.

한스는 살그머니 이곳을 빠져나가 집으로 도망쳐야겠다고 생각했다. 그때 플라이크가 그의 손에 지렛대를 쥐여주었다.

"자, 이제 네가 좀 해주겠니? 에마가 도와줄 거야. 난 작업장에 가봐야 하거든."

구둣방 주인이 가고, 수습생은 주인아주머니와 같이 과일주스를 날라야 했다. 그래서 한스는 에마와 단둘이 압착기 옆에 남았다. 그는 이를 악물고 열심히 일했다.

갑자기 지렛대가 무거워졌다. 이상해서 고개를 들었더니 소녀가 깔깔대며 웃고 있었다. 그녀가 장난으로 지렛대에 몸을 기대고 있었던 것이다. 한스는 화가 나서 다시 지렛대를 잡아당겼지만 그녀가 또 몸을 기댔다.

한스는 아무 말도 하지 않았다. 하지만 반대편에 소녀의 몸이 버티고 있는 지렛대를 미는데 갑자기 부끄럽고 가슴이 답답해졌다. 그래서 서서히 지렛대 돌리는 것을 그만두었다. 달콤한 불안이 몰려왔다. 젊은 아가씨가 대담하게 면전에서 깔깔거리며 웃자 갑자기 그녀가 달라 보였다. 그녀와 더 친해진 것 같으면서도 더 멀어진 것 같기도 했다. 그도 어색하지만 친밀하게 살짝 웃어 보였다.

이제 지렛대는 완전히 멈춰 섰다. 에마가 말했다.

"우리, 너무 악착같이 일하지는 말아요."

그러고는 자신이 절반을 마신 주스잔을 내밀었다. 한 모금 마셨는데 과일주스가 아주 진하고 아까 마셨던 것보다 달콤하게 느껴졌다. 한스는 다 마시고 나서 아쉬운 듯 빈 주스잔을 들여다보았다. 이상하게 가슴이 쿵쿵 뛰고, 숨을 쉬기가 어려웠다.

그들은 잠시 더 일했다. 한스는 서 있는 위치를 조정해서 소녀의 치마가 자기 몸에 스치고 그녀의 손과 자기 손이 닿게 하려고 애를 쓰면서도 자신이 무슨 짓을 하는지 몰랐다. 하지만 치마와 손이 스칠 때마다 두려움에 찬 환희에 심장이 딱 멎어버릴 것 같았고, 달콤하고 기분 좋은 나른함이 몰려와 무릎이 부들부들 떨리고 머릿속이 윙윙 울려 어지러웠다.

그는 자신이 무슨 말을 하는지 몰랐다. 하지만 그녀에게 말을 걸고 대답도 하고, 그녀가 웃으면 같이 따라 웃었다. 그녀가 익살스러운 장난을 칠 때마다 손가락으로 몇 번 겁을 주기도 했다. 그는 그녀가 건네준 잔을 두 번이나 쭉 들이켰다. 수많은 기억이 떠올라 스쳐지나갔다. 저녁에 남자와 같이 대문 앞에 서 있던 하녀들 생각도 나고, 이야기책에서 읽었던 문장들도 기억났다. 예전에 헤르만 하일너가 그에게 했던 키스도 생각나고, '소녀들'과, '사랑하는 사람이 생기면 어떤 기분인지'에 대해 나눴던 수많은 말과 이야기와, 의미를 명확하게 이해할 수 없던 남학생들의 대화도 생각났다. 그는 무거운 짐을 싣고 산을 기어 올라가는 나귀처럼 숨을 가쁘게 몰아쉬었다.

모든 것이 달라 보였다. 사람들과 주변의 분주함이 환하게 웃는 오색구름처럼 녹아버리고, 목소리들과 욕설과 웃음소리가 분명하지 않은 웅웅거리는 소리 속에 가라앉아버리고, 강과 오래된 다리가 먼 그림처럼 보였다.

에마도 달라졌다. 이제 그녀의 얼굴이 보이지 않았다. 그녀의 즐거워 보이는 검은 눈과 붉은 입술, 입술 안쪽의 뾰족하고 하얀 이만 보였다. 그녀의 모습이 녹아서 각각의 부분만 보였다. 검은 양말을 신은 단화만 보였다가 목덜미에 흘러내린 곱슬머리만 보였다가 푸른 수건 뒤에 감춰진 햇볕에 탄 둥그런 목만 보였다. 탄탄한 어깨와 그 아래 숨을 쉴 때마다 물결치는 가슴만 보였다가 발그레하게 속이 비치는 귀만 보였다.

시간이 좀 지났을 때, 에마가 손잡이가 달린 큰 통에 주스잔을 떨어뜨리고 말았다. 잔을 주우려고 몸을 굽히던 그녀의 무릎이 통의 가장자리에 닿으면서 그의 손목을 눌렀다. 한스도 몸을 굽혔지만 더 천천히 굽혔기 때문에 얼굴이 그녀의 머리카락에 거의 닿았다. 머리카락에서 어렴풋한 향기가 났다. 그 아래 느슨하게 풀린 곱슬머리의 그늘에서 아름다운 목덜미가 따뜻한 갈색으로 빛나다가 푸른 조끼 속으로 사라졌다. 팽팽하게 잡아당겨진 고리 틈새로 목덜미가 살짝 더 보였다.

그녀가 다시 몸을 일으키자 그녀의 무릎과 머리카락이 그의 팔과 뺨을 스쳤다. 몸을 굽혔다 일어난 그녀의 얼굴이 발갛게 상기되어 있었다. 한스는 온몸이 심하게 떨렸다. 얼굴이 창백해지고 순간적으로 아주 심한 피로감이 몰려와 압착기 나사를 꽉 붙잡아야 했다. 심장이 경련하듯 고동치고, 팔의 힘이 쭉 빠지면서 어깨가 아팠다.

그때부터 그는 한 마디도 안 하고 소녀의 시선을 피했다. 하지만 그녀가 다른 곳을 볼 때면 생전 처음 느끼는 쾌감과 동시에 양심의 가책을 느끼면서 그녀를 뚫어져라 쳐다보았다. 그러는 동안 그의 내면에서 뭔가가 쭉 찢어지면서, 그의 영혼 앞에 아스라한 푸른 해안이 있는 새롭고 낯선 매혹적인 나라가 펼쳐졌다. 그는 자신이 느끼는 두려움과 달콤한 고통이 무엇을 의미하는지, 고통과 환희 가운데 어느 쪽이 더 큰지 몰랐다. 혹은 어렴풋이 짐작만 했다.

환희는 젊은 사랑의 힘이 거둔 승리와 강렬한 삶에 대한 최초의 예감을 의미했다. 고통은 아침의 평화가 깨지고 그의 영혼이 유년기의 땅을 떠났으며 이제 다시 찾을 수 없음을 의미했다. 그의 가벼운 조각

배는 첫 난파의 위험은 가까스로 피했지만 새로운 폭풍우와 곳곳에 도사린 심연과 위험한 절벽 근처로 휩쓸려들어갔다. 지금껏 아무리 좋은 안내를 받으며 살아온 젊은이라 해도 이제부터는 어떤 안내자도 없이 스스로의 힘으로 길과 구원을 찾아야 하는 것이다.

수습공이 돌아와 압착기 일을 교대해줘서 다행이었다. 한스는 잠시 더 머무르며 에마와 몸이 스치거나 그녀가 친절한 말 한 마디라도 해주길 바랐다. 하지만 그녀는 다른 사람들의 압착기를 찾아다니며 수다를 떨고 있었다. 수습공 앞에서 공연히 부끄러워진 한스는 작별인사도 하지 않고 슬그머니 집으로 돌아와버렸다.

이상한 일이었다. 모든 것이 아름답고 가슴 설레게 변했다. 과일 찌꺼기를 먹고 통통해진 참새들이 시끄럽게 재잘거리면서 하늘을 날아다녔다. 하늘이 그토록 높고 아름다우며 그리움에 사무치도록 파란 적이 없었다. 강의 수면이 그토록 깨끗하고 청록색으로 밝게 빛났던 적도 없었으며, 방죽에서 물이 그토록 눈부시게 하얀 거품을 내면서 쏴쏴 흐른 적도 없었다. 모든 것이 멋진 그림처럼 새로 채색되어, 맑고 산뜻한 유리창 뒤에 있는 것 같았다. 모든 것이 큰 축제가 시작되길 기다리는 것 같았다. 한스의 가슴속에서는 이것이 꿈이고 절대 현실이 될 수 없다고 의심하는 소심한 두려움과 함께, 묘하게 무모한 감정과 이상하게 눈부신 희망이 가슴 조이도록 강하고 불안하고 달콤하게 파도쳤다. 서로 모순되는 그 느낌들이 신비로운 샘물이 되어 솟구치며 부풀어올랐다. 그의 내면에서 뭔가 아주 강력한 것이 속박을 끊고 자유롭게 숨쉬려 하는 것 같았다. 그것은 흐느낌 같기도 했고, 노래 같기도 했으며, 고함소리나 커다란 웃음소리 같기도 했다. 집에 오니 흥분이 조금 가라앉았다. 집은 모든 것이 평소와 똑같았다. 기벤라트 씨가 물었다.

"어디 갔다오니?"

"물레방앗간에 플라이크 아저씨한테 갔었어요."

"그 사람 과일주스를 얼마나 만들었든?"

"두 통인 것 같아요."

한스는 아버지에게 과일주스를 만들 때 플라이크 씨네 아이들을 초대하게 해달라고 부탁했다. 아버지는 퉁명스럽게 대답했다.

"당연하지. 다음주에 주스를 만들 생각이다. 그애들을 데려와라!"

저녁을 먹을 때까지는 한 시간이 남아 있었다. 한스는 정원으로 나갔다. 가문비나무 두 그루 말고는 푸른색이 거의 남아 있지 않았다. 그는 개암나무 가지를 꺾어 휙휙 허공에 휘두르고 마른 나뭇잎 덤불을 때려 이파리를 흩날리게 했다. 해는 이미 서산으로 기울었고, 머리카락처럼 가느다란 전나무 꼭대기와 시커멓게 윤곽만 보이는 산이 촉촉하고 맑은 연한 청록색 저녁 하늘을 가르고 있었다. 황갈색으로 물들어 기다랗게 펼쳐진 잿빛 구름이 마치 고향으로 돌아가는 배처럼 황금빛의 엷은 공기를 가르며 골짜기 위쪽으로 유유히 기분 좋게 흘러가고 있었다.

색색으로 화려한 저녁의 무르익은 아름다움에 신비롭고도 낯선 감동을 느끼며 한스는 정원을 거닐었다. 이따금 걸음을 멈추고 눈을 감은 채 에마의 모습을 떠올려보았다. 압착기 옆 그의 맞은편에 서 있던 모습과 자신의 주스잔을 내밀던 모습과 큰 통 위로 몸을 굽혔다가 얼굴이 발개져서 일어나던 모습을 떠올렸다. 그녀의 머리카락, 꼭 끼는 푸른 옷에 싸인 몸매와 목, 보스스한 검은 솜털 때문에 갈색으로 그늘진 목덜미. 모든 것이 그를 환희와 전율에 떨게 했다. 하지만 아무리 애를 써도 그녀의 얼굴은 생각나지 않았다.

해가 졌지만 그는 서늘한 냉기를 느끼지 못했다. 짙어지는 황혼이 이름조차 모르는 비밀에 싸인 베일처럼 느껴졌다. 그는 자신이 하일브론 아가씨를 사랑하게 되었다는 사실은 깨달았지만, 이제 막 그의 핏속에서 눈떠 움직이기 시작한 남성성을 그저 낯설고 예민하고 피곤한 상태라고 어렴풋이 이해했을 뿐이었다.

저녁을 먹는데 달라진 자신이 익숙한 환경 속에 앉아 있는 것이 이상하게 느껴졌다. 아버지와 늙은 하녀, 식탁과 주방기기와 방 전체가 갑자기 너무 오래되고 낡아 보였다. 한스는 긴 여행에서 막 돌아온 것처럼 놀라움과 생소함과 애정을 느끼며 모든 것을 바라보았다. 자살하는 데 쓸 나뭇가지를 탐내듯 바라보던 때만 해도, 그는 똑같은 사람들과 물건들을 작별하는 사람의 슬픈 우월감을 가지고 바라보았었다. 하지만 이제 돌아온 그는 놀라움에 미소 지으며 그 모두를 다시 소유한 기분이었다.

식사가 끝나고 한스가 일어나려고 하는데 아버지가 평소처럼 무뚝뚝하게 물었다.

"한스, 기계공이 되고 싶니, 아니면 서기가 더 되고 싶니?"

"왜요?"

한스는 깜짝 놀라서 되물었다.

"다음 주말에 기계공 슐러 씨네 수습공으로 들어가거나 아니면 다다음주 시청에 수습생으로 들어갈 수 있다고 하더구나. 잘 생각해봐! 내일 다시 얘기하자."

한스는 자리에서 일어나 밖으로 나왔다. 아버지의 갑작스러운 질문에 어리둥절하고 당황스러웠다. 몇 달 전부터 낯설게 느껴졌던 활동적이고 활기찬 일상의 삶이 느닷없이 우뚝 그의 앞에 선 것이다. 그 삶은 유혹하는 얼굴과 위협하는 얼굴로 약속하고 강요했다. 사실 그는 기계공도 서기도 되고 싶지 않았다. 그는 손으로 하는 힘든 육체노동을 조금 겁내고 있었다. 문득 기계공이 된 학교 친구 아우구스트 생각이 났다. 그래, 아우구스트한테 물어봐야겠다.

그 일을 골똘히 생각하는 중에 생각이 점점 흐릿하고 희미해졌다. 그리 급하고 중요한 일 같지도 않았다. 다른 일이 몰려와 마음을 온통 사로잡아서 그는 불안하게 복도를 왔다갔다하다가, 갑자기 모자를 집어들고 집을 나와서는 천천히 골목길에 들어섰다. 오늘 에마를 다시 한번 봐야 할 것 같았다.

이미 날이 어두워지고 있었다. 가까운 술집에서 고함소리와 목쉰 노랫소리가 들려왔다. 불이 밝혀진 창문이 많았다. 여기저기에서 하나씩 불이 켜지면서 어두운 밤공기 속으로 붉은빛이 흐릿하게 흘러나오고, 팔짱을 낀 젊은 아가씨들이 길게 줄을 지어 크게 웃고 떠들면서 골목길을 따라 즐겁게 내려갔다. 그들은 흐릿한 빛 속에서 흔들거리며 젊음과 환희의 따뜻한 파도처럼 잠든 골목길을 걸어갔다. 한스는 그들을 한참 바라보았다. 심장이 쿵쿵 세차게 뛰었다. 커튼이 드리워진 창문 뒤에서 바이올린 소리가 흘러나오고, 한 여인이 우물가에서 상추를 씻고 있었다. 다리 위에는 애인과 산책을 하는 두 사내의 모습이 보였다. 한 사내는 여자의 손을 살며시 잡고 흔들며 시가를 피우고 있었다. 다른 한 쌍은 몸을 꼭 붙이고 천천히 걷고 있었다. 사내는 여자의 허리를 감싸안고, 여자는 사내의 가슴에 어깨와 머리를 꼭 기대고 있었다. 그 동안 한스는 그런 모습을 백 번도 더 보았지만 한 번도 눈여겨보지는 않았다. 그러나 이제 그것은 은밀한 의미, 명확하지는 않지만 욕망을 자극하는 달콤한 의미를 갖게 되었다. 그는 그들에게서 눈을 뗄 수 없었다. 뭔가를 곧 이해할 수 있을 듯한 느낌으로 상상의 나래를 폈다. 아직은 짓눌리고 어수선했지만, 점점 큰 비밀에 가까이 다가가는 기분이었다. 그 비밀이 달콤한지 끔찍한지는 알 수 없었지만 그는 떨면서 달콤하기도 하고 끔찍하기도 할 거라고 어렴풋이 예감했다.

한스는 플라이크의 집 앞에서 걸음을 멈추었다. 하지만 들어갈 용기가 나지 않았다. 들어가면 어떻게 해야 하고, 무슨 말을 해야 할까? 열한 살인가 열두 살 때 여기에 자주 놀러왔던 생각이 났다. 그때 플라이크는 성경 이야기를 해주고, 한스가 지옥과 악마와 영혼에 대해 궁금한 질문을 소나기처럼 퍼부어도 끈기 있게 받아주었다. 그런 기억이나자 마음이 불편해지고, 양심의 가책마저 느꼈다. 그는 어떻게 해야할지 알 수가 없었다. 도대체 무엇을 원하는지조차 알 수 없었다. 하지만 뭔가 비밀스럽고 금지된 것 앞에 서 있다는 느낌이 들었다. 안으로들어가지 않고 플라이크의 집 앞 어둠 속에 서 있으니 구둣방 주인에게 잘못을 저지르는 것 같았다. 구둣방 주인이 서 있는 그를 볼 수도있고, 지금 대문을 나올 수도 있었다. 그러면 플라이크는 그를 꾸짖지않고 그냥 웃으며 놀릴 것이다. 한스는 그것이 가장 두려웠다.

그는 살그머니 집 뒤쪽으로 갔다. 정원 울타리에서 불이 밝혀진 거실이 들여다보였다. 구둣방 주인은 보이지 않았다. 그의 아내는 바느

질인가 뜨개질을 하는 것 같았고, 큰아들은 아직 자지 않고 책상에 앉아 책을 읽고 있었다. 에마는 왔다갔다했는데 분명 청소를 하느라 바쁜 것 같았다. 그래서 그녀를 언뜻언뜻 볼 수 있을 뿐이었다. 얼마나 조용한지 멀리서 골목길을 걷는 발소리와 정원 너머로 흐르는 나지막한 강물 소리까지 또렷이 들렸다. 어둠이 빠르게 짙어지고 밤공기가 차가워졌다.

거실 창문 옆에 자그마한 복도 창문이 하나 있었다. 꽤 시간이 흐르고 어두운 이 작은 창문에 어렴풋한 형체 하나가 나타나더니 몸을 내밀어 어둠 속을 내다보았다. 한스는 그 모습을 보고 에마임을 알았다. 두려운 기대감으로 심장이 멎어버릴 것 같았다. 그녀는 창가에 그대로 서서 한스가 있는 쪽을 한참 조용히 바라보았다. 하지만 그녀가 그를 보았거나 알아보았는지는 알 수 없었다. 그는 꼼짝도 하지 않고 그녀를 뚫어져라 쳐다보았다. 어렴풋이 겁이 났다. 그녀가 자신을 알아보길 바라면서도 정말 그럴까봐 두려웠다.

어렴풋한 형체가 창문에서 사라졌다. 곧 정원의 쪽문이 찰칵 열리더니 에마가 집에서 나왔다. 한스는 깜짝 놀라서 도망치려 했지만 우물쭈물하다가 그대로 울타리에 기대서서, 소녀가 천천히 어두운 정원을 지나 그를 향해 걸어오는 것을 바라보았다. 한 걸음 한 걸음 다가올 때마다 도망쳐버리고 싶었지만 더 강한 어떤 것이 그를 붙잡았다.

이제 에마는 바로 앞에 서 있었다. 그녀는 나지막한 울타리를 사이에 두고 반 발짝도 채 떨어지지 않은 곳에서, 이상하다는 듯 유심히 그를 쳐다보았다. 두 사람 다 한참 동안 아무 말도 하지 않았다. 이윽고 그녀가 나지막하게 물었다.

"너, 왜 왔어?"

"그냥."

그가 대답했다. 그녀가 '너'라고 부르자 마치 그녀가 살갗을 어루만지는 듯한 느낌이 들었다.

그녀가 울타리 너머로 손을 내밀었다. 그는 부끄러워하면서도 그 손을 다정하게 잡고는 약간 힘을 주어보았다. 그래도 손을 빼지 않자 용기를 내서 소녀의 따뜻한 손을 부드럽고 조심스럽게 쓰다듬었다. 그녀가 계속 그가 하는 대로 순순히 있자 그는 그녀의 손을 자신의 뺨에 갖다 댔다. 쾌감이 온몸을 파고들었고, 묘한 온기와 행복한 피로감이 파도처럼 밀려왔다. 왠지 주변 공기가 미지근하고 축축해진 것 같았다. 더이상 골목길도 정원도 보이지 않았다. 단지 가까이 있는 하얀 얼굴과 헝클어진 검은 머리카락이 보일 뿐이었다.

"키스해줄래?"

그녀가 아주 작은 목소리로 물었다. 그 목소리는 아주 먼 밤하늘 저쪽에서 울리는 듯했다.

그녀의 밝은 얼굴이 가까이 다가왔다. 그녀의 몸무게 때문에 울타리가 바깥으로 조금 휘었다. 그녀의 머리카락에서 어렴풋이 향기가 났다. 흐트러진 머리카락이 한스의 이마를 스쳤다. 하얗고 넓은 눈꺼풀과 검은 속눈썹에 덮인 그녀의 감긴 눈이 그의 눈 바로 앞에 있었다. 수줍은 듯이 소녀의 입에 입술을 대자 온몸에 강한 전율이 흘렀다. 한스는 바르르 떨면서 순간 뒤로 물러나려고 했다. 하지만 그녀가 그의 머리를 두 손으로 붙잡고, 자신의 얼굴을 그의 얼굴에 꼭 누르며 입술을 놓아주지 않았다. 그녀의 입술은 불타는 듯했다. 그녀의 입술이 한스의 입술을 누르고 마치 그의 생명을 몽땅 마시려는 듯 탐욕스럽게 빨아댔다. 나른함이 온몸에 밀려왔다. 낯선 입술이 그에게서 떨어지기도 전에 바르르 떨리는 쾌감은 이미 죽을 듯한 피로감과 고통으로 변해 있었다. 그녀가 놓아주자 그는 비틀거리다가 부들부들 떨리는 손가락으로 울타리를 꽉 움켜잡았다.

"내일 저녁에 여기로 다시 와."

에마는 이렇게 말하고 재빨리 집 안으로 들어갔다. 그녀가 들어간 지 채 오 분도 안 되었지만 긴 시간이 흐른 것 같았다. 한스는 멍한 눈으로 그녀의 뒷모습을 바라보았다. 그는 아직도 울타리 판자를 꽉 잡고 있었다. 한 걸음도 뗄 수 없을 만큼 피곤했다. 꿈을 꾸는 듯 피가 머리에서 쿵쾅거리며 고동치는 소리가 들려왔다. 고르지 않은 파도처럼 심장에서 쏟아져나온 피가 고통스럽게 다시 심장으로 돌아가면서 숨이 탁 막혔다.


그때 구둣방 주인이 문을 열고 방으로 들어서는 것이 보였다. 아마 여태 작업장에 있었던 모양이었다. 누가 자신을 알아볼지도 모른다는 두려운 마음에 한스는 도망을 쳤다. 그는 살짝 취한 사람처럼 비틀거리며 마지못해 느릿느릿 걸었다. 한 발짝 뗄 때마다 금방이라도 쓰러질 것 같았다. 졸고 있는 합각머리 벽과 흐릿한 붉은 창문이 있는 어두운 골목길이 마치 퇴색한 무대 배경처럼 곁을 스쳐지나갔다. 다리와 강과 마당과 정원도 흘러갔다. 게르버 거리의 분수 물소리가 이상하게 큰 소리로 차르르차르르 울렸다. 꿈에 취한 듯 한스는 대문을 열고 칠흑처럼 깜깜한 복도를 지나 계단을 올라갔다. 그리고 방문을 열고 또 다른 방문을 연 다음 거기 있는 책상 위에 걸터앉았다. 한참 시간이 지나서야 그는 자신이 집에 돌아와 자기 방에 있다는 것을 알아차렸다. 다시 상당한 시간이 흐른 다음에야 그는 옷을 벗어야겠다는 데 생각이 미쳤다. 그는 무심히 옷을 벗고 그대로 한참을 멍하니 창가에 앉아 있었다. 그러다가 갑자기 가을밤의 차가운 공기에 몸이 오싹해서 이불 속으로 파고들어갔다.

그는 바로 잠이 들 줄 알았다. 하지만 자리에 누워 몸이 따뜻해지자마자 가슴이 다시 뛰었고, 피가 불규칙하고 세차게 끓어올랐다. 눈을 감자 소녀의 입이 아직도 자신의 입을 눌러 그의 영혼을 몽땅 빨아마시고 그를 고통스러운 뜨거운 열기에 휩싸이도록 만드는 것 같았다.

한스는 늦게야 잠이 들었는데 꿈에서 꿈으로 쫓기듯 도망다녔다. 그는 무서울 정도로 깜깜한 어둠 속에 서서 더듬더듬 에마의 팔을 잡았다. 그녀가 그를 껴안았고, 두 사람은 천천히 따뜻하고 깊은 물속으로 가라앉았다. 불쑥 구둣방 주인이 나타나 왜 자신을 찾아오지 않았느냐고 물었다. 한스는 웃음을 터뜨렸다. 플라이크가 아니라 마울브론의 기도실 창가에 자신과 나란히 앉아 농담을 하던 헤르만 하일너였기 때문이다. 하지만 그 장면도 휙 사라지고 그는 과일주스 압착기 옆에 서 있었다. 에마가 지렛대에 몸을 기대고 있었고, 그는 온힘을 다해 지렛대를 돌리려고 했다. 그녀가 몸을 굽혀 그의 입술을 찾았다. 주위는 쥐 죽은듯 조용하고 칠흑처럼 깜깜했다. 그는 다시 시꺼멓고 따뜻한 심연 속으로 가라앉았는데 어질어질 현기증이 나서 죽을 것 같았다. 신학교 교장이 연설을 했다. 하지만 그것이 한스 자신에 관한 내용인지는 알 수 없었다.

그는 아침 늦게까지 잤다. 황금빛으로 빛나는 화창한 날이었다. 그는 오랫동안 정원을 왔다갔다 걸으며 잠을 깨고 머리를 맑게 하려 애를 썼다. 하지만 나른하고 짙은 머릿속의 안개는 좀처럼 걷히지 않았다. 그는 정원에서 가장 늦게까지 피어 있는 보라색 과꽃을 바라보았다. 아직도 8월인 듯 과꽃은 햇빛 속에서 예쁘게 활짝 웃고 있었다. 초봄처럼 온화하고 따뜻한 햇살이 메마른 잔가지와 큰 나뭇가지, 잎이 다 떨어진 넝쿨 주위에 애교를 부리듯 다정하게 흘러넘치고 있었다. 하지만 그는 그런 모습들을 그저 바라볼 뿐 아무것도 느끼지 못했다. 모두 자신과 아무 상관이 없어 보였다. 불현듯 이 정원에서 토끼들이 뛰어다니던 일, 물레방아며 망치로 만든 이런저런 장치가 돌아가고 있었던 일이 또렷하게 떠올랐다. 3년 전 9월, 어느 날이었다. 스당 전승기념일* 하루 전날이었다. 아우구스트가 담쟁이넝쿨을 가지고 그를 찾아왔다. 그들은 깃대를 반짝반짝하게 닦은 다음 황금빛 깃대 끝에 담쟁이넝쿨을 단단하게 잡아매고 다음날을 기다리며 전승기념일 이야기를 했다. 그밖에는 아무 일도 없었고, 아무 일도 일어나지 않았다. 하지만 그들은 축제에 대한 기대로 한껏 부풀어 아주 즐거워했다. 깃발들이 햇빛에 반짝였고, 아나는 자두 케이크를 구웠으며, 밤이 되면 높은 바위에서 스당의 불을 점화할 예정이었다.

한스는 왜 하필이면 오늘, 그날 저녁이 생각났는지 알 수 없었다. 그 기억이 왜 이렇게 아름답고 강렬한지, 왜 이렇게 자신이 비참하고 슬프게 느껴지는지 알 수 없었다. 그의 유년기와 소년 시절이 작별인사

---

* 1870년 프로이센이 프랑스 스당 지역에서 프랑스에 큰 승리를 거둔 것을 기념하는 날.

를 하고, 다시는 돌아오지 않을 저 옛날의 크나큰 행복이 주는 아릿한 고통을 남기기 위해, 추억의 옷을 걸치고 다시 한번 즐겁고 환하게 웃으며 그의 앞에 나타났다는 사실을 몰랐던 것이다. 그는 단지 이 기억이 어제저녁에 같이 있었던 에마에 대한 생각과는 어울리지 않으며, 그의 내면에 행복했던 옛 시절과 어울리지 않는 무언가가 생겨났음을 느꼈을 뿐이다. 금빛으로 반짝거리는 깃대 끝이 다시 보이고, 친구 아우구스트의 웃음소리가 들리고, 갓 구운 케이크 냄새가 나는 것 같았다. 모든 것이 그렇게 즐겁고 행복했건만 이제 그것들은 까마득히 멀어지고 한없이 낯설어졌다. 그는 절망한 나머지 거칠거칠한 가문비나무에 기대 흐느껴 울고 말았다. 그러자 비록 한순간이지만 위로받고 구원받은 느낌이 들었다.

정오 무렵 그는 아우구스트에게 달려갔다. 이제 일급 수습공이 된 친구는 살이 많이 찌고 키도 훌쩍 커 있었다. 한스는 친구에게 자신의 관심사를 털어놓았다.

아우구스트는 세상 경험을 많이 해본 듯한 표정을 지으며 말했다.

"이건 만만한 일은 아니야. 만만한 일이 아니라고. 넌 약골이잖아. 첫 해엔 쇠를 단련하기 위해 빌어먹을 망치질을 내내 해야 하는데, 망치가 수프 떠먹는 숟가락은 아니거든. 또 쇳덩어리를 이리저리 날라야 하고, 저녁에는 청소도 해야 해. 또 줄질을 하려면 힘이 세야 해. 뭔가 할 줄 알기 전까지는 낡은 줄밖에 주지 않아. 그런 줄은 잘 들지도 않고 원숭이 궁둥이처럼 매끈하다니까."

한스는 당장 기가 꺾이고 말았다.

"그렇구나, 그럼 차라리 그만둘까?"

그가 겁을 먹고 물었다.

"에이 참, 그런 뜻이 아니야! 자신없는 소리 좀 그만해! 단지 우리 일터가 처음엔 춤이나 추는 댄스홀이 아니라는 얘기일 뿐이야. 하지만 그외에는, 기계공은 멋진 거야. 머리도 좋아야 해. 안 그럼 한심한 대장장이밖에 될 수 없거든. 이걸 좀 봐!"

아우구스트는 번쩍이는 쇠로 만든 작고 정교한 기계 부품 몇 개를 가지고 와서 보여주었다.

"그래, 이건 0.5밀리미터도 어긋나면 안 되는 거야. 나사까지 전부 손으로 만든 거라고. 그러니까 눈을 크게 뜨고 정신을 바짝 차리라는 말이지! 이 부품들을 더 갈아서 단단하게 만들어야 해. 그럼 일이 끝나는 거야."

"그래, 멋지구나. 다만 내가 알고 싶은 건……"

아우구스트가 웃음을 터뜨렸다.

"겁나니? 그래, 수습공은 정말 괴로운 법이지. 어쩔 수가 없어. 하지만 내가 있잖아. 내가 도와줄게. 네가 다음주 금요일에 일을 시작하면, 나는 막 수습 2년차를 끝내고 토요일에 첫 주급을 받아. 일요일엔 축하 파티를 할 거야. 맥주도 있고 케이크도 있을 거야. 모두 올 거야. 물론 너도 와야지. 그럼 우리 일이 어떻게 돌아가는지 좀 알 수 있을 거야. 그래, 그때 잘 보라고! 게다가 우린 원래 좋은 친구였잖아."

식사를 하며 한스는 아버지에게 기계공이 되고 싶다고 말했다. 그리고 일주일 후에 일을 시작해도 괜찮은지 물어보았다.

"그래, 좋다."

아버지가 말했다. 아버지는 오후에 한스를 데리고 슐러의 작업장에 가서 수습공 신청을 했다.

하지만 날이 어두워지기 시작하자 한스는 모든 일을 거의 다 잊어버리고 저녁에 자신을 기다리고 있을 에마 생각만 했다. 벌써부터 숨이 막혔다. 시간이 너무 긴 것 같기도 하고, 너무 짧은 것 같기도 했다. 급류를 타는 뱃사공처럼 그는 만남을 향해 달려갔다. 오늘 저녁 식사 따위에는 관심도 없었다. 그는 우유 한 잔을 후딱 마시고 바로 집을 나섰다.

꼬박꼬박 졸고 있는 어두운 골목길, 불그스름한 창문, 희미한 가로등 불빛, 천천히 걷고 있는 연인들. 모든 것이 어제와 똑같았다.

구둣방 주인 집 정원 울타리에 오자 한스는 왈칵 두려워졌다. 무슨 소리만 나도 흠칫 놀랐다. 깜깜한 곳에 서서 귀를 기울이고 있으니까 꼭 도둑이라도 된 기분이었다. 일 분도 채 기다리지 않았는데 에마가 나왔다. 그녀는 손으로 그의 머리카락을 쓰다듬고는 정원 문을 열어주었다. 그는 조심조심 안으로 들어갔다. 그녀는 덤불 사이로 난 길을 조용히 지나 뒷문을 통해 더 어두컴컴한 현관으로 그를 데리고 갔다.

그들은 지하실 맨 위 계단에 나란히 앉았다. 얼마나 깜깜한지 한참 시간이 흐르고 나서야 가까스로 서로의 얼굴을 알아볼 수 있었다. 소녀는 기분이 좋은지 재잘재잘 속삭였다. 그녀는 키스를 많이 해보았고 연애도 좀 알고 있었다. 그녀는 수줍음 많고 여린 소년이 마음에 드는 모양이었다. 그녀는 그의 여윈 얼굴을 두 손으로 감싸고 이마와 눈과 뺨에 키스를 했다. 그녀의 입술이 다시 오래 빨아들일 듯이 키스를 하자 한스는 현기증이 나서 축 늘어져 그녀에게 몸을 기댔다. 그녀는 나지막이 웃으며 그의 귀를 잡아당겼다.

에마는 재잘거리고 또 재잘거렸다. 한스는 귀를 기울였지만 무슨 얘기인지 알 수가 없었다. 그녀는 그의 팔과 머리카락, 목과 손을 쓰다듬고, 자신의 뺨을 그의 뺨에 대고 머리를 그의 어깨에 기댔다. 그는 잠자코 몸을 맡기고 있었다. 달콤한 전율과 깊고 행복한 두려움이 그를 휘감았다. 그는 고열에 시달리는 사람처럼 가끔 짧게 바르르 떨었다. 그녀가 웃음을 터뜨렸다.

"무슨 애인이 이래! 넌 정말 용기가 없구나."

그녀는 그의 손을 잡아 자신의 목덜미와 머리카락을 스치고는 가슴에 대고 꼭 눌렀다. 부드러운 형태와 달콤하고 낯선 파도의 물결이 느껴졌다. 한스는 눈을 감았다. 바닥을 알 수 없는 깊은 심연에 빠져드는 느낌이었다.

"그만! 그만해!"

그녀가 다시 키스를 하려고 하자 그가 피하며 말했다. 그녀가 다시 웃었다. 그녀는 그를 바짝 끌어당겨 팔로 감싸안았다. 그녀의 몸이 닿자 그는 당황해서 아무 말도 하지 못했다.

"날 좋아하니?"

그녀가 물었다. 그는 그렇다고 대답하려 했지만 그냥 고개만 끄덕이고 또 끄덕였다.

그녀는 그의 손을 다시 잡고 장난하듯이 꼭 끼는 자신의 조끼 속으로 밀어넣었다. 한스는 다른 사람의 맥박과 숨소리를 가깝고 뜨겁게 느끼자 심장이 딱 멈춰 죽을 것 같았다. 숨쉬기가 힘들었다. 그는 손을 빼내고 신음했다.

"이제 집에 가야 해."

일어나려고 하는데 다리가 후들거려 하마터면 지하실 계단으로 굴러떨어질 뻔했다.

"왜 그래?"

에마가 깜짝 놀라서 물었다.

"모르겠어. 그냥 너무 피곤해."

한스는 에마가 정원 울타리까지 자신을 꼭 안고 부축해준 것도 몰랐고, '안녕' 하는 소리도 등 뒤에서 쪽문이 닫히는 소리도 듣지 못했다. 그는 골목길을 지나 집으로 돌아왔지만, 어떻게 왔는지 알 수가 없었다. 꼭 큰 폭풍에 휘말리거나 요동치는 세찬 파도에 휩쓸린 느낌이었다.

그는 왼쪽과 오른쪽에 있는 희미한 집들과 저 위 높은 산등성이와 전나무 우듬지, 그리고 깜깜한 밤의 어둠과 쉬고 있는 큰 별들을 보았다. 바람을 느끼고, 다리 기둥을 지나 흘러가는 강물 소리를 듣고, 강물에 비친 정원과 희미한 집들과 밤의 어둠과 등불과 별들을 보았다.

다리 위에 오자 주저앉을 수밖에 없었다. 어찌나 피곤한지 도저히 집까지 갈 수 없을 것 같았다. 그는 다리 난간 위에 앉아 강물이 다리 기둥을 스치고, 방죽에서 쏴쏴 흐르고 물레방아에서 콸콸 흐르는 소리에 귀를 기울였다. 손이 차가웠고 가슴과 목구멍에서는 피가 막혔다가 갑자기 세차게 파도치며 심장으로 흘러 눈앞이 캄캄하고 머리가 어질어질했다.

그는 집으로 돌아와 방을 찾아들어간 다음 침대에 누워 바로 잠이 들었다. 꿈에서 어마어마한 공간을 지나 깊은 심연에서 심연으로 계속 떨어졌다. 괴로움에 기진맥진한 그는 한밤중에 잠이 깼다. 그리고 아침까지 자는지 깨어 있는지 모를 몽롱한 상태로 누워 있었다. 목 타는

그리움이 사무치고, 제어할 수 없는 힘이 그를 이리저리 던지는 것 같
았다. 새벽에 모든 고통과 압박감이 울음으로 터져나왔다. 그는 한참
펑펑 울다가 눈물 젖은 베개 위에서 다시 잠이 들었다.

# 제7장

기벤라트 씨는 과일주스 압착기 옆에서 우쭐대며 떠들썩하게 일을 하고, 한스는 옆에서 거들었다. 초대한 구둣방 주인의 아이들 가운데 두 명이 와서 분주하게 과일을 나르는 시늉을 했다. 그들은 과일주스 맛을 보기 위한 작은 유리컵 하나와 엄청나게 커다란 검은 빵을 손에 들고 있었다. 하지만 에마는 오지 않았다.

아버지가 술통 만드는 사람과 이야기를 나누기 위해 삼십 분 동안 자리를 비우자 한스는 그제야 용기를 내서 에마에 대해 물어보았다.

"에마는 어디 있어? 오고 싶지 않대?"

아이들이 입에 든 음식을 다 삼키고 말을 하기까지 잠시 시간이 걸렸다.

"떠났어."

아이들이 말하고 고개를 끄덕였다.

"떠났다고? 어디로 떠났는데?"

"집에 갔어."

"아주 간 거야? 기차 타고?"

아이들은 열심히 고개를 끄덕였다.

"대체 언제?"

"오늘 아침에."

아이들은 다시 사과를 집으려고 손을 뻗었다. 한스는 압착기를 돌리며 과일주스 통을 빤히 들여다보았다. 모든 일이 서서히 이해가 됐다.

아버지가 다시 돌아왔다. 모두 많이 웃으면서 열심히 일했다. 아이들은 고맙다는 인사를 하고 떠나고, 저녁이 되자 모두 집으로 돌아갔다.

저녁을 먹고 한스는 자기 방에 혼자 앉아 있었다. 열시가 되고 열한시가 되었지만 그는 불을 켜지 않았다. 그리고 깊이 오래 잤다.

평소보다 늦게 일어났을 때, 그는 어렴풋이 불행하고 뭔가를 잃어버린 듯한 느낌이 들었다. 다시 에마 생각이 났다. 어떤 메시지도 남기지 않고, 작별인사도 하지 않은 채 떠난 것이다. 어젯밤 그의 곁에 있었을 때 이미 그녀는 언제 떠날지 알고 있었으리라. 그녀의 웃음과 키스와 능숙하게 몸을 맡기던 모습이 생각났다. 그녀는 그를 전혀 진지하게 생각하지 않았던 것이다.

분노에 찬 고통과 이제 막 눈뜬 채워지지 못한 사랑의 힘이 음울한 아픔이 되어 그를 집에서 정원으로, 거리로, 숲으로, 다시 집으로 내몰았다.

그렇게 한스는 어쩌면 너무 일찍 사랑의 비밀을 맛보았다. 그것은 살짝 달콤하고, 많이 썼다. 며칠 낮을 부질없는 한탄과 애타게 그리운 기억과 암담한 생각으로 보내고, 며칠 밤을 가슴이 뛰고 조이는 느낌에 한숨도 못 자거나 끔찍한 꿈을 꾸었다. 이해받지 못한 그의 피는 꿈속에서 부글부글 끓어올라 거대하고 무시무시한 환상의 그림이 되고, 죽일 듯 몸을 휘감는 팔이 되고, 이글이글 불타는 눈이 달린 상상의 동물이 되고, 현기증이 날 만큼 깊은 심연이 되고, 활활 타오르는 엄청나게 커다란 눈이 되었다. 잠을 깨면 그는 혼자였다. 싸늘한 가을밤의 고독에 싸여 그는 그리운 에마 생각으로 아파하고 신음하며 눈물 젖은 베개에 얼굴을 파묻었다.

기계공 작업장에 들어가기로 한 금요일이 다가왔다. 아버지가 푸른 아마포로 만든 작업복과 모가 섞인 푸른 모자를 사주었다. 그는 한번 입어보았는데, 금속기술자 작업복을 입은 자신이 무척 우스꽝스럽게 여겨졌다. 학교와 교장이나 수학교사의 집, 혹은 플라이크의 작업장이나 동네 목사의 집 앞을 지나갈 때면 비참한 기분이 들었다. 그렇게 고생하며 열심히 공부하고 땀흘렸는데, 작은 즐거움을 그렇게 많이 포기하고, 그렇게 자부심과 명예욕을 느끼고 희망에 부풀어 꿈을 꾸었는데 모두 허사가 된 것이다. 지금 다른 동료들보다 늦게, 모든 사람의 비웃음을 사며 가장 낮은 수습공으로 작업장에 들어가려고 그 모든 일을 했단 말인가!

이 사실을 알면 하일너는 뭐라고 할까?

시간이 흐르면서 한스는 점점 푸른 금속기술자 작업복을 받아들이게 되었다. 그 옷을 처음 입게 될 금요일이 살짝 기다려지기까지 했다. 그때가 되면 적어도 무언가를 경험할 수 있을 테니까!

하지만 그런 생각들은 먹구름 속에서 잠깐 번쩍 빛나는 번개에 불과했다. 한스는 떠난 소녀를 잊지 못했다. 그의 피는 그날의 자극을 더 잊지 못했다. 극복할 수도 없었다. 오히려 더 많은 자극을 달라고, 이미 눈을 뜬 그리움을 채우라고 다그치고 아우성쳤다. 그렇게 시간은 답답하고 고통스럽게 천천히 흘러갔다.

부드러움으로 가득한 햇살과 은빛 새벽, 색색으로 환하게 웃는 한낮과 맑은 저녁. 가을은 그 어느 때보다 아름다웠다. 먼산은 벨벳처럼 짙은 푸른색을 띠고, 밤나무는 황금빛으로 빛났으며, 담장과 울타리 위에는 심홍색 머루 잎사귀들이 드리워 있었다.

한스는 안절부절못하고 자신으로부터 도망다녔다. 하루종일 사람들 눈을 피해 시내와 들판을 돌아다녔다. 사람들이 그의 이루지 못한 사랑의 아픔을 눈치챌 것 같았기 때문이다. 하지만 저녁이 되면 골목길에 나가 하녀들을 쳐다보고, 양심의 가책을 느끼면서 몰래 연인들 뒤를 밟았다. 손에 넣고 싶은 삶의 모든 것과 매력이 에마와 함께 다가왔다가 심술궂게 다시 미끄러져 사라진 듯한 느낌이었다. 이제 그는 그녀 곁에서 느꼈던 고통과 압박감은 생각하지 않았다. 만약 그녀를 지금 다시 만난다면 수줍어하지 않고 그녀의 비밀을 샅샅이 캐내리라. 그리고 지금 코앞에서 문이 쾅 닫혀버린, 마법에 걸린 사랑의 정원으로 밀고 들어가리라. 그의 모든 상상은 관능을 자극하는 그 위험한 덤불숲에서 절망에 빠져 헤매고 다녔다. 그는 끈질기게 스스로를 학대하며 좁은 마법의 원 바깥에 아름답고 넓은 공간이 밝고 환하게 펼쳐져 있다는 사실을 알려고 하지 않았다.

드디어 두려워하면서 기다리던 금요일이 되었다. 한스는 기쁜 마음으로 아침 일찍 푸른 새 작업복을 입고 모자를 쓴 다음 조금 겁을 내며 슐러의 집을 향해 게르버 거리를 따라 내려갔다. 아는 사람 몇 명이 그를 호기심 어린 눈으로 쳐다보았다. 한 사람은 이렇게 묻기까지 했다.

"뭐야, 너 금속기술자가 된 거야?"

작업장에서는 이미 활기차게 일을 하고 있었다. 마침 주인은 쇠를 단련하는 중이었다. 주인이 시뻘겋게 달궈진 쇳덩어리를 모루 위에 올려놓으면 숙련공이 무거운 망치를 휘둘렀다. 주인은 더 섬세한 모양이 나오도록 망치질을 하고, 집게를 자유자재로 다루며 틈틈이 손에 딱 맞는 망치로 모루를 두들기며 박자를 맞췄다. 땅땅거리는 망치 소리가 활짝 열린 문을 통해 아침 공기 속으로 밝고 명랑하게 울려퍼졌다.

기름과 줄밥으로 시커멓게 변한 기다란 작업대 앞에 나이가 좀 든 숙련공과 아우구스트가 나란히 서 있었다. 두 사람은 각자 자신의 바이스에 매달려 분주하게 일하고 있었다. 천장에서는 선반旋盤과 숫돌과 풀무와 드릴을 움직이게 하는 벨트가 윙윙 빠르게 돌아가고 있었다. 수력水力을 이용하여 작업했기 때문이다. 한스가 들어가자 아우구스트는 고개를 끄덕이고, 주인이 시간이 날 때까지 문가에서 기다리라는 눈짓을 보냈다.

한스는 겁먹은 눈초리로 대장간 화로와 멈춰 있는 선반, 윙윙 돌고 있는 벨트와 움직이는 도르래를 유심히 바라보았다. 쇠를 단련하는 일을 끝낸 주인이 한스에게 건너와 크고 딱딱하고 따뜻한 손을 내밀었다. 그리고 아무것도 걸려 있지 않은 벽의 못을 가리키며 말했다.

"저기에 네 모자를 걸어라. 자, 따라와. 여기가 네 자리고, 이게 네 바이스다."

주인은 한스를 맨 뒤에 있는 바이스 앞으로 데리고 갔다. 그리고 먼저 바이스 사용법과 작업 공구와 작업대를 정리하는 방법을 가르쳐주었다.

"아버지한테 네가 힘센 장사가 아니라는 말을 들었다. 내가 보기에도 그렇구나. 그러니, 우선 네가 좀더 힘이 세질 때까지 쇠를 단련하는 일은 하지 않아도 좋다."

그는 작업대 밑으로 손을 뻗어 작은 주철 톱니바퀴를 하나 꺼냈다.

"자, 이걸로 시작하는 게 좋겠다. 이 톱니바퀴는 이제 막 주조한 거라서 울퉁불퉁하고 주물 이음매가 많이 보인다. 이걸 매끈하게 갈아야 해. 안 그러면 나중에 정밀한 공구들이 다 망가져버리거든."

그는 톱니바퀴를 바이스에 끼우고 낡은 줄을 가지고 와서 어떻게 해야 하는지 시범을 보여주었다.

"자, 계속해봐. 다른 줄을 달라고 하면 안 돼! 점심때까지는 충분히 일거리가 될 게다. 끝나면 내게 보여주고. 일할 때는 내가 시키는 일 외에는 아무것도 신경쓸 필요가 없다. 모름지기 수습공은 생각할 필요가 없거든."

한스는 줄질을 하기 시작했다. 주인이 버럭 고함을 질렀다.

"잠깐! 그렇게 하면 안 돼. 왼손을 이렇게 줄 위에 올려놓아야 한다니까. 혹시 왼손잡이니?"

"아니에요."

"이제 됐다. 그렇게 하면 될 거야."

주인은 다시 자신의 바이스로 돌아갔다. 그의 바이스는 문가에 있는 첫번째 바이스였다. 한스는 열심히 해보기로 했다.

처음 몇 번 문질러보니 놀랍게도 톱니바퀴의 울퉁불퉁한 면이 의외로 부드러워서 일이 쉽게 잘되었다. 하지만 거친 주물의 제일 바깥쪽 표면이 부슬부슬 벗겨질 뿐, 매끈하게 갈아야 할 우툴두툴한 쇠는 그 밑에 있다는 것을 곧 깨달았다. 한스는 마음을 다잡고 열심히 계속 일했다. 그는 장난으로 뭔가를 만들었던 소년 시절 이후 자신의 손으로 눈에 보이는 유용한 뭔가를 만드는 기쁨을 맛본 적이 없었다.

주인이 한스 쪽을 보고 소리쳤다.

"좀더 천천히 해! 줄질할 때는 박자를 맞춰야 해. 하나, 둘, 하나, 둘 이렇게 말이야. 그 위를 꼭 누르고. 안 그럼 줄이 망가져버리니까."

제일 나이 많은 숙련공이 선반에서 일을 하고 있었다. 한스는 살짝 곁눈질을 하지 않을 수 없었다. 숙련공은 강철 굴대를 원반에 끼우고 벨트를 걸었다. 굴대가 불꽃을 튀기며 윙윙 빠르게 돌아가자, 숙련공은 머리카락처럼 가느다란 반짝이는 쇠부스러기를 털어냈다.

사방에 공구와 쇳덩어리, 강철과 놋쇠, 하다 만 일감, 번쩍이는 작은 톱니바퀴, 끌과 드릴, 갖가지 모양의 선반용 끌과 송곳 들이 널려 있었다. 화로 옆에는 망치와 달군 쇠를 고르게 펴는 코킹 해머, 모루 덮개와 집게와 납땜인두 들이 걸려 있었다. 벽을 따라 줄과 절삭기 들이 죽 걸려 있고, 벽에 달린 선반 위에는 기름걸레와 작은 빗자루, 금강사 줄과 쇠톱, 기름통과 각종 산酸이 들어 있는 병, 못 상자와 나사 상자 들이 어지럽게 놓여 있었다. 모두 일을 하면서 수시로 숫돌을 사용했다.

한스는 자신의 손이 벌써 새카매진 것을 보고 흐뭇해졌다. 작업복도 더 낡아 보이면 좋을 것 같았다. 그의 작업복은 군데군데 기운 다

른 동료들의 시커먼 작업복에 비하면 아직도 우스꽝스럽게 파란 새것
이었다.

오전이 지나면서 밖에서도 활기찬 기운이 밀려들어왔다. 옆집 편물
공장에서 작은 기계 부품을 매끈하게 갈고 수리하기 위해 노동자들이
왔다. 한 농부는 수리해달라고 맡긴 세탁물 주름을 펴는 롤러가 어떻
게 되었는지 물었다가, 아직 안 됐다는 말을 듣자 욕을 퍼부었다. 그다
음에는 세련되어 보이는 어느 공장 주인이 찾아왔다. 작업장 주인은
그를 옆방으로 데리고 들어가 협상을 했다.

그런 일이 벌어지는 가운데 사람들과 톱니바퀴들과 벨트들은 꾸준
히 일을 계속했다. 한스는 생전 처음으로 노동의 찬가를 듣고 또 이해
했다. 그 찬가는 최소한 초보자에게는 감동을 주었고, 기분 좋게 취하
게 만들었다. 한스는 자신의 작은 존재와 인생이 커다란 리듬 속에 들
어가 어우러지는 것을 느꼈다.

아홉시가 되자 십오 분 동안 쉴 수 있었고, 각각 빵 한 조각과 과일
주스 한 잔을 받았다. 그제야 아우구스트는 새로 들어온 수습공 한스
에게 인사를 했다. 아우구스트는 한스에게 용기를 북돋워주는 말을 한
다음 금세 열을 내며 이번 일요일에 동료들과 첫 주급을 신나게 쓸 작
정이라고 말했다. 한스는 자신이 줄로 다듬어야 하는 톱니바퀴가 어디
에 쓰이는 부품인지 물어보았다. 탑시계에 들어가는 부품이라는 대답
이 돌아왔다. 아우구스트는 그것이 나중에 어떻게 돌아가고 작동하게
될지도 보여주려 했다. 하지만 일급 숙련공이 다시 줄질을 하기 시작
하자 모두 재빨리 제자리로 돌아가야 했다.

열시와 열한시 사이가 되자 한스는 슬슬 피곤해지기 시작했다. 무릎

과 오른팔이 조금 아팠다. 한 발에 무게중심을 두었다가 다른 발로 바꾸고 몰래 팔다리를 쭉 뻗어보기도 했지만 별로 도움이 되지 않았다. 그는 잠시 줄을 놓고 바이스에 몸을 기댔다. 그에게 신경쓰는 사람은 아무도 없었다. 그렇게 쉬면서 머리 위쪽에서 윙윙거리는 벨트의 노랫소리를 듣고 서 있으려니 정신이 몽롱해져서 눈을 감았다. 바로 그때 주인이 그의 뒤에 와서 섰다.

"아니, 무슨 일이야? 벌써 지친 거야?"

"예, 조금."

한스가 솔직하게 말하자 숙련공들이 와하하 웃음을 터뜨렸다. 주인이 침착하게 말했다.

"그럴 수 있지. 자, 이제 납땜을 어떻게 하는지 보여주마. 따라와!"

한스는 호기심을 갖고 납땜하는 것을 지켜보았다. 우선 인두를 뜨겁게 달구고, 납땜할 곳을 납땜 용액으로 문질렀다. 그런 다음 뜨거운 인두에서 나오는 하얀 금속을 방울방울 떨어뜨리니 약하게 치익 소리가 났다. 주인이 말했다.

"걸레를 갖고 와서 잘 닦아. 납땜 용액은 금속을 부식시킨다. 절대 묻은 채로 두면 안 되는 거야."

한스는 다시 바이스 앞에 서서 작은 톱니바퀴를 줄로 쓸었다. 팔이 아프고, 줄을 눌러야 하는 왼손이 벌게져 욱신거렸다. 정오가 되어 숙련공이 줄을 치우고 손을 씻으러 가자 한스는 주인에게 자신이 작업한 것을 보여주었다. 주인은 대충 훑어보았다.

"좋아, 그만하면 됐다. 네 자리 밑에 있는 상자 안에 똑같은 톱니바퀴가 하나 더 있으니까 오후에는 그걸 해라."

한스도 손을 씻고 작업장을 나왔다. 점심시간으로 한 시간을 받았다.

상점 수습사원이 된 예전 학교 동창생 두 명이 길에서 그를 따라오며 놀려댔다.

"주 시험을 통과한 금속기술자!"

한 아이가 소리쳤다. 한스는 더 빨리 걸었다. 자신이 이 일에 정말 만족을 느끼는지 아닌지도 알 수 없었다. 작업장은 아주 마음에 들었다. 다만 너무 피곤했다. 손가락 하나 까딱할 수 없을 만큼 피곤했다.

대문에 들어서며 그는 식탁에 앉아 식사할 생각에 벌써 기분이 좋아졌다. 하지만 문득 에마 생각이 났다. 오전 내내 그녀를 까맣게 잊고 있었다. 그는 슬그머니 자기 방으로 올라가 침대에 몸을 던지고 고통으로 신음했다. 울고 싶었지만 눈물이 나지 않았다. 절망한 그는 애타는 그리움에 온전히 자신을 던졌다. 머리가 쿵쿵 울리고 지끈지끈 아팠다. 흐느낌을 참으니 목구멍이 따끔거렸다.

점심을 먹는데 정말 괴로웠다. 아버지가 묻는 말에 대답하고, 설명하고, 오만 가지 작은 농담도 받아넘겨야 했다. 아버지가 기분이 좋았기 때문이다. 식사가 끝나자마자 한스는 정원에 나가 햇볕을 쬐며 반쯤 꿈속에 있는 듯한 기분으로 십오 분을 보냈다. 어느새 작업장에 갈 시간이었다.

오전에 벌겋게 부었던 손이 이제 심각하게 욱신거리기 시작했다. 저녁이 되자 벌건 부분이 부풀어오르기까지 해서 뭔가를 잡을 때마다 몹시 아팠다. 일이 끝난 다음에는 아우구스트의 지도를 받아 작업장을 깨끗이 청소해야 했다.

토요일은 더 나빴다. 손이 욱신욱신 아프고, 벌건 곳은 부어 물집이 잡혔다. 주인은 기분이 나쁜지 사소한 일에도 욕을 했다. 아우구스트는 벌건 곳이 며칠만 지나면 낫고, 그러면 손에 굳은살이 박이고 아픔도 사라질 거라고 위로했다. 하지만 한스는 끔찍하게 불행한 나머지 하루종일 시계만 흘끔거리며 절망한 채 톱니바퀴를 줄로 쓸었다.

저녁에 청소를 하던 아우구스트가 내일 동료 몇 명과 빌라흐에 갈 거라고 속삭이며, 신나게 놀 텐데 한스도 절대 빠지면 안 된다고 했다. 그러면서 두시에 그를 데리러 가겠다고 했다. 한스는 그러라고 말은 했지만 일요일에는 하루종일 집에서 누워 있고 싶은 마음뿐이었다. 그 정도로 비참하고 피곤했다. 집에 오니 늙은 아나가 상처 난 손에 바르라며 연고를 주었다. 여덟시에 벌써 자리에 누운 한스는 아침 늦게까지 내리 잤다. 그래서 아버지와 교회에 같이 가기 위해 서둘러야 했다.

점심을 먹는 중에 한스는 아우구스트 이야기를 꺼내며, 오늘 친구와 교외에 나가기로 했다고 말했다. 아버지는 별다른 말은 하지 않고 돈을 50페니히나 주었다. 다만 저녁 먹을 때까지는 꼭 돌아와야 한다고 했다.

한스는 환한 햇살을 받으며 느릿느릿 골목길을 걸었다. 몇 달 만에 다시 일요일의 즐거움을 맛보았다. 평일에 손이 시커멓게 되고 팔다리가 노곤하도록 일을 해야 일요일에 거리가 더 축제 분위기로 들뜨고, 태양이 더 환하게 빛나고, 모든 것이 더 화려하고 아름답게 보이는 법이다. 이제 그는 정육점 주인과 가죽을 다루는 무두장이와 빵집 주인과 대장장이가 마치 왕이라도 된 듯 기분 좋게 집 앞 양지바른 벤치에 앉아 있는 것을 이해했다. 그는 그들을 더이상 비참한 속물로 보지 않았다. 노동자들과 숙련공들과 수습공들이 줄을 지어 산책하거나 술집에 들어가고 있었다. 그들은 모자를 비스듬히 쓰고 하얀 셔츠 깃과 솔질을 깨끗이 한 나들이옷을 입고 있었다. 항상 그런 것은 아니지만 직공들은 대부분 자기들끼리 어울렸다. 가구를 만드는 소목장이는 소목장이들끼리, 미장이는 미장이들끼리 어울리면서 자신이 속한 직업의 명예를 지켰다. 그중에서도 금속기술자는 가장 고상한 조합이었으며, 그중 기계공이 으뜸이었다. 이 모든 것에는 편안함이 있었다. 소박하고 우스꽝스러운 점도 많았지만, 그 뒤에는 오늘날에도 여전히 즐거움과 유능함을 뽐내는 아름다운 수공업에 대한 자랑스러운 긍지가 숨어 있었다. 가장 초라한 양복점 수습공조차 그러한 자랑스러운 긍지를 희미하게 보이고 있다.

젊은 기계공들은 침착하고 자신만만한 모습으로 슐러의 집 앞에 서 있었다. 그들은 지나가는 사람들에게 고개를 끄덕이며 인사를 하고, 자기들끼리 이야기를 나누었다. 누구나 그들이 믿음직한 무리를 이루었고, 더이상 낯선 사람을 필요로 하지 않는다는 것을 알 수 있었다. 일요일의 오락을 즐기는 일도 마찬가지였다.

한스도 그것을 느끼고 자신이 그 무리에 속한 것을 기뻐했다. 하지만 계획되어 있는 일요일의 오락이 조금 두렵기도 했다. 기계공들이 인생을 진탕만탕 즐긴다는 것을 알고 있었기 때문이다. 어쩌면 춤까지 출 수 있었다. 한스는 춤을 출 줄 몰랐다. 하지만 가능한 한 남자답게 행동하고, 필요하면 살짝 술에 취하는 모험도 하기로 마음먹었다. 그는 맥주를 많이 마셔본 적이 없었다. 망신스럽거나 비참한 꼴을 보이지 않고 겨우 시가 하나를 끝까지 피우는 것도 무척 힘들었다.

아우구스트는 한스에게 반갑게 인사했다. 나이든 숙련공은 오지 않는다고 했다. 대신 다른 작업장에서 동료 하나가 와서 네 명이 되었으며, 따라서 충분히 온 동네를 뒤집어놓을 수 있는 최소한의 인원은 모였다고 했다. 술값은 자기가 몽땅 낼 테니 오늘은 마시고 싶은 만큼 맥주를 마셔도 좋다고도 했다. 그는 한스에게 시가를 권했다. 네 사람은 천천히 움직여 당당하게 시내를 어슬렁거리다가 보리수 광장까지 오자 비로소 제시간에 빌라흐에 도착하기 위해 발걸음을 재촉했다.

강의 수면이 푸른색과 금빛과 흰색으로 반짝이고, 이파리가 거의 다 떨어진 가로수의 단풍나무와 아카시아나무 사이로 부드러운 10월의 햇볕이 따뜻하게 내리쪼였다. 높은 쪽빛 하늘에는 구름 한점 없었다. 고요하고 맑고 온화한 가을날이었다. 이런 날이면 지난여름의 아름다웠던 일들이 즐거운 추억처럼 환히 미소 지으며 부드러운 공기에 가득하고, 아이들은 계절을 잊은 채 꽃을 찾아다니고, 나이든 사람들은 생각에 잠겨 창가나 집 앞 벤치에 앉아 파란 하늘을 올려다본다. 그해뿐 아니라 지나간 인생의 모든 그리운 기억들이 맑고 파란 하늘에 떠다니고 있기 때문이다. 하지만 젊은이들은 즐거운 기분으로 재능과 기질에 따라 술을 마시거나 고기를 먹고, 노래하거나 춤추고, 질펀한 술자리나 큰 싸움을 벌여 아름다운 날을 찬양한다. 도처에서 신선한 과일 케이크를 굽고, 지하실에서는 갓 만든 사과주스나 포도주가 발효되고, 술집 앞과 보리수 광장에서 기타나 하모니카가 그해의 마지막 아름다운 날들을 축하하며 춤추고 노래하고 사랑놀이를 하라고 손짓하기 때문이다.

젊은이들은 발걸음을 재촉했다. 한스는 아무렇지도 않은 척 시가를 피웠는데 의외로 잘 받아서 놀랐다. 숙련공은 편력할 때 겪었던 여러 가지 경험담을 말해주었다. 그가 아무리 허풍을 떨어도 못마땅하게 생각하는 사람은 아무도 없었다. 으레 그러는 것이기 때문이다. 직장이 있고 목격자가 없는 것이 확실하면, 아무리 겸손한 직공이라도 자신의 편력을 멋지고 경쾌한 어조로, 아니 전설이나 되는 듯 이야기 하는 법이다. 왜냐하면 민중의 공동재산인 직공의 삶이라는 멋진 시는, 세세하고 작은 개인의 일들로 전통적인 옛 모험담을 새로운 아라베스크 무늬로 다시 짜는 것이기 때문이다. 그리고 모든 부랑아는 일단 이야기를 시작하면 불멸의 오일렌슈피겔*이나 슈트라우빙 사람**의 한 단면을 보인다.

"그러니까 프랑크푸르트에 있을 때였어. 제기랄, 정말 활기 넘치는 도시였지! 지금까지 한 번도 얘기한 적이 없는데, 글쎄 형편없는 원숭이 같은 돈 많은 상인이 우리 주인 딸하고 결혼을 하려고 했어. 하지만 아가씨가 보기 좋게 퇴짜를 놔버렸지. 나를 더 좋아했거든. 아가씨는 넉 달 동안이나 내 애인이었다니까. 만일 내가 늙은이와 싸우지만 않았더라면 아마 지금 그곳에 눌러앉아 사위가 되었을 텐데."

숙련공은 비열한 주인이 자신을 괴롭힌 이야기를 더 떠들어댔다. 딸을 팔아먹으려는 그 형편없는 자가 한번은 그를 때리려고 겁없이 손을

---



* 14세기경 실존했다고 추정되는 독일의 익살꾼. 농담과 장난을 통해 성직자와 귀족, 편협하고 거짓말 잘하고 겸손한 체하는 도시 사람들을 골려주었다고 한다.
** 바이에른 뮌헨의 영주 알브레히트 3세를 가리킨다. 슈트라우빙의 목욕탕 주인이자 의사의 딸 아그네스 베르나우어와 사랑에 빠져 결혼했다. 하지만 신분이 맞지 않는 결혼을 못마땅하게 생각한 아버지 에른스트 공은 1435년 아그네스를 도나우강에 빠뜨려 죽였다.

뻗쳤다고 했다. 그래서 아무 말도 하지 않고 대장간 쇠망치를 휘두르며 노려보았더니 늙은이가 소중한 머리통이 깨질까 두려웠던지 슬그머니 도망치더라는 것이다. 그 비겁한 얼간이는 나중에 서면으로 해고를 통보했다고 했다. 숙련공은 오펜부르크에서 패싸움을 크게 했던 이야기도 했다. 자신을 포함해서 금속기술자 세 명이 공장 노동자 일곱 명을 두들겨패서 반쯤 죽여놓았다는데, 오펜부르크에 가서 키다리 쇼르슈에게 물어보면 안다고 했다. 쇼르슈도 그 자리에 있었고, 당시 같은 패거리였다는 것이다.

말투는 냉정하고 잔인했지만 숙련공은 열을 내며 즐겁게 이야기했다. 모두 기분 좋게 귀를 기울이며 자신도 그 이야기를 나중에 다른 곳에서 다른 동료들에게 다시 하리라 속으로 다짐했다. 모든 금속기술자는 누구나 한번쯤 주인 딸을 애인으로 삼고, 한번쯤 망치를 들고 나쁜 주인에게 달려들며, 한번쯤 공장 노동자 일곱 명을 흠씬 두들겨패기 때문이다. 이야기의 무대는 바덴일 때도 있고, 헤센이나 스위스일 때도 있다. 망치 대신 줄이나 시뻘겋게 달군 쇠가 등장하고, 공장 노동자 대신 제과점이나 양복점 숙련공이 등장하기도 한다. 언제나 똑같은 진부한 이야기였지만 모두 언제나 즐겁게 다시 들었다. 왜냐하면 그것은 오래되고 훌륭한 이야기로 남아 조합의 명예를 빛내주기 때문이다. 그렇다고 편력하는 직공들 가운데 실제로 많은 일을 겪거나 이야기를 꾸며내는 데 천재적인 재능을 가진 인물이 전혀 없었다는 말은 아니다. 근본적으로 성격이 같은 이 두 천재는 오늘날에도 편력 여행을 하는 직공들 가운데 존재한다.

누구보다 아우구스트가 신바람이 나서 좋아했다. 아우구스트는 계속 크게 웃고, 맞장구를 치고, 벌써 반은 숙련공이 된 기분을 느끼며 인생을 즐기는 한량처럼 건방진 표정으로 담배 연기를 황금빛 공기중에 훅 뿜어냈다. 이야기하는 숙련공은 자기 역할을 계속 연기했다. 그에게는 지금 수습공들과 같이 어울리지만 그것은 자신이 너그럽게 스스로를 낮춘 것임을 내세우는 것이 중요했던 것이다. 왜냐하면 원래 숙련공은 일요일에 수습공들과 어울리지 않기 때문이다. 더욱이 수습공이 진탕 술을 마시는 데 끼어 돈을 탕진하는 것을 도와주다니, 부끄러워해야 마땅한 일이었다.

그들은 국도를 따라 강 하류 쪽으로 한참 걸었다. 커브를 그리며 완만하게 산으로 올라가는 찻길과 거리가 절반밖에 안 되지만 가파른 오솔길 가운데 하나를 선택해야 했다. 그들은 거리도 멀고 먼지도 많이 나지만 찻길로 가기로 했다. 오솔길은 평일에나 걷고, 산책하는 신사들이나 걷는 길이다. 민중들은 시적인 정취가 아직 사라지지 않은 국도를 사랑한다. 특히 일요일에는 더욱 그렇다. 가파른 오솔길을 올라가는 건 농부들이나 도시에서 온 자연 애호가나 할 일이다. 그것은 노동이나 운동일 뿐, 결코 민중에게 즐거움을 주지는 않는다. 반면 국도는 편안하게 걸으면서 수다를 떨 수 있고, 장화와 일요일 나들이옷을 아끼고, 마차와 말을 구경하고, 한가하게 걷는 다른 사람들을 만나거나 따라잡을 수 있다. 또 한껏 모양을 낸 아가씨들이나 노래를 부르는 사내들 무리를 만나고, 누군가의 뒤에 대고 큰 소리로 농담을 하고 웃으면서 농담을 받아치기도 하고, 걸음을 멈추고 같이 떠들 수도 있다. 결혼을 안 한 총각이라면 아가씨들 뒤를 쫓아가고 뒤에서 낄낄거리며 웃을 수도 있다. 또 친한 동료와 개인적으로 말다툼을 한 사람은 저녁에 스스럼없는 행동으로 자기 마음을 표현하고 해결을 볼 수도 있다!

그래서 그들은 국도로 갔다. 여유롭고, 땀 흘리는 것을 싫어하는 사람처럼 국도는 크게 커브를 그리며 평온하고 기분 좋게 산 위로 뻗어 있었다. 숙련공은 웃옷을 벗어 지팡이에 묶고는 어깨에 멨다. 그는 이야기하는 대신 거침없이 쾌활하게 휘파람을 불기 시작하더니 한 시간 후 빌라흐에 도착할 때까지 내내 불었다. 한스는 몇 마디 빈정거리는 소리를 들었지만 크게 힘들진 않았다. 게다가 한스 자신보다 오히려 아우구스트가 더 열을 내며 공격을 막아주었다. 이윽고 그들은 빌라흐에 다다랐다.

빨간 기와지붕과 은회색 초가지붕 들이 늘어선 마을은 가을색을 띤 과일나무에 둘러싸여 있었다. 뒤쪽으로는 숲이 우거진 검은 산이 우뚝 솟아 있었다.

젊은이들은 어느 술집에 들어가야 할지 의견이 서로 엇갈렸다. '닻'은 맥주맛이 가장 좋았다. 하지만 '백조'는 케이크 맛이 가장 좋았으며, '모퉁이집'은 주인 딸이 예뻤다. 마침내 아우구스트가 우선 '닻'에 가자고 자기 생각을 관철시켰다. 그는 눈을 깜빡이며 맥주 몇 잔 마시는 사이에 '모퉁이집'이 도망가지는 않으며, 나중에 언제라도 갈 수 있다고 넌지시 암시했다. 모두 좋다고 했다. 그래서 그들은 마을로 들어가 제라늄 화분이 놓인 나지막한 농가의 창가와 마구간을 지나 '닻'을 향해 걸었다. 금빛 간판이 햇빛에 번쩍이며 둥글고 어린 밤나무 두 그루 너머로 어서 들어오라고 손짓했다. 숙련공은 술집 안에서 마시고 싶어했지만 유감스럽게도 술집이 꽉 차 있었기 때문에 그들은 정원에 자리를 잡았다.

손님들 사이에서 '닻'은 고상한 술집으로 유명했다. '닻'은 농부들이 드나드는 옛날 술집이 아니라 정육면체 모양의 현대식 벽돌 건물이었다. 창문이 많고, 벤치 대신 의자가 놓여 있었으며, 색색으로 요란한 양철 광고판이 엄청나게 많이 걸려 있었다. 더욱이 여종업원들은 도시풍의 옷을 입고, 주인은 셔츠 바람이 아니라 유행하는 갈색 정장을 언제나 완벽하게 차려입고 있었다. 주인은 본래 파산한 처지였지만 커다란 맥주 공장을 경영하는 채권자에게 이 집을 빌린 다음부터 오히려 형편이 더 나아졌다. 정원에는 아카시아나무가 한 그루 있었고, 정원 주위에 쳐진 커다란 철조망 울타리에는 머루 넝쿨이 절반 정도 뒤덮여 있었다.

"여러분, 건강을 위하여!"

숙련공이 크게 소리치고 동료 세 명 모두와 잔을 부딪쳤다. 그리고 자기 실력을 과시하려고 단숨에 잔을 비웠다.

"예쁜 아가씨, 여기 잔이 비었어요. 빨리 한 잔 더 갖다줘요!"

숙련공은 소리치고 테이블 너머로 팔을 뻗어 여종업원에게 맥주잔을 내밀었다.

맥주맛은 기가 막히게 좋았다. 시원하고, 너무 쓰지도 않았다. 한스는 즐겁게 잔을 비웠다. 아우구스트는 술맛을 아는 사람처럼 맥주를 마시고는 혀로 입맛을 다셨다. 그는 연통이 막힌 난로처럼 계속 담배를 피우며 연기를 내뿜었다. 한스는 속으로 친구가 대단하다고 생각했다.

인생을 알고 즐길 줄 아는 사람들과 같이 술집에 앉아 그래도 되고 그럴 자격도 있는 사람처럼 일요일을 즐겁게 보내는 것도 그리 나쁘지 않았다. 같이 크게 웃고 이따금 용기를 내 농담을 던지는 것도 좋았다. 잔을 다 비우고 테이블에 쾅 힘껏 내려놓으면서 거리낌없이 "아가씨, 여기 한 잔 더요!" 하고 소리치는 것도 멋있고 남자다운 것 같았다. 또 다른 테이블에 앉은 지인과 건배를 하고, 다 피운 시가 꽁초를 왼손에 든 채 다른 사람들처럼 모자를 목 뒤로 젖히는 것도 좋았다.

다른 작업장에서 온 숙련공이 흥이 나서 이야기를 하기 시작했다. 그가 아는 울름의 한 금속기술자는 맥주를 스무 잔이나 마실 수 있다고 했다. 그 금속기술자는 맛좋은 울름 맥주를 다 마시고는 입을 쓰윽 닦더니 "자, 이제 좋은 포도주를 한 병 갖고 와요!"라고 했다는 것이다. 칸슈타트의 한 화부火夫 이야기도 했다. 그 화부는 소시지 열두 개를 연이어 먹을 수 있는 재주가 있어 어느 내기에서 이겼지만 두번째 내기는 지고 말았다. 작은 술집 메뉴판의 음식을 모두 먹을 수 있다고 호기를 부렸는데 메뉴판 끝에 치즈가 네 가지나 있었던 것이다. 화부는 세번째 치즈를 먹다가 접시를 옆으로 밀어놓으며 이렇게 말했다고 했다. "더이상 한 입도 못 먹겠어. 더 먹느니 차라리 죽는 게 낫겠어."

그 이야기도 박수를 많이 받았다. 세상 곳곳에 끈질기게 먹고 마시는 사람들이 있다는 것이 증명되었다. 저마다 그런 영웅들과 그들의 업적 이야기를 알고 있었기 때문이다. 영웅은 '슈투트가르트 남자'일 때도 있었고, '루드비히스부르크의 용기병龍騎兵'일 때도 있었다. 그들의 능력은 감자 열일곱 개를 먹는 것일 때도 있었고, 샐러드와 팬케이크 열한 개를 먹는 것일 때도 있었다. 그들은 그런 이야기를 진지하게, 또 사실적으로 했다. 그리고 이 세상에는 갖가지 아름다운 재능을 가진 독특한 사람들이 있으며, 그 가운데 엉뚱한 괴짜도 있다는 사실을 흐뭇하게 받아들였다. 그런 흐뭇한 기분과 진지한 태도는 술집을 찾는 단골손님들의 존경할 만한 오랜 유산이다. 술을 마시고, 정치를 논하고, 담배를 피우고, 결혼을 하고, 죽음을 맞이하는 것처럼 젊은이들은 그것도 모방한다.

세 잔째 마시는데 일행 중 하나가 케이크가 없느냐고 물었다. 여종업원이 와서 케이크가 없다고 하자 모두 불같이 화를 냈다. 아우구스트가 벌떡 일어나 케이크도 하나 없다니 다른 집에 가야겠다고 말했다. 다른 작업장에서 온 숙련공도 형편없는 술집이라고 욕을 했다. 프랑크푸르트에서 온 숙련공만 그냥 있자고 했다. 여종업원과 조금 친해져서 벌써 여러 번 그녀를 농도 짙게 어루만졌기 때문이다. 한스는 그냥 지켜보고 있었는데 그 광경과 맥주 때문인지 이상하게 흥분되었다. 그래서 일행이 술집을 나서는 것을 차라리 다행스럽게 생각했다.

술값을 치르고 모두 거리로 나왔다. 한스는 아까 마신 맥주 세 잔의 술기운이 조금 도는 느낌이 들었다. 절반은 나른하고, 절반은 무슨 일이든 해보고 싶은 기분 좋은 느낌이었다. 마치 꿈속처럼, 거의 비현실적으로 보이는 얇은 베일 같은 것이 눈앞에 있는 듯, 모든 것이 평소보다 아련하게 보였다. 계속 웃음이 나왔다. 조금 대담하게 모자를 삐딱하게 썼더니 정말 거칠 게 없는 사나이가 된 느낌이었다. 프랑크푸르트에서 온 숙련공이 다시 씩씩하게 휘파람을 불었다. 한스는 휘파람 박자에 맞춰 걸으려고 애썼다.

'모퉁이집'은 꽤 조용했다. 농부 몇 명이 올해 짠 포도주를 마시고 있을 뿐이었다. 생맥주는 없고 병맥주만 있었다. 당장 저마다 맥주병을 하나씩 앞에 놓고 앉았다. 다른 작업장에서 온 숙련공은 통이 크다는 것을 보여주고 싶었던지 일행을 위해 커다란 사과 케이크 하나를 주문했다. 한스는 갑자기 심한 허기를 느끼고 연달아 몇 조각을 먹었다. 갈색의 낡은 술집 벽에 붙어 있는 넓고 딱딱한 벤치에 앉아 있으려니 몽롱하고 기분이 좋았다. 서빙하기 전에 음식을 차려놓는 고풍스런 테이블과 엄청나게 큰 난로가 어스름한 어둠 속에 잠겨 있었다. 나무 창살이 달린 큰 새장에는 박새 두 마리가 날개를 파닥거리고 있었다. 창살에 붉은 열매가 달린 마가목 나뭇가지 하나가 새 먹이로 꽂혀 있었다.

술집 주인이 잠시 테이블에 와서 손님들에게 반갑게 인사했다. 잠시 후 다시 대화가 활발하게 이어졌다. 한스는 독한 병맥주를 몇 모금 마시며 과연 자기가 이 병을 다 비울 수 있을까 궁금했다.

프랑크푸르트 숙련공이 다시 허풍을 떨었다. 숙련공은 라인란트의 포도주 축제, 편력 여행, 값싼 여인숙 생활에 대해 떠벌렸다. 일행은 그의 이야기에 즐겁게 귀를 기울였고, 한스도 계속 낄낄대며 웃었다.

한스는 갑자기 뭔가 이상하다는 것을 깨달았다. 순간순간 방과 테이블과 맥주병과 유리잔과 동료들이 부드러운 갈색 구름으로 뭉쳐졌다가 정신을 차리면 다시 형태가 생겼다. 때때로 말소리와 웃음소리가 커지면 같이 크게 웃기도 하고 이야기도 했지만 무슨 말을 했는지는 바로 잊어버렸다. 건배를 할 때면 같이 잔을 부딪쳤다. 한 시간 후에는 놀랍게도 술병이 비어 있었다.

"제법 마시는데. 한 병 더 할래?"

아우구스트가 물었다. 한스는 웃으면서 고개를 끄덕였다. 그는 이렇게 마시는 것을 아주 위험하다고 생각했었다. 프랑크푸르트 숙련공이 노래를 부르기 시작하자 모두 같이 따라 불렀다. 한스도 목이 터져라 노래를 불렀다.

그러는 동안 술집 안은 손님들로 꽉 찼다. 시중을 드는 여종업원을 도우려고 주인 딸이 나왔다. 키가 크고 몸매가 예쁜 소녀였다. 차분한 갈색 눈에 얼굴은 건강하고 힘이 넘쳐흘렀다.

주인 딸이 새 술병을 한스 앞에 놓자 옆에 앉아 있던 숙련공이 여자 마음을 사는 화려한 찬사를 퍼부었다. 하지만 그녀는 귓등으로 들었다. 숙련공에게 관심이 없음을 보여주려고 그랬는지 아니면 소년의 고운 얼굴이 마음에 들었는지 그녀는 한스 쪽으로 몸을 돌리더니 그의 머리카락을 재빨리 쓰다듬고는 음식을 차려놓은 테이블로 돌아갔다.

벌써 세 병째 마시는 숙련공은 그녀를 쫓아가 이야기를 붙여보려고 무진 애를 썼지만 성공하지 못했다. 키다리 소녀는 그를 냉정하게 쳐다보더니 아무 대답도 하지 않고 바로 등을 돌려버렸다. 숙련공은 다시 돌아와 빈 술병으로 테이블을 두들기다가 갑자기 흥이 나서 소리쳤다.

"자, 신나게 놀아보자. 건배!"

그러더니 여자에 대한 음탕한 이야기를 하기 시작했다.

목소리들이 뒤섞여 또렷하게 들리지 않았다. 두번째 병을 거의 비우자 한스는 말하는 것뿐 아니라 웃는 것조차 힘이 들었다. 새장 쪽으로 가서 박새들을 놀려주려고 했지만 두 걸음을 떼자 벌써 어질어질해서 하마터면 넘어질 뻔했다. 그는 조심스레 제자리로 돌아왔다.

그때부터 들뜬 기분이 차분하게 가라앉기 시작했다. 그는 자신이 취했다는 걸 알았다. 이제 술 마시는 일이 그렇게 즐겁지 않았다. 집에 돌아갈 일이며 아버지와 한바탕 말다툼을 할 일이며 내일 새벽에 작업장에 출근할 일 등등, 온갖 불행이 저멀리서 기다리고 있었다. 머리까지 지끈지끈 아팠다.

다른 동료들도 거나하게 취해 있었다. 잠시 머리가 맑아진 순간 아우구스트가 술값을 내겠다고 나섰다. 1탈러*를 냈지만 거스름돈을 거의 못 받았다. 그들은 웃고 떠들면서 거리로 나왔다. 밝은 석양빛에 눈이 부셨다. 한스는 제대로 몸을 가누지도 못해서 아우구스트에게 기대 비틀거리며 걸었다.

다른 작업장에서 일하는 금속기술자는 감상적이 되었다. 그는 〈내일 난 여길 떠나야 한다네〉라는 노래를 부르며 눈물을 글썽거렸다.

원래 곧장 집에 갈 작정이었다. 하지만 '백조' 앞을 지나가는데 숙련공이 그곳에 들어가자고 우겨댔다. 술집 문 앞에서 한스는 동료들의 손을 뿌리쳤다.

"나는 집에 가야 해요."

"혼자 제대로 걷지도 못하잖아."

숙련공이 웃으며 말했다.

"걸을 수 있어요. 나는…… 집에…… 가야 해요."

"꼬마 양반, 그럼 화주火酒 딱 한 잔만 마셔! 한 잔 걸치면 다리에 힘도 생기고, 위도 편안해질 거야. 그럼, 그렇고말고, 두고보라니까."

한스의 손에 작은 잔이 쥐여졌다. 거의 다 엎지르고 남은 것을 꿀꺽 삼켰다. 목구멍이 화끈거리고 구역질이 심하게 났다. 그는 혼자 옥외

---

* 18세기 중반까지 독일에서 사용되었던 은화. 1탈러는 3마르크에 해당하는 가치가 있었다.

계단을 비틀비틀 내려와 어떻게 왔는지도 모르게 마을로 나왔다. 집과 울타리와 정원 들이 비스듬히 기울어 어지럽게 빙글빙글 돌며 스쳐지나갔다.

그는 사과나무 밑 축축한 풀밭에 드러누웠다. 불쾌한 느낌과 고통스러운 두려움과 정리되지 못한 생각들이 밀려와 잠도 오지 않았다. 더럽혀지고 모욕당한 느낌이었다. 어떻게 집에 가지? 아버지에게 뭐라고 해야 하지? 내일 나는 어떻게 될까? 이제 영원히 쉬고, 잠들고, 스스로를 부끄러워해야 할 것 같은 기분이었다. 그만큼 낙담했고 비참했다. 머리가 지끈거리고 눈이 따끔거렸다. 기운이 없어서 도저히 일어나 걸을 수 없을 것 같았다.

불쑥 방금 전 유쾌함의 여운이 때를 놓친 파도처럼 다시 밀려왔다. 한스는 얼굴을 찡그리며 노래를 흥얼거렸다.


오, 너 사랑하는 아우구스틴,
아우구스틴, 아우구스틴,
오, 너 사랑하는 아우구스틴,
모든 것이 사라져버렸네.


노래를 끝까지 부르자 가슴 한쪽이 찌르르 아팠다. 어렴풋한 상념과 기억들, 수치심과 자책감이 홍수처럼 밀려왔다. 한스는 크게 신음하고 풀밭에 얼굴을 파묻고 흐느껴 울었다.

한 시간이 지나자 벌써 날이 어두워졌다. 그는 몸을 일으켜 비틀거리며 힘겹게 산을 내려갔다.

저녁 먹을 때가 되어도 아들이 돌아오지 않자 기벤라트 씨는 욕을 퍼부었다. 아홉시가 되어도 한스는 오지 않았다. 기벤라트 씨는 오랫동안 쓰지 않았던 단단한 등나무 지팡이를 꺼냈다. 이 녀석이 아비한테 매를 안 맞아도 될 만큼 다 컸다고 생각하는 모양이지? 흥, 집에 오면 뛸 듯이 기뻐하겠군!

그는 열시에 대문을 잠갔다. 아드님께서 밤나들이를 하시겠다면 묵을 곳도 아시겠지.

하지만 그는 잠을 잘 수 없었다. 시간이 갈수록 화가 치밀었지만 아들의 손이 문손잡이를 돌려보고 조심스레 초인종 줄을 잡아당기기를 애타게 기다렸다. 그런 장면을 머릿속에 그려보았다. 쓸데없이 돌아다니는 놈은 따끔한 맛을 봐야 해! 이 건방진 놈이 술을 진탕 마신 모양이야. 하지만 곧 정신이 번쩍 날걸, 뻔뻔한 놈, 교활한 놈, 비열한 놈 같으니! 그는 아들의 뼈마디가 으스러지도록 흠씬 때려주려고 단단히 별렀다.

마침내 아버지도, 그의 분노도, 쏟아지는 잠에 두 손을 들었다.

같은 시각, 아버지가 그토록 혼을 내려고 별렀던 한스는 싸늘한 시체가 되어 시커먼 강물을 따라 조용히 골짜기 아래로 천천히 떠내려가고 있었다. 구역질도 수치심도 괴로움도 모두 그를 떠났다. 푸르스름하고 차가운 가을밤이 어슴푸레 떠내려가는 그의 여윈 몸을 내려다보고 있었다. 시커먼 강물이 그의 손과 머리카락과 창백한 입술을 어루만지며 장난쳤다. 날이 밝기 전에 사냥을 하러 나온 겁 많은 수달이 그를 흘낏 쳐다보고는 미끄러지듯 그 곁을 스쳐지나갔을 뿐, 아무도 그를 보지 못했다. 그가 어떻게 물에 빠졌는지 아는 사람도 하나 없었다. 어쩌면 길을 잃고 헤매다 가파른 곳에서 미끄러졌을지 모른다. 어쩌면 물을 마시려다가 삐끗 균형을 잃었을 수도 있다. 혹은 아름다운 강물에 홀려 몸을 숙였다가 평화와 깊은 안식이 가득 깃든 밤과 창백한 달을 보고, 피로와 두려움의 조용한 강요에 떠밀려 죽음의 그늘에 빠졌을 수도 있다.

한낮이 되어서야 사람들이 그를 발견해 집으로 데려왔다. 깜짝 놀란 아버지는 지팡이를 치우고, 쌓였던 분노의 끈을 그만 놓을 수밖에 없었다. 그는 눈물을 보이지 않았고, 별다른 감정도 표현하지 않았다. 하지만 그날 밤 그는 또다시 잠을 못 이뤘고, 이따금 조용히 누워 있는 아들을 문틈으로 바라보았다. 아직도 반듯한 이마와 영리해 보이는 창백한 얼굴로 깨끗한 침대에 누워 있는 아들은 뭔가 특별하고, 다른 사람과는 다른 운명을 살 권리를 타고난 사람처럼 보였다. 이마와 두 손의 피부에는 푸르스름하고 붉게 긁힌 자국이 있었다. 고운 얼굴은 잠들어 있고, 하얀 눈꺼풀이 눈 위에 덮여 있었다. 살짝 벌어진 입은 만족스럽고 거의 즐거워 보였다. 소년은 한창 꽃필 시기에 갑자기 뚝 꺾여 즐거운 인생길을 벗어난 것 같은 모습이었다. 아버지도 피로와 외로운 슬픔에 젖어 아들이 살포시 미소 짓고 있다는 행복한 착각에 빠졌다.

직장 동료들과 호기심 많은 사람들이 장례식에 몰려왔다. 한스 기벤라트는 다시 모든 사람의 주목을 받는 유명인사가 되었다. 교사들과 교장과 목사가 다시 그의 운명에 동참했다. 모두 엄숙하게 실크 모자를 쓴 프록코트 차림이었다. 그들은 장례 행렬을 따라와 소곤소곤 이야기를 나누며 무덤 앞에 잠시 머물렀다. 라틴어 교사는 특히 우울해 보였다. 교장이 나지막한 목소리로 라틴어 교사에게 말했다.

"그래요, 선생님, 훌륭한 인물이 될 수 있었던 아이였지요. 가장 뛰어난 아이들이 불운을 만나는 일이 많지요. 정말 슬프지 않습니까?"

구둣방 주인 플라이크는 아버지와 계속 울부짖고 있는 늙은 아나와 함께 무덤 앞에 남았다.

"정말 가혹한 일입니다, 기벤라트 씨. 저도 그 아이를 좋아했답니다."

플라이크가 동정 어린 표정으로 말하자, 기벤라트는 한숨을 쉬었다.

"정말 모르겠어요. 그렇게 재능이 많은 아이였는데, 학교며 시험이며 모든 일이 술술 잘 풀렸는데…… 그런데 갑자기 불행이 연이어 닥친 거예요!"

구둣방 주인은 교회 묘지 문을 나서는 프록코트를 입은 신사들을 가리키며 나직하게 말했다.

"저기 신사분들이 가시네요. 저분들도 이 아이가 그 지경이 되는 걸 도와준 셈이지요."

기벤라트는 펄쩍 뛰며 믿을 수 없다는 듯 놀란 표정으로 구둣방 주인을 빤히 쳐다보았다.

"뭐라고요? 이런 세상에, 도대체 왜 그렇다는 거죠?"

"흥분하지 마세요, 기벤라트 씨! 그냥 학교 선생님들에 대해 말한 것뿐입니다."

"어째서요? 도대체 어떻게 말입니까?"

"아, 더 말하지 않겠습니다. 아버님과 저, 어쩌면 우리도 그 아이한테 소홀했던 것이 많을 겁니다. 그렇게 생각하지 않으세요?"

작은 도시 위로 맑고 푸른 하늘이 펼쳐져 있었다. 골짜기에는 강물이 반짝이며 흐르고, 저멀리 전나무숲이 우거진 푸른 산이 부드럽게 애타는 그리움으로 아스라이 보였다. 구둣방 주인은 서글픈 미소를 지으며 기벤라트의 팔을 잡았다. 기벤라트는 그 시간의 정적과 기묘하게 괴로운 수많은 상념에서 깨어나, 당황한 표정으로 익숙한 자신의 삶의 골짜기를 향해 머뭇머뭇 걸음을 내디뎠다.

# 아름답고도 힘들었던 사춘기의 기록

노벨문학상 수상 작가 헤르만 헤세는 독일 남부 슈바벤 지방의 소도시 칼프에서 독실한 기독교 선교사의 아들로 태어났다. 그는 그 지방의 똑똑한 소년들만 지원할 수 있는 마울브론 신학교에 입학한 장래가 촉망되던 소년이었다. 그러나 청소년기에는 주위의 기대와 달리 지독한 실패와 방황을 거듭했다. 신학교에 들어간 지 7개월 만에 수중에 돈 한 푼 없이 외투도 입지 않은 채 학교에서 도망쳤으며, 3개월 후 결국 신학교를 그만두었다. 이후 4년 넘게 그는 가정의 종교적 전통과 고루하고 위압적인 모든 권위를 거부하고 자신의 길을 찾기 위해 방황했다. 그의 부모는 그를 사회가 필요로 하는 소위 '쓸모 있는 사람'으로 만들기 위해 심리치료를 받게 하고, 김나지움에 보내고, 시계부품공장에서 일하게 하고, 서적판매 수습을 시켰지만 모두 실패했다. 하지만 헤세에게는 꿈이 있었다. 그것은 시인이 되는 것이었다. 그는 그 꿈을 이루기 위해 낮에는 서점에서 일하면서 저녁에 작품을 쓰기 시작했다. 지금도 전 세계 수많은 독자들의 사랑을 받고 있는 『데미안』 『나르치스와 골드문트』 『황야의 이리』 등의 소설과 아름다운 서정시는 그런 과정을 거쳐 나왔다.

1906년 출간된 『수레바퀴 아래서』는 1903년 당시 25세였던 헤세가 가을과 겨울 고향 칼프에서 쓴 초기작이다. 이 소설에는 자전적 색채가 강한 헤세의 다른 작품과 마찬가지로 작가의 경험이 짙게 배어 있다. 헤세 연구가 하인츠 슈톨테는 헤세 작품의 특징으로 작가 자신이 겪었던 내면의 갈등을 상반된 두 인물을 통해 표현하는 점을 든다. 『수레바퀴 아래서』에서도 헤세는 자신의 경험을 비슷하면서도 다른 두 인물 한스 기벤라트와 헤르만 하일너를 통해 표현하고 있다.

작가는 소설의 주인공 한스 기벤라트가 자란 소도시를 관습적인 예의범절을 철칙으로 지키고, 자유롭고 고상한 정신보다는 돈과 사회적 성공을 추구하는 편협하고 속물적인 사회로 진단한다. 이러한 사회 속에서 한스는 특별한 존재로 등장한다. 그는 슈바벤 지방의 똑똑한 소년들이 걷는 단 하나의 길을 가도록 일찌감치 정해져 있다. 그 길은 주 시험에 합격해서 마울브론 신학교에 들어가고, 그후 튀빙겐 대학에서 공부한 다음 교사나 목사가 되는 것이다. 한스는 시험 준비를 위해 좋아하는 모든 것들과 친구들을 멀리한 채 날마다 밤늦게까지 공부한다. 심지어 시험에 합격한 후 잠시 얻은 방학에도 신학교에서 공부할 내용

을 선행학습한다. 그의 목표는 신학교에 들어가 좋은 성적을 내는 것
이지만 왜 그런 목표를 추구하는지는 자신도 모른다. 그냥 교사들과
목사와 아버지가 말하듯이 열심히 공부하면 평범하고 하찮은 사람들
보다 나은 사람이 될 수 있다고 생각하기 때문이다.

그러나 자신이 진정으로 원하는 것이 무엇인지 진지하게 고민하지
않고 추구했던 이런 이상은 결국 한스의 이탈로 이어진다. 한스는 바
라던 대로 마울브론 신학교에 들어가 열심히 공부하지만 동급생 힌딩
거의 죽음을 목도하고 친구 헤르만 하일너와 가까워지면서 점점 공부
에서 멀어진다. 그리고 그런 그를 이해하지 못하는 주위의 차가운 시
선에 신경쇠약에 걸려 학업을 중단한다. 소설은 한스를 그렇게 만든
교사들과 아버지와 교장을 통렬하게 고발한다.


감수성이 가장 예민하고 가장 위태로운 소년 시절에 왜 한스는 날
마다 밤늦게까지 공부해야 했을까? 왜 그의 토끼를 빼앗고, 왜 라틴
어 학교에서 동급생들을 일부러 멀리하게 만들고, 왜 낚시를 금지하
고, 왜 어슬렁거리며 거리를 돌아다니지 못하게 하고, 왜 하찮고 소
모적인 명예욕을 추구하겠다는 공허하고 세속적인 이상을 그에게
심어주었을까? 왜 시험이 끝나고 힘들게 얻은 방학 때조차 푹 쉬게
하지 않았을까?

무지막지하게 몰아댄 망아지는 길에 쓰러져 이제 쓸모가 없어진
것이다.


고향으로 돌아온 한스는 아름다운 자연에서 잠시 위로를 받는다. 하

지만 자연은 이미 망가진 그를 회복시키지 못한다. 그는 소설의 제목처럼 수레바퀴 아래 깔려버리고 만 것이다. 그럼에도 그런 그를 구할 힘이 있는 사람은 아무도 없다. 아버지는 실패한 한스에 대한 실망과 분노를 감추려고 애를 쓰지만 그를 위로하지 못하고, 한스가 학문의 길을 추구할 때 도와주었던 목사도 힘이 되지 못한다. 목사는 학문적인 지식은 있지만 아픈 마음을 이해하는 능력은 없기 때문이다. 자살까지도 생각했던 한스는 그냥 무료하게 지내던 중 에마라는 소녀에게 사랑을 느낀다. 하지만 자신의 욕망을 자연스럽게 받아들이지 못하는 그는 적극적인 에마를 밀어내고, 그를 진지하게 생각하지 않았던 에마는 인사도 하지 않고 떠나버린다. 한스는 에마와 그녀가 준 감각적인 자극을 잊지도 극복하지도 못한다. 이후 그는 공장에서 수습공으로 일하며 잠시 노동의 기쁨과 삶의 의욕을 느끼지만, 곧 힘든 일에 지쳐 용기를 잃는다. 그리고 라틴어 학교 시절 유일한 친구였던 아우구스트와 같이 술을 마신 후 혼자 집으로 돌아오다 물에 빠져 죽는다. 이렇게 한스는 개인의 개성을 존중하지 않고 억지로 '사회의 유용한 일원'을 만들려는 사회와 학교라는 권력에 의해 파멸한다. 그의 죽음이 자살인지 아니면 사고사인지는 분명하지 않다. 작가는 한스가 죽게 된 원인을 불분명하게 둠으로써 독자에게 장래가 촉망되던 그가 왜 죽음에까지 이르게 되었는지 다시 생각하게 만든다.

한편 그의 친구 헤르만 하일너는 전혀 다른 길을 걷는다. 하일너도 똑똑하고 재능이 많은 아이로 손꼽히지만 노력파인 한스와 달리 천재라는 평판을 듣고 있다. 그는 분명한 자신의 생각과 말을 가지고 있다.

그리고 시인이자 문예 애호가로서 '자신의 영혼을 시로 표현하고, 상상으로 고유한 허구의 삶을 만들어내는' 재주가 있다. 교사들에게 하일너는 다른 아이들에게 나쁜 영향을 끼치고 사고를 일으키는 '골칫덩이'일 뿐이다. 그러나 하일너는 그런 억압적이고 권위적인 분위기 속에서도 자신을 표현하는 힘과 용기가 있다. 이는 그가 한 아이와 싸운 후 수치스러운 행동으로 간주되는 눈물을 아이들 앞에서 보인다든지, 명령을 어기고 한스와 같이 산책한 그를 나무라는 교장에게 당당하게 행동하는 데서도 확인할 수 있다. 하일너는 교장에게 벌을 받고 신학교에서 도망쳤다가 학교로 다시 돌아와서도 용서를 빌거나 공손한 태도를 보이지 않아 퇴학을 당하고 만다. 소설에서 그후 그의 행적은 짧게 언급된다. 훗날 그는 더 방황하지만 삶의 고뇌를 다스려 위대한 영웅은 아니지만 '어엿한 한 남자'가 되었다고. 작가와 마찬가지로 이름이 '헤르만'인 그의 성이 '병이 낫다, 치유되다'라는 독일어 'heilen'에서 나온 '하일너(Heilner)'인 것은 그가 한스와 달리 자신의 길을 찾았음을 암시하는지도 모른다.

19세기 말과 20세기 초 독일어권에서는, 라이너 마리아 릴케의 『체육시간』(1902), 로베르트 무질의 『생도 퇴를레스의 혼란』(1906), 아르노 홀츠의 『등교 첫날』(1924) 등 당시의 권위적인 학교를 비판한 소위 '학생 소설'과 '청소년 소설'들이 많이 출간되었다. 『수레바퀴 아래서』는 그런 소설의 하나로 분류된다. 번역을 하며 20세기 초 당시 독일의 사회와 학교를 비판한 작품이지만 오늘 우리나라의 현실을 그리고 있다는 착각이 들 만큼 뼈아픈 지적이 많아서 내내 마음이 아팠다. 지금도 우리의 많은 아이들이 남보다 앞서가는 중요한 인물이 되겠다는 막연한 목표를 세우고 대학에 가기 위해 어렸을 때부터 공부에 매진하고 있다. 그리고 그 과정에서 좌절을 겪고 극단적인 선택을 하는 아이들이 나오기도 한다. 대학에 들어가서도 사회에 나와서도 우리는 더 중요하고 더 훌륭한 인물이 되기 위해 계속 경쟁하고 노력한다. 그러는 것에 많은 문제가 있다는 것을 알면서도 우리는 우리 자신과 우리의 아이들을 다그치고 있다. 혹시 지금 훗날 헤세처럼 노벨상을 수상하는 훌륭한 인물이 될 수도 있는 아이를 문제아로 낙인찍고 있지는 않을까? 소설의 주인공 한스처럼 경쟁에서 낙오한 아이를 따뜻하게 위로하는 대신 다그쳐 막다른 골목으로 내몰고 있지는 않을까? 내가 혹은 아이들이 진심으로 이루고자 하는 목표는 무엇일까? 그리고 행복을 느끼며 그 목표를 추구하는 길은 어떤 것일까? 『수레바퀴 아래서』는 당시뿐 아니라 현재를 살아가는 우리에게도 질문을 던진다.

이와 함께 이 소설의 또다른 매력은 아름다운 자연과 시골 같은 마을의 정취, 아련하게 그리운 어린 시절과 학창 시절의 갖가지 에피소드들, 얼결에 다가와 가슴을 뛰게 만들고 평생 여운을 남기는 첫사랑에 대한 섬세한 묘사에 있다. 에마에게 사랑을 느끼면서 달라진 주위 세계를 그린 다음 대목을 보자.

이상한 일이었다. 모든 것이 아름답고 가슴 설레게 변했다. 과일 찌꺼기를 먹고 통통해진 참새들이 시끄럽게 재잘거리면서 하늘을 날아다녔다. 하늘이 그토록 높고 아름다우며 그리움에 사무치도록 파란 적이 없었다. 강의 수면이 그토록 깨끗하고 청록색으로 밝게 빛났던 적도 없었으며, 방죽에서 물이 그토록 눈부시게 하얀 거품을 내면서 쏴쏴 흐른 적도 없었다. 모든 것이 멋진 그림처럼 새로 채색되어, 맑고 산뜻한 유리창 뒤에 있는 것 같았다. 모든 것이 큰 축제가 시작되길 기다리는 것 같았다.

이 대목을 읽고 누군가를 사랑한 다음 갑자기 온 세상이 분홍빛으로 보였던 경험을 떠올리는 독자도 많으리라. 헤세는 자신의 초기작인 『수레바퀴 아래서』를 두고 이렇게 말한다.

이 책에는 실제로 경험하고 괴로워했던 삶의 한 조각이 담겨 있다. 그런 생생한 내용이 때로는 아주 오랜 시간이 흐른 후 전혀 다른 새로운 상황에서 다시 영향력을 발휘하고 에너지를 발산할 수 있다.

우리는 헤세가 실제로 겪은 생생한 경험을 보며 우리 자신의 희망차면서도 불안하고 힘들었던 사춘기 시절과 다시 대면하게 된다.

한미희

| | |
|---|---|
| 1877년 | 7월 2일 뷔르템베르크의 소도시 칼프에서 출생. 아버지 요하네스 헤세는 발틱계 독일인으로 인도에서 선교사로 활동하다가 귀국한 뒤, 유명한 인도학자이기도 한 헤르만 군데르트의 기독교 서적 출판협회 일을 도움. 헤르만 군데르트의 딸 마리는 인도에서 태어나 선교사 출신 찰스 아이젠버그와 결혼했다가 그가 사망하자, 32세에 요하네스 헤세와 재혼함. |
| 1881년 | 아버지가 '바젤 선교단'의 교사로 가게 되어 가족이 스위스로 이주. |
| 1883년 | 스위스 국적을 얻음(그전에는 러시아 국적을 갖고 있었음). |
| 1886년 | 가족이 다시 고향 칼프로 돌아와 헤세는 김나지움에 다님. |
| 1890년 | 뷔르템베르크에서 시행하는 주 시험 준비를 위해 괴핑겐의 라틴어 학교에 다님. 헤세는 시험 자격을 얻기 위해 스위스 국적을 포기함. |
| 1891년 | 주 시험에 합격하여 마울브론 신학교에 입학. 7개월 후 "시인이 아니면 아무것도 되고 싶지 않아" 도망침. |
| 1892년 | 4~5월에 크리스토프 블룸하르트 목사가 있는 바트볼에서 지냄. 6월에 자살 기도. 6~8월에 슈테텐에서 신경쇠약 치료를 받음. 바트칸슈타트에서 김나지움에 다님. |
| 1893년 | 사회민주주의자가 되어 술집을 돌아다님. 오로지 하이네만 읽으며 그를 똑같이 흉내냄. 에슬링겐에서 서점 수습생으로 일하다 사흘 만에 그만둠. |
| 1894년 | 칼프의 페롯 시계공장에서 수습공으로 일함. |

1895년    1898년까지 튀빙겐의 헤켄하우어 서점 수습생으로 일함.

1898년    첫 시집 『낭만적인 노래들 *Romantische Lieder*』 출간.

1899년    소설 『고슴도치 *Schweinigel*』 습작(원고는 아직 미발견). 산문집
         『자정이 지난 뒤의 한 시간 *Eine Stunde hinter Mitternacht*』
         출간. 9월에 바젤로 이주. 라이히 서점에서 1901년 1월까지
         서적 분류 수습생으로 일함.

1900년    스위스 일간지 〈알게마이네 슈바이처 차이퉁〉에 기고문과
         서평을 쓰기 시작. 이런 작업이 오히려 그의 책들보다 더 지
         역에 알려져 사회생활을 하는 데 상당한 뒷받침이 되어줌.

1901년    3~5월에 첫번째 이탈리아 여행. 『헤르만 라우셔의 유고와
         시 모음 *Hinterlassene Schriften und Gedichte von Hermann
         Lauscher*』 출간.

1902년    어머니 마리 군데르트 사망. 『시집 *Gedichte*』 출간.

1903년    서점 일을 그만두고 5월에 마리아 베르누이와 약혼하여 함
         께 두번째 이탈리아 여행.

1904년    『페터 카멘친트 *Peter Camenzind*』 출간. 이 소설로 문학적
         성공을 거둠. 마리아 베르누이와 결혼하여 보덴 호숫가에 있
         는 가이엔호펜의 농가로 이사. 전업작가가 되어 여러 신문과
         잡지에서 공동편집인으로 활동하며 활발히 기고함. 전기 『보
         카치오 *Boccacio*』 『아시시의 프란체스코 *Franz von Assisi*』
         출간.

1905년    12월에 첫 아들 브루노 출생.

1906년    소설 『수레바퀴 아래서 *Unterm Rad*』 출간. 당시 독일 황제인
         빌헬름 2세의 정부에 저항하는 잡지 〈3월 *März*〉의 공동발행
         인으로 1912년까지 활동.

1907년    가이엔호펜에 자신의 집을 지음. 단편집 『이편에서 *Diesseits*』
         출간.

| 1908년 | 단편집 『이웃들*Nachbarn*』 출간. |
| --- | --- |
| 1909년 | 3월에 둘째 아들 하이너 출생. |
| 1910년 | 소설 『게르트루트*Gertrud*』 출간. |
| 1911년 | 7월에 셋째 아들 마르틴 출생. 시집 『도중에*Unterwegs*』 출간. 9~12월에 화가 친구인 한스 슈투르체네거와 인도 여행. |
| 1912년 | 단편집 『돌아가는 길들*Umwege*』 출간. 가족과 함께 독일을 떠나 스위스 베른으로 이사해 작고한 화가 친구 알베르트 벨티의 별장에 거주함. 로맹 롤랑과 교우. |
| 1913년 | 여행기 『인도에서*Aus Indien*』 출간. |
| 1914년 | 소설 『로스할데*Roßhalde*』 출간. 제1차세계대전이 발발하여 자원입대하였으나 고도근시로 복무 부적격 판정을 받음. |
| 1915년 | 베른의 독일포로후원센터에서 근무하며 전쟁 포로들과 억류자들을 위해 정치논문, 경고호소문, 공개서한 등을 독일, 스위스, 오스트리아 신문과 잡지에 발표. 애국적인 전쟁문학을 공개적으로 비판하여 매국노라는 비난을 받음. 소설 『크눌프*Knulp*』, 단편집 『길에서*Am Weg*』, 시집 『고독한 자의 음악*Musik des Einsamen*』, 단편집 『청춘은 아름다워라*Schön ist die Jugend*』 출간. |
| 1916년 | 아버지 요하네스 헤세 사망. 루체른 근교 존마트에서 카를 구스타프 융의 제자 요제프 베른하르트 랑 박사에게 정신분석 치료를 받음. |
| 1917년 | 시대비판적인 출판 활동을 중단하라는 권고를 받고 에밀 싱클레어라는 가명으로 신문과 잡지에 기고를 시작함. 『데미안*Demian*』 집필. 아내의 정신분열 증세와 셋째 아들 마르틴의 질병으로 헤세도 신경쇠약 증세를 보임. |
| 1919년 | 정치 팸플릿 『차라투스트라의 귀환*Zaratustras Wiederkehr*』을 익명으로 출간. 이듬해 베를린에서 실명으로 출간. 정신 |

병원에 수용된 아내와 별거하고 자녀들을 친구들에게 보냄. 5월에 혼자 스위스 테신의 몬타뇰라로 이사해 1931년까지 거주. 체험담과 시 들을 모은 『작은 정원*Kleiner Garten*』 출간. 『데미안』을 에밀 싱클레어라는 가명으로 출간하고 이 작품으로 폰타네상 수상. 『동화집*Märchen*』 출간. 잡지 〈비보스 보코*Vivos voco*〉 창간.

| | |
|---|---|
| 1920년 | 시화집 『화가의 시*Gedichte des Malers*』, 도스토옙스키에 대한 에세이 『혼돈을 들여다봄*Blick ins Chaos*』, 표현주의 단편집 『클링조어의 마지막 여름*Klingsors letzter Sommer*』, 시화집 『방랑*Wanderung*』 출간. 다다이즘의 선구자 후고 발과 교유. |
| 1921년 | 『시선집*Ausgewählte Gedichte*』 출간. 『싯다르타*Siddhartha*』를 집필하는 동안 창작의 위기를 겪음. 취리히 근처 퀴스나흐트에서 융에게 정신분석 치료를 받음. 화집 『테신에서 그린 11편의 수채화*Elf Aquarelle aus dem Tessin*』 출간. |
| 1922년 | 『싯다르타』 출간. |
| 1923년 | 『싱클레어의 수첩*Sinclairs Notizbuch*』 출간. 취리히 근처 바덴의 요양소에 머묾. 마리아 베르누이와 이혼. |
| 1924년 | 스위스 국적 재취득. 스위스 여성작가 리자 벵거의 딸인 스무 살 연하의 루트 벵거와 재혼. |
| 1925년 | 『요양객*Kurgast*』 출간. |
| 1926년 | 『그림책*Bilderbuch*』 출간. 프로이센의 예술아카데미 문학분과에 외국인 회원으로 선출됨(1931년에 탈퇴). |
| 1927년 | 『뉘른베르크 여행*Die Nürnberger Reise*』『황야의 이리*Der Steppenwolf*』 출간. 헤세의 50회 생일을 맞이하여 후고 발이 첫 헤세 평전 출간. 루트 벵거와 이혼. |
| 1928년 | 『관찰*Betrachtungen*』『위기. 일기 한 편*Krisis. Ein Stück* |

Tagebuch』 출간.

1929년     시집 『밤의 위로 *Trost der Nacht*』『세계문학 도서관 *Eine Biblio-thek der Weltliteratur*』 출간.

1930년     『나르치스와 골드문트 *Narziss und Goldmund*』 출간.

1931년     화가 친구 한스 보드머가 지어준 몬타뇰라의 새집으로 이사. 미술사가인 니논 돌빈과 결혼. 『내면으로의 길 *Weg nach innen*』 출간.

1932년     『동방순례 *Die Morgenlandfahrt*』 출간. 『유리알 유희 *Das Glasperlenspiel*』 집필 시작.

1933년     『작은 세계 *Kleine Welt*』 출간.

1934년     나치당의 문화정책을 효과적으로 막기 위해 스위스 작가연합 회원이 됨. 시선집 『생명의 나무 *Vom Baum des Lebens*』 출간.

1935년     『우화집 *Fabulierbuch*』 출간.

1936년     『정원에서 보낸 시간 *Stunden im Garten*』 출간.

1937년     『회고록 *Gedenkblätter*』『신新시집 *Neue Gedichte*』 출간.

1939년     헤세의 작품이 독일에서 불온서적으로 간주되어 『수레바퀴 아래서』『황야의 이리』『관찰』『나르치스와 골드문트』『세계문학 도서관』이 더이상 인쇄되지 못함. 이 기간 동안 독일에서 출간된 총 20종의 헤세 작품 중 겨우 481권의 문고본이 판매됨. 그래서 전집은 취리히에서 펴냄.

1942년     첫 시전집 『시집 *Die Gedichte*』 출간.

1943년     취리히에서 『유리알 유희』 출간.

1945년     미완성 소설 『베르톨트 *Berthold*』, 단편과 동화 모음집 『꿈의 여행 *Traumfährte*』 출간.

1946년     정치평론집 『전쟁과 평화 *Krieg und Frieden*』 출간. 이후 헤세의 작품이 독일에서 다시 나오기 시작. 프랑크푸르트시가 수여하는 괴테상, 노벨문학상 수상.

1947년    베른대학교에서 명예박사 학위를 받음. 고향 칼프시의 명예
         시민이 됨.
1951년    『후기 산문*Späte Prosa*』『서간집*Briefe*』출간.
1952년    75회 생일 기념으로 선집 출간.
1954년    동화『픽토어의 변신*Piktors Verwandlung*』, 서간집『헤르만
         헤세와 로맹 롤랑이 주고받은 편지들*Hermann Hesse-Romain
         Rolland Briefe*』출간.
1955년    후기 산문『마법*Beschwörungen*』출간. 독일 서적협회가 수
         여하는 평화상 수상.
1956년    헤르만 헤세 문학상 제정.
1957년    헤세의 80회 생일을 맞이하여『헤세 전집*Gesammelte Schri-
         ften*』출간.
1962년    8월 9일 뇌출혈로 스위스 몬타뇰라에서 사망.

문학동네 세계문학전집 발간에 부쳐

세계문학은 국민문학 혹은 지역문학을 떠나 존재하는 문학이 아니지만 그것들의 총합도 아니다. 세계문학이라는 용어에는 그 나름의 언어와 전통을 갖고 있는 국민문학이나 지역문학의 존재를 인정하면서 그것을 넘어서는 문학의 보편적 질서에 대한 관념이 새겨져 있다. 그 용어를 처음 고안한 19세기 유럽인들은 유럽문학을 중심으로 그 질서를 구축했지만 풍부한 국민문학의 전통을 가지고 있는 현대의 문학 강국들은 나름의 방식으로 세계문학을 이해하면서 정전(正典)의 목록을 작성하고 또 수정한다.

한국에서도 세계문학 관념은 우리 사회와 문화의 변화 속에서 거듭 수정돼왔다. 어느 시기에는 제국 일본의 교양주의를 반영한 세계문학 관념이, 어느 시기에는 제3세계 민족주의에 동조한 세계문학 관념이 출현했고, 그러한 관념을 실천한 전집물이 출판됐다. 21세기 한국에 새로운 세계문학전집이 필요하다는 것은 명백하다. 우리의 지성과 감성의 기준에 부합하는 세계문학을 다시 구상할 때가 되었다.

문학동네 세계문학전집은 범세계적으로 통용되는 고전에 대한 상식을 존중하면서도 지난 반세기 동안 해외 주요 언어권에서 창작과 연구의 진전에 따라 일어난 정전의 변동을 고려하여 편성되었다. 그래서 불멸의 명작은 물론 동시대 세계의 중요한 정치·문화적 실천에 영감을 준 새로운 작품들을 두루 포함시켰다.

창립 이후 지금까지 한국문학 및 번역문학 출판에서 가장 전문적이고 생산적인 그룹을 대표해온 문학동네가 그간 축적한 문학 출판 경험을 바탕으로 새로운 세계문학전집을 펴낸다. 인류가 무지와 몽매의 어둠 속을 방황하면서도 끝내 길을 잃지 않은 것은 세계문학사의 하늘에 떠 있는 빛나는 별들이 길잡이가 되어주었기 때문이다. 우리가 자부심과 사명감 속에서 그리게 될 이 새로운 별자리가 독자들의 관심과 애정에 힘입어 우리 모두의 뿌듯한 자산이 되기를 소망한다.

문학동네 세계문학전집 편집위원<br>민은경, 박유하, 변현태, 송병선, 이재룡, 홍길표, 남진우, 황종연

세계문학전집 102

## 수레바퀴 아래서

1판  1쇄 2012년  1월  1일
1판 21쇄 2025년  8월 10일

지은이 헤르만 헤세 | 옮긴이 한미희

책임편집 김수현 | 편집 박신양 황문정 | 독자모니터 전혜진
디자인 이경란 이주영 | 저작권 박지영 형소진 주은수 오서영 조경은
마케팅 정민호 서지화 한민아 이민경 왕지경 정유진 정경주 김혜원 김예진 이서진
브랜딩 함유지 박민재 이송이 박다솔 조다현 김하연 이준희
제작 강신은 김동욱 이순호 | 제작처 영신사

펴낸곳 (주)문학동네 | 펴낸이 김소영
출판등록 1993년 10월 22일 제2003-000045호
주소 10881 경기도 파주시 회동길 210
전자우편 editor@munhak.com
대표전화 031) 955-8888 | 팩스 031) 955-8855
문학동네카페 http://cafe.naver.com/mhdn
인스타그램 @munhakdongne | 트위터 @munhakdongne
북클럽문학동네 http://bookclubmunhak.com

ISBN 978-89-546-2015-4 04850
     978-89-546-0901-2 (세트)

잘못된 책은 구입하신 서점에서 교환해드립니다.
기타 교환 문의 031)955-2661, 3580

www.munhak.com

● 문학동네 세계문학전집은 계속 출간됩니다